کوئی لوٹا دے میرے...

(انشائیے)

جاوید نہال حشمی

شائستہ زریں

کتاب	:	**کوئی لوٹا دے میرے...** (انشائیے)
مصنف	:	جاوید نہال حشمی
صفحات	:	208
تزئین و سرورق:		جاوید نہال حشمی
سالِ اشاعت	:	۲۰۲۱ء
تعداد	:	۵۰۰
طابع	:	آفسیٹ آرٹ پرنٹرس، ۷۳/ ایلیٹ روڈ، کولکاتا- ۱۶
قیمت	:	۱۵۰/ روپے
ملنے کے پتے	:	

(۱) بزمِ نثّار، 16/B تالتلہ بازار اسٹریٹ، کولکاتا- ۱۴

(۲) قرطاس و قلم، 28/1، بی ایل نمبر ۲، نیا بازار، کانکی نارہ

یہ کتاب مغربی بنگال اردو اکیڈمی کے
مالی تعاون سے شائع کی گئی ہے

KOI LAUTA DE MERE ...
(*Light Essays*)

By: *Jawed Nehal Hashami*

Edition: 2021   Price: Rs.150/-

سوانحی خاکہ

نام : جاوید نہال حشمی

والد : محمد حشم الدین (مرحوم) / حشم الرّمضان حشم

تاریخ پیدائش : ۱۷؍مارچ ۱۹۶۷ء (کانکی نارہ، شمالی ۲۴ پرگنہ، مغربی بنگال)

تعلیمی لیاقت : بی ایس سی آنرس (کلکتہ یونیورسٹی)؛ بی ایڈ؛
بی اے (انگلش)؛ ڈپلوما اِن سافٹ ویئر ٹیکنالوجی۔

ملازمت : درس و تدریس،
کلکتہ مدرسہ اینگلو پرشین ڈپارٹمنٹ (مدرسہ عالیہ)
شعبۂ تعلیم، حکومت مغربی بنگال

تصانیف: (۱)   دیوار (افسانوں کا مجموعہ) 2016

(۲)   کلائیڈوسکوپ (افسانچوں کا مجموعہ) 2019

(۳)   کوئی لوٹا دے میرے... (انشائیے) 2021

زیرِ ترتیب: (۱)   سائنسی مضامین کا مجموعہ

(2) A Magical Short-cut to English Grammar And Translation

(3) A Magical Short-cut to English Writing Skill

انعامات و اعزازات:

(۱) دیوار (افسانوی مجموعہ) پر علّامہ راشد الخیری ایوارڈ 2016

(منجانب: مغربی بنگال اردو اکیڈمی)

(۲) دیوار (افسانوی مجموعہ) پر دس ہزار روپے کا انعام

(منجانب: بہار اردو اکیڈمی)

(۳) کلائیڈوسکوپ (افسانچے) پر منشی پریم چند ایوارڈ 2019

(منجانب: مغربی بنگال اردو اکیڈمی)

(۴) توصیفی سند (اردو زبان میں فروغِ سائنس کے تیئں خدمات) 2017

اردو مرکز برائے فروغِ علوم، مولانا آزاد نیشنل یونیورسٹی (حیدر آباد)

رہائش:

Flat No. B-5, Govt. R.H.E., Hastings,
3, St. Georges Gate Road, Kolkata –700022

رابطہ:

Email: jawednh@gmail.com
Mobile/WhatsApp No.:9830474661

ان تمام سیاسی، سماجی، مذہبی و ادبی شخصیات کے نام

جن کی حرکتوں اور رویّوں نے

ذہن میں گدگدی

اور

انگلیوں میں کھجلی

پیدا کی جس کے نتیجے میں یہ فن پارے

ظہور پذیر ہوئے!

عناوین

مضامین

اظہارِ تشکر

ظرافت نگاری سے چھٹکارا حاصل نہ کر سکنے کے لیے میں مدیر، ماہنامہ "شگوفہ" (حیدرآباد) محترم مصطفیٰ کمال صاحب کو "موردِ الزام" ٹھہرا تا ہوں جن کی مسلسل پذیرائی اور حوصلہ افزائی نے میرے انشائیوں کے مدّاحوں کی تعداد خاصی بڑھادی۔

دل کی عمیق گہرائیوں سے سپاس گزار ہوں "دارالظرافت" حیدرآباد سے تعلق رکھنے والے، اپنے ہی قبیلے کی ایک قد آور شخصیت ڈاکٹر عابد معز صاحب کا جن کی نہ صرف طبّی موضوعات پر لکھی کتابیں موجودہ بحرانی صورتِ حال میں قوتِ مدافعت بڑھانے اور گھٹانے والی غذاؤں کا بھرپور علم مہیا کرتی ہیں بلکہ ان کی ظریفانہ تصنیفات لاک ڈاؤن کے دوران ذہنی کوفت سے نبرد آزما دماغوں کی تنی نسوں کو ڈھیلی کرنے میں بھی خاصی معاون ہیں۔ اردو میں سائنس کی اپنی تدریسی کاوشوں کی حوصلہ افزائی کے لیے بھی میں موصوف کی محبتوں کا مقروض ہوں۔

اپنے افسانوں کے ساتھ انشائیوں کی بھی بھرپور پذیرائی اور حوصلہ افزائی کے لیے میں محترم انیس رفیع صاحب کا بے حد ممنون ہوں جنہوں نے نہ صرف اس کتاب پر کچھ لکھنے کی میری گزارش فوراً قبول کی بلکہ بہت جلد اپنی گراں قدر رائے سے نواز ڈالا۔

بد دیانتی ہو گی اگر میں مرحوم مناظر عاشق ہر گانوی کے اس فون کال کا ذکر نہ کروں جو انہوں نے ماہنامہ "شگوفہ" میں شائع شدہ میرے انشائیے پڑھ کر کیا تھا اور میرے طرزِ تحریر کی تعریف کرتے ہوئے مجھے ظرافت نگاری میں اپنی صلاحیتوں کا استعمال کرتے رہنے کا مشورہ دیا تھا۔

شکر گزار ہوں جناب کمال احمد، جناب مشتاق احمد نوری، جناب حسین احمد زاہدی، جناب اشرف احمد جعفری، ڈاکٹر صابرہ حنا، ڈاکٹر صوفیہ شیریں اور جناب منظر جمیل کا جنہوں نے میری ظریفانہ تحاریر کو نہایت پسندیدگی اور قدر دانی کی نظر سے دیکھا اور اپنی نیک خواہشات کا اظہار کیا۔

جاوید نہال حشمی

اپنی بات

ایک بیگم یافتہ کے اختیار میں ”حرفِ اوّل“ تو ہو سکتا ہے، ”حرفِ آخر“ قطعی نہیں۔ لہٰذا جب حتمی فیصلہ کسی اور کے ہاتھ میں ہو تو بندے کو صرف ”اپنی بات“ کہہ کر فیصلہ ”اپنے سے“ اوپر والے پر چھوڑ دینا چاہئے۔ میرے اس رویّے کو ”زن سیوا“ پر محمول نہ کریں گو کہ میں نے حقِ مہر کے علاوہ اپنی سابقہ اور موجودہ تمام کتابوں کی کاپی رائٹ بھی ان کے حوالے کر دی ہے، اور یوں ”بیوی کے حقوق“ کی ادائیگی کی جانب گامزن ہوں۔

ظرافت نگاری کی طرف کب اور کیسے مائل ہوا، اس کے لئے اپنے افسانوں کے اولین مجموعے دیوار میں شامل اپنی تحریر کا ایک اقتباس یہاں نقل کرتا ہوں:

”... جستجوِ ملازمت کے دوران مجھے جن تلخ حقائق سے دو چار ہونا پڑا انہوں نے مجھے نہ صرف ذہنی طور پر چڑچڑا بنا دیا بلکہ موجودہ نظامِ معاشرہ سے بغاوت کرنے پر اکسانا شروع کر دیا تھا۔ وہ تو بھلا ہو میرے اندر کے افسانہ نگار کا جس نے میرے ذہن میں اُٹھتے ہوئے طوفان کو ایک معقول outlet دیا اور مجھے گمراہ ہونے سے بچایا۔ طنزیہ و مزاحیہ مضمون ”ضرورت ہے“ اُسی دَور کی تخلیق ہے جس کا ہر لفظ

میرے ذاتی تجربے کی عکّاس ہے۔ اسے میری آپ بیتی بھی کہی جاسکتی ہے...''

اسی حادثے نے ظریفانہ مزاج کی بنیاد رکھی۔ مذکورہ اولین مضمون برسرِ روزگار ہونے کے بعد آخری بھی ثابت ہوتا اگر پے درپے مزید ''سانحات'' پیش نہ آتے جنہوں نے ''ہائے ہائے یہ مجبوری''، ''ملٹی ٹاسکنگ'' اور ''بیوی: ایک معتبر 'شک' صیت'' جیسے مضامین لکھوائے اور ایک شریف النفس شخص کو ''ظریف النفس'' شخص بننے پر مجبور کیا۔ دراصل شادی سے قبل میاں بیوی کے تعلق سے جتنے لطائف پڑھے یا سنے تھے، شادی کے بعد بھی انہیں لطائف ہی سمجھتے رہنے کا خمیازہ بھگتنا پڑا۔ اکثر کہا کرتا: ''اُف، تم لطیفوں والی بیگمات سے کم نہیں ہو!''۔ پھر جلد ہی احساس ہو گیا کہ ازدواجی سینئر لوگوں نے احتیاطاً اپنے تجربے لطائف کے ریپر میں لپیٹ کر دراصل بڑے بلیغ اشارے کئے تھے۔ میں ہی ان اشاروں کو سمجھنے سے قاصر تھا۔ میری یہ کمزوری کالج کے دنوں سے چلی آ رہی تھی جس کا نتیجہ Arranged Marriage کی شکل میں دیکھنا پڑا، حالانکہ ایک ٹیچر، بطور خاص ٹیوٹر، کو لو میرج کے جتنے مواقع نصیب ہوتے ہیں، دنیا میں شاید ہی کسی کو ہوتے ہوں۔ پرائیویٹ ٹیوٹر اور لو میرج میں وہی تعلق ہوتا ہے جو سیاست داں اور کرپشن میں۔ سب سیاست داں کرپٹ نہیں ہوتے مگر سب کے لیے کرپشن کے دروازے کھلے ہوتے ہیں۔ ہماری پرورش جس ماحول میں اور جس طرح کی گئی تھی اس نے محبت اور لو میرج کا تعارف بطور ''آوارگی'' کیا تھا اور پسند کی شادی کرنے والوں کو بحیثیت ''آوارہ'' متعارف کرایا تھا جس کا خاطر خواہ نتیجہ یہ نکلا کہ ایک سے بڑھ کر ایک خوبصورت لڑکیوں کو ٹیوشن پڑھایا مگر سب کی سب پسند آنے والی ویٹنگ میں ہی رہ گئیں، ڈیٹنگ کی نوبت ہی نہیں آئی۔ خاندان کے ناموس کے لیے خاموش رہا۔ ایک ٹیچر بھلا ''آوارہ'' کیسے ہو سکتا تھا؟

اس قسم کے سخت اخلاقی و تہذیبی مارشل لا کے سائے میں پرورش پانے کے سبب، میں ایک عرصے تک نکاح کے دوران قاضی کی زبانی پڑھے جانے والے مقدّس کلمات کو ہی شادی کے بعد شروع ہونے والی ”خوش خبریوں“ کا ذمّہ دار سمجھتا رہا تھا (کیوں کہ عاملوں کی مدد سے وظائف کے ذریعہ دشمنوں کو زیر کرنے کے بھی بہت سے قصّے سن رکھے تھے۔) لیکن جب حقیقت منکشف ہوئی تو... تو راہ چلتے صاحبِ اولادِ امام، مؤذن اور دیگر باریش شرفاء کو گھورتا ہوا گزرتا... حیران کن آنکھوں میں حقارت آمیز سوال لئے... ’تو یہ لوگ بھی...؟... چھی!‘

وقت پنکھ لگا کر اُڑ تا رہا، دوست رشک کرتے محلّے کے لونڈے کو چنگ سینٹر کے سامنے منڈلاتے رہے۔ آخر ایک دن ایک بے تکلف طالب علم نے پوچھ ہی لیا:

”سَر، آخر آپ کی شادی کب ہوگی؟“

جی میں آیا کہ کہہ دوں ’یہ سوال مجھ سے نہیں میرے والدین سے پوچھو!‘ لیکن اتنا ہی کہنے پر اکتفا کیا:

”بعض لوگ تو سٹھیا کر بھی شادی نہیں کرتے، میں تو ابھی تھرٹیایا (تیس سال کا) بھی نہیں ہوں!“

آخر کہتا بھی کیسے؟ اپنے یہاں شادی کا تعلق ”سنِ بلوغت“ سے زیادہ ”سنِ ملازمت“ سے جو ہے، اور پرائیویٹ ٹیوشن کوئی ملازمت تھوڑی ناہے۔ یہی وجہ تھی کہ ملازمت ملنے میں تاخیر کے سبب بے روز گارا رہ جانے سے زیادہ ”اکیلے رہ جانے“ کی فکر لاحق ہو گئی تھی! یہ فکر بھی دامن گیر تھی کہ مستقبل میں جب بچے اسکول کی فیس کے لیے پیسے مانگیں تو مجھے یہ نہ کہنا پڑے ”انتظار کرو، اس ماہ کے پنشن کے پیسے ابھی نہیں آئے!“

تھرٹیانے کے ٹھیک دو ماہ دس دن بعد (انتظار کی گھڑیاں گن گن کر گزار نی

پڑتی ہیں) معاشی و معاشرتی اعتبار سے "سنِ زوجیت" کو پہنچا، یعنی "ٹیوٹر" سے "ٹیچر" کے عہدے تک جا پہنچا۔ مخلص دوستوں اور بہی خواہوں نے (اللہ بھلا کرے ان سب کا) اولین تنخواہ کی رقم سے "شادئ ملازمت" کے بدلے "شادئ اِزدواج" کی بریانی کھانے پر زور دینا شروع کر دیا تھا۔ لیکن میں مجوزہ "مشرقی" دولہا ہونے کے سبب خاموشی سے گھر والوں کی خاموشی کو دیکھتا رہا۔ دوستوں کے اصرار پر جھلّا کر کہتا: "تھوڑا اور بوڑھا ہو لینے دو!" بد قسمتی سے میرے بے تکلف دوستوں میں کوئی بھی فیملی فرینڈ نہیں تھا جو میری اپنی، ذاتی، فیملی کی "تخلیق و ارتقاء" کی پروا کرتا۔

خدا خدا کر کے "لڑکی دیکھنے" کا عمل شروع ہوا ... لیکن اس سست رفتاری سے، گویا یہ بھی کوئی سرکاری فلاحی کام ہو۔ شدت سے احساس ہونے لگا کہ گھر کے بڑے میری شادی میں اتنی دلچسپی قطعی نہیں دِکھا رہے ہیں جتنی خود اپنی شادیوں میں دِکھائی تھی! حالانکہ ان کی شادیوں میں، میں نے بڑے جوش و خروش کا مظاہرہ کیا تھا۔ اس موقع کے لیے بڑے ارمانوں سے اپنی پسند کے جوتے اور سوٹ بہت پہلے سے خرید کر رکھ لیے تھے۔ میچنگ ٹائی کا بھی انتظام کر لیا تھا۔ قریبی دوستوں کو کارڈ چھپنے سے قبل ہی تاریخ بتا دی تھی تا کہ کسی اور مصروفیت کے سبب بارات مِس نہ کر جائیں۔ "توتا چشمی" کا یہ رویّہ دیکھ کر دل بجھ سا گیا۔ کبھی کبھی جمود توڑنے کے لیے پوچھ لیا جاتا: "تمہیں کیسی لڑکی چاہیے؟ اپنی چوائس تو بتاؤ۔" اور میں "شرما کر" رہ جاتا ... بھلا "آل اِن وَن" کسے نہیں چاہئے؟

بہر حال، ریجکٹ کرتے اور ہوتے کئی ماہ گزر گئے تو ایک دن کسی نے میری آواز بدل بدل کے چپکے سے میرے کان میں سرگوشی کی:

'اپنی طالبات میں سے ہی کسی کو کیوں نہیں منتخب کر لیتے؟' ... اور میں ایک دم سے سکتے میں آ گیا۔

برسوں کی ”ریاضت“ سے کمائی شرافت کو یوں ”آوارگی“ کی نذر کر دوں؟ نہیں، یہ نہیں ہو سکتا۔ لوگ اس Arranged Marriage پر کبھی یقین نہیں کریں گے۔ شادی کا سہرا باندھنے کے ساتھ لوگ ایک اور سہرا میرے سر باندھ دیں گے۔.... ”عشق اور مشک چھپائے نہیں چھپتے“ کو جھوٹ ثابت کرنے کا!

جب رشتے دار، دوست اور مشاطہ سب مل کر بھی رب کی بنائی جوڑی ڈھونڈنے میں ناکام رہے تو میں نے قسم توڑنے کی بابت سنجیدگی سے سوچنا شروع کر دیا اور ”خود نوشت سوانحِ معاشقہ“ بہ شکل افسانہ ”دیوار“ کا کلائمکس تبدیل کرنے کا فیصلہ کر لیا۔

پسندیدہ طالبات کی ”میرٹ لِسٹ“ میں جس پر پہلی نگاہ گئی وہ قد کی لمبی، قبول صورت، پڑھنے میں ذہین اور کلاس ٹاپر تھی مگر نہایت تنگ مزاج!

دوسری والی خوبصورت، شرمیلی اور خاموش طبع مگر پڑھائی میں پھسڈی!

تیسری بھی خوبصورت، خوش مزاج اور پڑھنے میں بھی اچھی مگر قد کی اتنی چھوٹی کہ زندگی بھر اس کے سامنے سر جھکا کر بات کرنی پڑتی!

اور یوں ”آل اِن وَن“ کے چکّر میں ”آوارگی“ سے محفوظ رہا۔

میری شروع سے ہی خواہش تھی کہ ہونے والے خسر متمول ہوں نہ ہوں، اسٹیٹس والے ہوں۔ اگر لڑکی سائنس والی ہو تو بہتر، اور اگر اپنی طرح بایولوجیکل سائنس کی ہو تو کیا کہنے... اندر سے آواز آئی: ’کچھ زیادہ نہیں ہو رہا؟ اب آگے کہو گے زولوجی میں ہی آنرس بھی ہو... جو ملے اس پر شکر کرنا سیکھو۔‘ اور جب علم ہوا کہ جہاں رشتہ طے ہوا ہے وہاں ہونے والے خسر ڈپٹی مجسٹریٹ ہیں اور لڑکی بایولوجیکل سائنس کی ہی طالبہ ہے تو زندگی میں پہلی بار افسوس ہوا... کاش، ما دھوری دِکشت کی آرزو کی ہوتی!

مگر بیگم نے بھی شکل و صورت کے اعتبار سے مایوس نہیں کیا۔ جب اسے بتایا کہ 'اچھا ہوا تم میری اسٹوڈنٹ نہیں تھیں ورنہ ہماری شادی کبھی نہ ہو پاتی' تو سوالیہ نگاہوں سے منہ تاکنے لگی۔ میں نے مختصر اوضاحت کی کہ شادی کے لیے میں سب سے پہلے اسے اپنے یہاں ٹیوشن سے ہٹاتا، نتیجتاً وہ دوسرے ٹیوٹر کے یہاں جاتی، اور کوئی ضروری نہیں تھا کہ میرا "حریف" بھی میری طرح "شریف" ہی ہوتا۔

شادی کے کچھ سال تک یا زدہم اور دوازدہم کے علاوہ درجات نہم و دہم کی بھی بیشتر لڑکیاں ہر روز پڑھائی ختم کرکے "بھابھی" سے ملنے اندر کمرے میں چلی جاتیں اور دیر تک خوب گپیں کرتیں۔ بیگم بھی پھولے نہیں ساتیں۔ بعد کی طالبات نے "آنٹی" کہنا شروع کر دیا تب کہیں جا کر یہ سلسلہ تھما!

کچھ برسوں کے بعد دوسرا سلسلہ شروع ہوا۔ اکثر لوگ رشتے کے سلسلے میں میری کسی طالبہ کی بابت جانکاری حاصل کرنے کے لیے مجھ سے رجوع کرتے۔ آج کی زبان میں کہوں تو میں ان کی فیس بک ڈی پی بیان کر پاتا مگر اصل تصویر کے لیے آدھار کارڈ تک رسائی حاصل کرنے کا بھی مشورہ دے ڈالتا۔ ظاہر ہے ہر بات پر "جی سر، جی سر" کرنے والی کی زبان پر گھر میں بھی "جی ممی، جی ممی" ہو، کوئی ضروری تو نہیں۔ البتہ ذہنی سطح اور تعلیمی صلاحیت کے تعلق سے میری سند قابلِ اعتبار ہوتی۔

اوہ، شاید میں بہک رہا ہوں۔ "اپنی بات" کہتے کہتے "دوسروں کی بات" کرنے لگا ہوں۔ آیئے، آپ کو تھوڑا فلیش بیک میں لیے چلتا ہوں۔ آخر "اپنی بات" کے تحت اپنے بارے میں ہی تو بتانا مقصود ہے۔

ابّا مرحوم شاید اردو مافیاؤں سے اتنے بدظن تھے کہ ہماری تعلیمی سنِ بلوغت سے قبل ہی ہماری شادی سائنس سے کروا دی تھی۔ میٹرک پاس کرنے کے

بعد ہمیں اسٹریم کی بجائے صرف کالج کا انتخاب کرنے کا اختیار تھا۔ اس زمانے میں ہائر سکینڈری کی پڑھائی اسکول کے علاوہ ڈگری کالجوں میں بھی ہوتی تھی۔ میٹرک میں فزیکل سائنس میں اسٹار مارکس نے میر اذہن ”تاروں بھرے آسمان“ پر چڑھا دیا تھا۔ نتیجتاً میں نے بڑی شان سے ہگلی محسن کالج میں فزکس کیمسٹری اور میتھ میٹکس کے ساتھ داخلہ لے لیا۔ مگر ریاضی کی موٹی موٹی کتابیں دیکھ کر اسی مناسبت سے میرے ہاتھ پاؤں پھول گئے۔ مشہور مصنف کے سی ناگ کی ریاضی کی کتابیں ہمہ وقت ذہن پر ناگ کی طرح پھن پھیلائے کھڑی رہتیں۔ یہ جاننے کے باوجود کہ طبیعات میں طبیعت کے برخلاف ریاضی کی ریاضت ناگزیر ہے، میں نے جلد ہی مضمون تبدیل کروانے کی درخواست دے ڈالی اور یوں بایولوجی سے arranged marriage ہوئی جس سے بعد میں عشق بھی ہو گیا۔ یعنی یہاں بھی مغرب کی ”پہلے عشق، پھر شادی“ کے برعکس مشرقی اصول ”پہلے شادی، پھر عشق“ پر کاربند رہا۔ کالج میں داخلہ تو ”اسکول“ جیسی بچکانہ اصطلاح سے چھٹکارا حاصل کرنے کے لیے لیا تھا۔ مگر یہاں آ کر خود کو اس مچھلی کی طرح محسوس کیا جسے تالاب سے نکال کر دریا بلکہ سمندر میں ڈال دیا گیا ہو۔ اسکول کے اردو ماحول سے پہلی بار خالص بنگلہ ماحول میں آیا تھا۔ ہر کلاس میں ڈر اڈر اسا، سہما سہما سار ہتا۔ مشنری اسکولوں سے آئے لڑکے لڑکیاں انگریزی میں گفتگو کر کے اور بھی احساسِ کمتری میں مبتلا کر دیتے۔ فزکس کلاس میں بلیک بورڈ پر نظر جاتی تو ریاضی کے کلاس کا گمان ہوتا۔ کیمسٹری کلاس میں کاربن کے چاروں بونڈس جیمس بونڈ کے چار پستولوں کی ماند لگتے اور طے کرنا مشکل ہو جاتا کہ کس کے نشانے پر ہائیڈروجن رکھنا ہے، کس پر ہائیڈروکسل اور کس پر امونیا، کس پر کاربوکسل۔ بایولوجی کے کلاس میں جان آتی کہ صرف جان داروں سے سابقہ پڑتا۔ عدم خود اعتمادی کے سبب ہمیشہ پچھلی بنچوں پر اپنے غیر بنگالی

دوستوں کے ساتھ بیٹھتا، اور کوشش کرتا کہ چہرہ اگلی قطار میں بیٹھے کسی اسٹوڈنٹ کے سر کی آڑ میں رہے کیوں کہ پروفیسر سے نظریں ملنے کی صورت میں سوال پوچھے جانے کا خطرہ بڑھ جاتا۔ اگلی قطاروں میں کلاس کے ٹاپرس ہوتے جو خوب سوالات کرتے اور پوچھے جانے والے سوالوں کے جواب بھی دیتے۔ پیچھے والے ان سے بہت زیادہ مرعوب رہتے۔ سب سے اگلی قطار میں ایک نہایت ذہین اور اسمارٹ لڑکی انسو یا کانجی لال ہوا کرتی تھی۔ وہ جتنی ذہین تھی اتنی ہی خوبصورت بھی تھی۔ وہ اور اس کی چند ساتھ بیٹھنے والی سہیلیاں کانوینٹ بیک گراؤنڈ کی تھیں۔ لہذا ہمارا بھی ان سے مرعوب ہونا فطری تھا۔ ہم ان سے باتیں کرنا تو دور، ان سے نظریں ملانے سے بھی کتراتے تھے۔ وہ بھی ہمیں ایسی نظروں سے دیکھتیں جیسے ٹاپرس بیک بنچرس کو دیکھتے ہیں۔ ایک دن انگریزی کے کلاس میں پروفیسر نے کمپاؤنڈ اور کمپلکس جملوں کی Analysis پڑھانے کے بعد کچھ جملے انالائز کرنے کو دیئے۔ اس بار اگلی بنچرز اور کانوینٹ والوں نے بھی پہل نہیں کی۔ چند ایک نے کوشش کی مگر جواب غلط قرار دیا گیا۔ میرے ساتھی دونوں جانب سے دبے دبے پرجوش انداز میں مجھے کہنیوں سے ٹہوکے دینے لگے کیوں کہ ان کی نگاہ میں، میں اس موضوع پر بہت نالج رکھتا تھا۔ آخر کار میں نے ہمت مجتمع کر کے آہستگی سے ہاتھ اٹھایا، اور پروفیسر کے اشارے پر کپکپاتے پیروں پر کھڑا ہو گیا۔ کلاس کے تقریباً تمام لڑکے اور لڑکیوں نے پروفیسر کی نگاہوں کا تعاقب کرتے ہوئے سر پیچھے گھمایا اور ... اور ایک ”بیک بنچر“ کو ہاتھ اٹھائے کھڑے دیکھ کر ان کی آنکھیں حیرت سے پھیل گئیں۔ پھر جب میں نے Clauses کی مختلف اقسام اور ان کے آپسی تعلق نیز ان کی فنکشن بتانی شروع کیں تو پروفیسر صاحب مجھے اسی طرح دیکھنے لگے جس طرح فلم ”تھری ایڈیٹس“ میں مشین کی تعریف پوچھنے والے پروفیسر کو چتور رامالنگم نے اس کی ”مشینی تعریف“

کے بعد دیکھا تھا! اسٹوڈنٹس میں بھی چہ مگوئیاں شروع ہو گئی تھیں۔ آخر ایک "بیک بنچر" نے کلاس ٹاپرس کو مات دی تھی۔ کلاس بریک کے بعد میں اپنے ساتھیوں کے ہمراہ کالج کی مین بلڈنگ کی پشت پر چلا گیا جہاں بالکل لبِ دریا اونچے اور گھنے درختوں کے نیچے سیمنٹ کی بینچیں بنی ہوئی تھیں۔ دو پیریڈس کے درمیانی وقفے میں طلباء و طالبات کے لیے وقت گزاری کی بڑی پر فضا اور پسندیدہ جگہ تھی، اور ہر وقت طلبہ کی ایک اچھی تعداد بیٹھے گپ کرتی یا آتی جاتی نظر آتی۔ ہم لوگ ایک بنچ پر بیٹھے محوِ گفتگو تھے کہ اَنسویا نجی لال بھی اپنی سہیلیوں کے ہمراہ آتی دِکھائی دی۔ ویسے تو ہم اسے نظر انداز ہی کر دیتے مگر جب وہ ہماری طرف بڑھی تو ہم سب سنبھل کر بیٹھ گئے۔

اس نے قریب آ کر میری طرف اپنا ہاتھ بڑھایا اور مسکرا کر کہا:

"ہلو، آئم اَنسویا نجی لال۔"

"ہلو، آئم جاوید... جاوید نہال حشمی۔" میں نے کھڑے ہو کر اس سے ہاتھ ملایا۔ چہرے پر نروس نس کو مسکراہٹ میں چھپانے کی پوری کوشش کی۔

درجہ یاز دہم، عمر ۱۷ سال، زندگی میں پہلی بار کسی نوجوان لڑکی کا ہاتھ اپنے ہاتھ میں لیا تھا... ملائم انگلیاں، مخملی ہتھیلی... ایک لائف ٹائم احساس!

"آئم ریئَلی اِمپریسڈ بائی یور ناﻟج آف انگلش گرائمر۔"

"تھینکس۔" میں اس سے آگے کچھ نہ کہہ پایا۔ دل حلق میں دھڑکنے لگا تھا۔ اَنسویا نجی لال... جس کے حسن کے معترف اور جس کی قربت کے متمنی کئی لڑکے تھے۔ مجھے بس یوں محسوس ہوا گویا اطراف میں موجود تمام طلباء و طالبات مجھے کوئی اعزاز وصول کرتے ہوئے دیکھ رہے ہوں۔

اس کے جاتے ہی میرے ساتھیوں نے مجھے یوں "چھیڑنا" شروع کر دیا گویا وہ "آئی لَو یو" بول کر گئی ہو!

شاید اسی واقعے نے لاشعوری طور پر میرے ذہن میں لائف پارٹنر کے اوصاف طے کر دیئے ہوں جنہوں نے آگے چل کر "آل اِن وَن" کے انتظار میں مجھے "آوارگی" سے باز رکھا ہو۔ میرے "آوارگی" سے بچے رہنے کی ایک وجہ اور بھی تھی کہ میرے فلسفۂ عشق میں لڑکی کی "چوئنگم" کبھی نہیں رہی جیسا کہ آج کل کے ریلیشن شپ میں عام ہے۔

میں نے ہمیشہ کہا ہے کہ میری شادی سائنس سے ہوئی ہے مگر اردو ادب سے میرا معاشقہ بہت پرانا ہے۔ تمام بیگم یافتہ افراد کو زندگی میں کئی طرح کے توازن بنائے رکھنے پڑتے ہیں، مثلاً آمدنی و اخراجات میں توازن، ماں کے آنچل کی ہوا اور بیوی کے پلّو کی ہوا میں توازن، سالیوں اور بہنوں کی "عیدی" میں توازن، سسرال آنے جانے میں توازن، وہاں "مدتِ قیام" میں توازن، پڑوسن کی خریداری اور بیگم کی شاپنگ میں توازن، اور اتنے سارے توازن قائم رکھنے میں خود غیر متوازن ہونے سے بچنے کے لیے برموقع، برمحل "جھوٹ اور سچ بولنے" میں توازن! اور مجھے جیسے لوگوں پر فرائضِ خاوندگی (سائنس) اور حوائجِ عاشقی (ادب) میں توازن کا فاصل بار۔ فرض شناسی کی طرف زیادہ مائل ہو تو "چھٹتی نہیں ہے منہ سے یہ کافرلگی ہوئی" کے مصداق، عاشقی للچاتی۔ اگر مغلوب ہو کر ڈیٹنگ (ادبی نشست) پر چلا جاتا تو نئے ہاتھوں پکڑا جاتا اور بھپتیاں کسی جاتیں: "اتنی مشکل سے تو منکوحہ کے پاس لوٹے تھے۔ پھر ہاتھ چھڑا کر معشوقہ کے پاس؟"

ان ہی بہکے بہکے لمحوں کی روداد پیشِ خدمت ہے۔

گر قبول افتد زہے عزّ و شرف۔

جاوید نہال حشمی

جاویدیاتِ نہال حشمی

انیس رفیع

مشتاق احمد یوسفی کا کہنا ہے کہ مقدمہ نگاری کی پہلی شرط یہ ہے کہ آدمی پڑھا لکھا ہو۔ طنز و مزاح لکھنے کی بھی کم و بیش یہی شرط ہے۔ ہمارے ایک دوست سجاد نظر کا بھی یہی خیال ہے۔ اس کا اظہار سیدھے منہ نہیں کیا تھا بلکہ بات الٹ کر کہی۔ اس کا اپنا مزاج تو ظریفانہ نہ تھا۔ سنجیدہ افسانہ نگار تھا۔ اس نے یہی کہا تھا کہ جو طنز و مزاح لکھ سکتا ہے وہ بہت اچھے سنجیدہ افسانے بھی رقم کر سکتا ہے۔ اس کی گفتگو میں کہیں کہیں "گل پھینکے ہے عندلیب یارِ طرح دار کی طرف" کی چاشنی تو ضرور ہوا کرتی مگر شیطان کی ڈائری اور سو دیشی ریل والے شوکت تھانوی جیسے کل وقتی مزاح نگار کی طرح نہیں۔ افسانہ نگاری کے پردے میں برس ہا برس اپنے اس عیبِ معتبر کو چھپائے رکھا۔ یہ بھید ہم پر تب کھلا جب اسے اس کی زندگی کے تیسرے حصے میں اخبار کا ایک کالم "نمک دان" لکھنے کو ملا۔ نمک پاشیاں، گل پاشیاں، جتنی بھی پاشیاں کرنے کو ملیں خوب دُھن کر کیں۔ بعض اوقات پڑھنے والوں کے پیٹ میں اتنے بل پڑتے کہ پڑے رہ جاتے۔ عزّت کے ساتھ بی اے پاس کرنے کے بعد اوّل درجے سے ایم اے بھی پاس کر رکھا تھا۔ گویا مشتاق احمد یوسفی نے جو شرط رکھی تھی

اس سے کہیں زیادہ پڑھے لکھے تھے۔ مگر اس میدان میں جز وقتی ہی رہے۔ ویسے ہندوستان میں ادب جز وقتی ہی ہے۔ ملازمت یا تجارت سے جو وقت بچ جائے وہ ادب اور بال بچوں کی نذر کیا جاتا ہے۔ عام خیال یہ ہے کہ ذہین قاری مقدمہ پڑھے بغیر ہی پنّہ پلٹ دیتا ہے اور آگے بڑھ جاتا ہے۔ پھر بھی مشتاق احمد یوسفی یہ کہتے نہیں جھجکتے کہ ''اس میں شک نہیں کہ کوئی کتاب بنا مقدمے کے شہرتِ عام اور بقائے دوام حاصل نہیں کر سکتی۔'' الٹا یہ کہ خود مقدمہ لکھنا لکھوایا۔ ہاں، 'پس و پیش لفظ' اور پہلا پتھر لکھ اپنی ہی کھلی اڑائی اور اپنا ہی سر پھوڑا۔ دراصل مرحوم بڑے Judgmental اور دو ٹوک قسم کے آدمی تھے۔ اِدھر جھانکانہ اُدھر فیصلہ صادر کر دیا۔ حکمتِ عملی سے کام نہ لیا۔ اچھا کیا، اگر ایسا کرتے تو یوسفی نہ ہوتے حکیم ہوتے۔

بر سبیلِ تذکرہ یہ دو بڑے نام اس لئے آ گئے کہ یہ حروف چند اس کتاب کے لئے لکھے جا رہے ہیں جس کا تعلق بھی اؤدھ پنجی ادب سے ہے۔ اس پنجی کا لاحقہ یقیناً انگریزی کے Punches سے ہی ہے۔ جاوید نہال حشمی جواں سال افسانہ نگار ہیں۔ مائکرو فکشن کے بعد Laughter Machine لے کر یوسفی کے میدان میں کود رہے ہیں۔ Punches یا Pushes، دھکّے مکّے، ان کا پتہ آپ کو اس وقت چلے گا جب جاویدیاتِ نہال حشمی کے اوراق سے صحیح سلامت گزریں گے۔ مہا سنجیدہ افسانوں کے بعد ان کا U-Turn ہماری سمجھ میں آتا ہے۔ افسانہ لکھا ہے تو 'ظریفانہ' بھی لکھیں گے۔ لکھا تو ایسا لکھا کہ جملے پھلجھڑیاں بن کر پھوٹنے لگے۔ ملاحظہ کیجیے:

وارداتِ کلبی میں کتوں کے بارے میں پطرس بخاری کے حوالے سے لکھتے ہیں کہ (۱) انہوں نے ''ان کے نیگیٹیو رول سے چھٹکارا دلا کر ایک ایسے کردار کی

شکل میں پیش کیا ہے جو طرحی اور غیر طرحی دونوں طرح اشعارِ فی البدیہہ سنانے بلکہ دہاڑنے پہ قادر ہوتا ہے۔" (۲) دھوبی کے کتے بھلے ہی نہ گھر کے ہوتے ہوں نہ گھاٹ کے "مگر بشری کتے گھر کے بھی ہوتے ہیں اور گھاٹ کے بھی" (وہ ملکہٗ خانہ اور باس کے سامنے دُم نہ ہوتے ہوئے بھی دُم ہلاتے رہتے ہیں۔ اگر نہ ہلائیں تو طوفانِ خانہ جنگی کے اٹھنے اور پروموشن کے رکنے کا احتمال ہوتا ہے)۔ ملٹی ٹاسکنگ کی بدعت کمپیوٹر کی ایجاد نے پھیلائی ہے۔ ایک پنتھ دو کاج کی جگہ ایک پنتھ ہزار کاج نے لے لی ہے۔ مصنف نے اس کی مثال دو اشعار سے دی ہے:

عجیب بات ہے وہ جس نے قتلِ عام کیا

اسی نے ماتمی جلسوں کا اہتمام کیا

(نسیم عزیزی)

میرے زخم کے لہو سے میرا زخم دھو رہے ہیں

میرا گھر جلانے والے میرے ساتھ رو رہے ہیں

(رئیس آنولوی)

اشعار کے بر محل انتخاب نے حشمی کو رسوا نہیں کیا ورنہ شعروں کے انتخاب میں غالب کے چھکّے چھوٹ گئے تھے۔

کوئی لوٹا دے میرے ... میں حشمی گنجے پن کی ستم ظریفی کا یوں گلہ کرتے ہیں:

"گنجے پن کا سب سے اذیّت ناک مرحلہ وہ ہوتا ہے جب لڑکیاں محبت کی نظر سے دیکھنے کی بجائے عزت کی نگاہ سے دیکھنا شروع کر دیتی ہیں۔"

اب مصنف کی دور بینی کی داد دیجئے:

"گنجے پن کے وبائی شکل اختیار کر جانے کے سبب اگلی نصف صدی میں صورتِ حال

بہت مختلف ہو گی۔ اگر آپ کے سر پر بال ہوں گے تو آپ محفلوں میں اس طرح شرماتے پھریں گے گویا کسی لڑکی کی مونچھیں نکل آئی ہوں۔"

تب جو ہو گا سو ہو گا۔ فی الحال ٹکلے پن کا علاج کوئی نہیں۔

بیوی: ایک معتبر "شک" صیت ... شک ... صیت، بہت خوب۔ مگر لفظ 'معتبر' جوڑ کر موصوف نے فرائضِ طنز کاری سے آنکھیں چرائی ہیں۔ انتہا تو تب ہوتی ہے جب وہ کہتے ہیں "شکّی بیوی ہی پکّی بیوی ہوتی ہے"۔ یہ وہ نہیں، ان کا خوف بول رہا ہے۔ اکبر الہٰ آبادی فوج سے نہیں ڈرتے تھے، بیگم کی 'نوج' سے ڈرتے تھے۔ بج ہونے کے باعث وہ خانگی تشدد کے زلزلہ خیز انجام سے واقف تھے۔ بیچ کا آدمی غیر علامتی بیانیہ ہے جو کھری شفافیت سے عبارت ہے۔ بیچ کے آدمی کی کامیابی کے کئی نسخے تجویز کئے گئے ہیں جن پر عمل کر کے آپ نہ دہشت گرد رہیں گے نہ امن پسند۔ نوٹ فرمائیں:

"بڑے بڑے مفکرین نے زندگی کے ہر معاملے میں اعتدال پسندی کی تلقین کی ہے۔ لہذا جب کبھی آپ کسی متنازعہ معاملے میں کوئی واضح موقف اختیار کرنے میں خطرہ محسوس کریں، بیچ کا آدمی بن جائیں۔ دوسرے لفظوں میں، نظریات کے انتہائی سروں میں سے کسی سے اتفاق نہ کرتے ہوئے دونوں کے درمیان رہ کر میانہ روی کی مثال قائم کریں۔"

ایک خیال یہ بھی ہے کہ جو اِدھر ہیں نہ اُدھر ہیں وہ موقع پرست ہیں۔ حشمی نے ان شعبدہ بازوں کا پردہ فاش کیا ہے، جیسے چین نے Non-Aligned Nations کا پردہ فاش کیا تھا۔

اب تک ہم دنیا کی بے ثباتی کا گلہ کرتے تھے۔ اب 'دنیا سمٹ رہی ہے' کا نعرہ بلند کر رہے ہیں۔ دنیا جلد ہی ایک نقطے پر سمٹ آنے والی ہے۔ کہا جاتا ہے کہ پچھلے زمانوں میں آدمی پچاس فٹ سے زیادہ لمبا ہوا کرتا تھا۔ مہاتما گوتم بدھ بھی اتنے ہی لمبے رہے ہوں گے۔ مگر آدمی گھٹتے گھٹتے اوسطاً پانچ فٹ تک پہنچ گیا ہے۔ حشمی نے

تو نہ جانے کتنی لمبی فہرست بنائی ہے سمٹتے اجناس اور تارِ حیات کی۔ لیکن 'اتنے ہوئے قریب کہ ہم دور ہو گئے' علیک سلیک کی حد اب گردن کی ہلکی سی جنبش میں سمٹ آئی ہے۔ انٹرنیٹ کے نئے نئے Gadgets سے 'دنیا میری مٹھی میں' جیسا خیالی پلاؤ حقیقت بن چکا ہے۔ اب تو 'پوری کائنات میری مٹھی میں' کے دعوے ہیں۔ خدشہ ہے کہ اس کشاکش میں دنیا کا بھر تانہ بن جائے۔

حسن ترتیب کو ملحوظ رکھتے ہوئے میں نے اولین چھ موضوعات کو بساط بھر چھوا ہے۔ دل میں گدگداہٹ اور انگلیوں میں سرسراہٹ کے مزے لئے۔ چاہتا تو بقیہ کو بھی قلم گیر کرتا پھر خیال آیا کہ ان کو پڑھ تو چکا ہوں اب مزید دہی پہ سہی کرنا نصبی شرافت کے شایانِ شان نہیں۔

افسانہ نویسی اور مزاح نگاری دونوں ہی سہل اور عام بول چال کی زبان کا تقاضہ کرتے ہیں۔ جاوید نہال حشمی نے ان کا دھیان اپنی تحریروں میں رکھا ہے۔ چنانچہ ان کو پڑھتے ہوئے شگفتگی کا احساس ہوتا ہے۔ وہ جملہ سازی اور بذلہ سنجی کے گھال میل سے طنز و مزاح دونوں کو ایک اکائی میں مجسم کر دیتے ہیں۔ مثلاً جاویدیات کے چند فقرے دیکھیں:

- راسخ العقیدہ مسلمان بسم اللہ پڑھ کر ذبیحہ چکن کو 'حلال' کرتے ہیں جب کہ مسخ العقیدہ مسلمان غیر ذبیحہ چکن کو بھی بسم اللہ پڑھ کر حلال کر لیتے ہیں۔

- غلط فہمی دل میں کدورت پیدا کرتی ہے جب کہ خوش فہمی دماغ میں رعونت۔

- ہمارے مہجری ادب کا گھر دامادوں کے ذکر سے یکسر خالی ہونا ایک نہایت ہی افسوس ناک امر ہے۔

ریاضی کے جدید نصاب کا ایک ماڈل سوال ملاحظہ کریں:

- اگر ایک باپ اپنے ہاتھوں میں موبائل لئے، اپنے بیٹے کو ایک گھنٹے میں ریاضی کے چار سوال حل کروا سکتا ہے تو بغیر موبائل لئے وہ اتنے ہی وقت میں کتنے سوالات

حل کروا سکتا ہے؟

سوشل اسٹڈیز کے جدید نصاب کے ماڈل سوالات:

- دنگوں اور جنگوں کے فروغ میں میڈیا کی خدمات کا جائزہ لیجے۔
- سوشل میڈیا کے امڈتے سیلاب میں سنسر بورڈ کی بے چارگی پر تفصیلی ہمدردی کا اظہار کریں اور ایک مختصر Obituary تحریر کریں۔

جاویدیات سیریز میں اور دیگر تحریروں میں بھی انہوں نے نئی نئی ترکیبات کا استعمال کیا ہے جیسے مسخ العقیدہ، شک صیت، لت دار، بلبلاہٹ، مشنوف، سر سے ماں کی کوکھ کا سایہ اٹھ جانا، ابو اللت، مابعد خروج وغیرہ ترکیبات وضع کرتے ہوئے بھی انہوں نے ہنسی آور مرکبات کا خاص خیال رکھا ہے۔ یہ تمام اوصاف حشمی کے اختراعی ذہن کے غماز ہیں۔ بیانیہ کی تشکیل موضوع کی مناسبت سے ہوئی ہے۔ کفایتِ لفظی بھی ان کی اس نگارش کا امتیاز ہے۔ اپنے شعور و وجدان سے کام لیتے ہوئے زندگی کی گوناگوں کیفیتوں سے قاری کو گزارنا ایک فنّی مہم ہے، بطور خاص طنز و مزاح میں۔ اس مہم میں حشمی کامیاب ہیں۔ کہیں کہیں بے حد سنجیدہ جملے اور ضرورت سے زیادہ ہلکے الفاظ کا استعمال نہ ہو تا بھی ان کی حسِّ مزاح میں کوئی نہ نہ آتی۔ خاص بات یہ ہے کہ جاوید نہال حشمی نے ہمیں تازہ ترین موضوعات کی طرف راغب کرنے کی کوشش کی ہے، اور بیگمات سے چھیڑ چھاڑ اور عورتوں کی کھلی اڑا کر مزاح پیدا کرنے کی گھسی پٹی راہ سے بہت حد تک گریز کیا ہے۔

"ملٹی ٹاسکنگ" فن کار

ڈاکٹر عابد معز

سوشل میڈیا پر مجھے ایک دن اسکول کے بلیک بورڈ یعنی تختہ سیاہ پر سائنس سے متعلق رنگین قلموں سے بنی ایک تصویر دکھائی دی۔ محسوس ہوتا تھا کہ کسی مشاق فن کار نے اپنا کمال دکھایا ہے۔ لیکن غور سے دیکھا تو سمجھانے کی خاطر اس تصویر یا اشکال کی لیبلنگ کی گئی تھی۔ مجھے یہ سمجھنے میں دیر نہیں ہوئی کہ ایک استاد نے بچوں کو سائنس سمجھانے کے لیے یہ تصویر بنائی ہے۔ خیال آیا کہ استاد محترم اپنا چالیس یا پچاس منٹ کا وقت اس قسم کی کارستانی میں صرف کر دیتے ہوں گے، پڑھاتے کیا خاک ہوں گے۔ بعد میں استفسار پر استاد موصوف نے بتایا کہ اس قسم کی تصویر بنانے میں صرف چند منٹ لگتے ہیں۔

سائنس فہمی کی اس کامیاب کوشش سے متاثر ہو کر میں نے اس فنکار استاد سے رابطہ کیا تو وہ جاوید نہال حشمی نکلے۔ ان سے فون پر بات ہوئی۔ میں نے ان کی کوشش کی ستائش کی، وہ خوش ہوئے۔ میں اچھی کاوش دیکھ کر پہلے ہی سے خوش تھا اور اسی خوشی میں، میں نے انھیں قومی اردو سائنس کانگریس 2017ء میں شرکت کی دعوت دے دی۔ وہ بھی خوش ہوئے اور سائنس کانگریس میں شرکت کے لیے کولکاتا سے حیدرآباد تشریف لے آئے۔ اردو سائنس کانگریس کے سیمینار میں جاوید

نہال حشمی نے اردو میں سائنس کی تدریس کے موضوع پر اپنا پُرمغز مقالہ پیش کیا جسے پسند کیا گیا۔

قومی اردو سائنس کانگریس 2017ء میں ایک ادبی محفل بھی منعقد کی گئی تھی جس میں کانگریس میں شریک اردو سائنس دانوں نے اپنی ادبی تخلیقات پیش کی تھیں۔ اس ادبی محفل میں بھی جاوید نہال حشمی نے شریک ہو کر مجھے حیرت زدہ کر دیا۔ انھوں نے 'ملٹی ٹاسکنگ' نامی ایک پُرلطف اور معنی خیز انشائیہ اپنے دلچسپ انداز میں سنایا۔ انشائیہ پیش کرنے سے پہلے موصوف نے بتایا کہ بنیادی طور پر وہ ایک افسانہ نگار ہیں اور ان کے افسانوں کا ایک مجموعہ دیوار کے عنوان سے شائع ہو چکا ہے۔ لیکن گاہے ماہے وہ انشائیے بھی لکھتے رہتے ہیں۔ محفل کے بعد ملاقات میں موصوف نے اپنے افسانوں سے کھڑی کی ہوئی کتابی دیوار میری نذر بھی کی۔ یوں حیدرآباد میں قیام کے دوران ان کے متعلق ایک کے بعد دیگر خوبیوں کا ڈرامائی انداز میں انکشاف ہوتا رہا جو اب بھی جاری ہے۔ شاید وہ اس خیال کے حامی ہیں کہ زور کے جھٹکے دھیرے دھیرے سے لگانے چاہئیں۔ حیدرآباد میں ہوئی ملاقات کے بعد سے ہم دونوں فون اور سوشل میڈیا کے ذریعہ رابطے میں ہیں۔

قومی اردو سائنس کانگریس 2018ء میں جاوید نہال حشمی نجی مصروفیات کے سبب شریک نہیں ہو سکے۔ ان کی کمی کو ہم سبھی نے محسوس کیا۔ اپنی غیر حاضری کو انھوں نے یوں پُر کیا کہ فون پر کانگریس کے بارے معلومات حاصل کرتے رہے۔ ایک دن موصوف کا فون آیا تو میں نے خیال کیا کہ معمول کا فون ہو گا۔ وہ اپنی خیریت سے مجھے آگاہ کریں گے اور میں اپنی خیریت کے لیے ان کی دعاؤں کا شکریہ ادا کروں گا لیکن اس مرتبہ انھوں نے خلاف توقع بتایا کہ ان کے انشائیوں کا مجموعہ شائع ہو رہا ہے اور وہ چاہتے ہیں کہ میں اس کا پیش لفظ لکھوں۔

کچھ لمحے سنجیدگی سے غور و فکر کرنے کے بعد میں نے حقیقت بیان کی کہ آپ ایک مستند لکھاری ہیں اور آپ کی تخلیقات اخبارات و رسائل کی زینت بنتی رہتی ہیں، آپ کو مجھ جیسے یا کسی اور ادیب سے سفارش لکھوانے کی ضرورت نہیں ہے۔ آپ کی اس حرکت سے کتاب اور خود آپ کی شہرت کو خطرہ لاحق ہو سکتا ہے۔ لیکن وہ نہیں مانے، غیر ضروری بحث کرنے لگے اور آخر میں دھمکی دینے کی نیت سے دریافت کیا۔ 'آئندہ اردو سائنس کانگریس کب ہے؟' میں نے تاریخ بتلائی تو انھوں نے شرکت کی رضامندی ظاہر کی۔ 'پچھلی مرتبہ غیر حاضری کا افسوس ہے لیکن اس مرتبہ حاضر ہو جاؤں گا۔۔۔' ان کے انداز سے بات میری سمجھ میں آ گئی، میرے پاس ایک خوش گوار فریضہ کے لیے ہامی بھرنے کے علاوہ کوئی دوسرا آپشن نہ تھا۔

جاوید نہال حشمی پیدائشی فنکار ہیں اور انھیں اپنے فن کے اظہار کے لیے ایک کینوس کافی نہیں ہے۔ وہ مختلف جہتوں میں خدا کی ودیعت کردہ فن کا اظہار کرتے ہیں۔ ان کی پیدائش ایک عالم اور شاعر کے گھر ہوئی اور ان کی پرورش ادبی ماحول میں ہوئی ہے۔ نتیجہ اس صورت میں ظاہر ہوا کہ انھوں نے اپنا پہلا افسانہ اس وقت لکھا جب وہ ساتویں جماعت میں تھے اور ان کی پہلی کہانی 'پیام تعلیم' میں شائع ہوئی تھی۔ جبکہ اس عمر میں اکثر بچے املا درست کر رہے ہوتے ہیں۔

حشمی صاحب کو ڈرائنگ کا شوق بھی بچپن سے ہے۔ دراصل تمام اچھی عادتیں بچپن ہی میں پڑ جاتی ہیں۔ بڑے ہونے کے بعد بری عادتیں اور بری صحبتیں ہی میسّر آتی ہیں۔ خیر، ڈرائنگ کے شوق نے انھیں کارٹون بنانے پر اکسایا اور انھوں نے اس میدان میں بھی خاصا کام کیا اور نام بھی کمایا۔ انھوں نے کارٹونی کہانیاں لکھیں اور بنائیں بھی۔ مختلف رسالوں کے لیے کارٹون بنائے۔ اردو رسالوں اور اخبارات میں ان کے کارٹون اسٹرپس بھی شائع ہوئے۔ انھوں نے اپنے اس شوق

اور قلم سے ادیبوں، شاعروں اور نامور لوگوں کے اسکیچز بھی بنائے۔

جاوید نہال حشمی نے کبھی بتایا ہے کہ انھوں نے ڈرامے لکھے اور اسٹیج بھی کیے لیکن اداکاری نہیں کی۔ انھیں دیکھ کر اور ان سے مل کر یقین نہیں آتا، وہ ہیرو اگر نہیں تو سائیڈ ہیرو ضرور بن سکتے ہیں۔ گمان اغلب ہے کہ انہوں نے چھوٹے موٹے رول تو نبھائے ہوں گے۔ کبھی کوئی آرٹسٹ غیر حاضر تو رہا ہو گا۔

جاوید صاحب نے افسانے اور انشائیے لکھنے کے علاوہ سائنسی مضامین اور نوٹس لکھے جو عام لوگوں اور طالب علموں کے لئے فائدہ مند ثابت ہوئے۔ غرض جاوید نہال حشمی ایک مستند اردو رائٹر ہیں۔ انھوں نے اردو میں فکشن اور نان فکشن دونوں زمروں میں لکھا۔ ان کا شمار اردو کے ان چند ادیبوں میں کیا جا سکتا ہے جو جدید ٹکنالوجی کا استعمال کرتے ہیں، چاہے وہ سوشل میڈیا ہو یا اپنی تحریروں کی ڈیجیٹل پیش کشی ہو!

جاوید نہال حشمی رائٹر کے ساتھ ایک کارٹونسٹ بھی ہیں۔ آرٹسٹ بھی ہیں۔ ڈرامے انھوں لکھے اور اسٹیج بھی کیے۔ وہ ایک اچھے دوست بھی ہیں۔ ایک مرتبہ آپ ان کے رابطہ میں آ جائیں تو وہ آپ سے رابطہ میں رہتے ہیں اور اپنے خلوص کا ثبوت پیش کرتے رہتے ہیں۔ آج کے مادّہ پرست دور میں ایسے پر خلوص دوست کم کم ہی ملتے ہیں۔ ان سب کے علاوہ وہ ایک بہترین استاد ہیں۔ ایک اچھے استاد کے لیے سب سے پہلے اس کا بہترین انسان ہونا ضروری ہے۔ ان کے ساتھی اساتذہ اور طالب علم اس بات کی گواہی ضرور دیں گے۔

جاوید نہال حشمی صاحب نے فنون لطیفہ کی مختلف الجہت اصناف پر طبع آزمائی کی ہے اور اگر انھوں نے کوئی قابل ذکر صنف پر توجہ نہیں کی تو وہ شاعری ہے۔ معلوم نہیں وہ اسباب کیا ہیں جن کے ہوتے حشمی صاحب شاعری سے دور رہے۔

میرے خیال میں یہ اچھا ہی ہوا کہ حشمی صاحب نے شاعری نہیں کی۔ اگر وہ شاعری کرتے تو پھر 'عرض کیا ہے' کے پھیر میں پڑ جاتے اور ان سے ڈھنگ کا کوئی دوسرا کام نہیں ہو پاتا!

جاوید نہال حشمی کی شخصیت کے متعلق میں نے خامہ فرسائی اس مقصد سے کی ہے کہ میں یہ کہہ سکوں کہ انشائیے لکھنے کے لیے ایسی ہی شخصیت موزوں ہوتی ہے۔ اس قسم کا مختلف الجہت ادیب انشائیے لکھ سکتا ہے۔ ان کا مزاج جسے ہم ٹمپرامنٹ کہتے ہیں ان سے انشائیے لکھواتا ہے۔ دراصل لوگوں سے ان کا مزاج ہی مختلف کام کرواتا ہے، یہ بات فنون لطیفہ میں صد فی صد صحیح ثابت ہوتی ہے۔ جاوید نہال حشمی اگر انشائیے نہ لکھتے تو ہم ایک انشائیہ نگار اور معیاری انشائیوں سے محروم رہتے!

کسی موضوع کو مختلف زاویوں سے دیکھ اور پرکھ کر اس پر انشائیہ لکھا جاتا ہے۔ انشائیہ کے لیے دلچسپ انداز از تحریر بھی ضروری ہے۔ کارٹون بنانے والے کے پاس یہ زاویہ نگاہ تو ہوتا ہی ہے۔ انشائیہ میں بات سے بات نکالی جاتی ہے اور انشائیہ نگار کا مطالعہ اور تجربے کا وسیع ہونا بھی ضروری ہے۔ جاوید صاحب کو نثری ادب سے بے انتہا دلچسپی ہے اور وہ ادب تخلیق کرنے سے زیادہ دوسروں کا لکھا ہوا ادب پڑھتے ہیں۔ غرض انشائیے لکھنے کے لیے درکار صفات جاوید نہال حشمی میں بہ درجۂ اتم پائی جاتی ہیں۔ اس لیے ان کے انشائیے پڑھتے وقت لگتا نہیں ہے کہ ادبی شہرت کا بھوت ان سے زبردستی لکھوا رہا ہے بلکہ محسوس ہوتا ہے کہ ان کے قلم سے انشائیہ درآ رہا ہے۔

جاوید نہال حشمی صاحب نئے اور اچھوتے موضوعات پر انشائیے قلمبند کرتے ہیں۔ ملٹی ٹاسکنگ کی مثال دی جا سکتی ہے۔ اس موضوع پر انشائیے کے پیرائے ہی

میں لکھا جا سکتا تھا اور پڑھتے وقت محسوس ہوتا ہے کہ اس انشائیے میں موضوع سے انصاف ہوا ہے۔ کتاب کی فہرست دیکھ لیجیے، ہمیں اس قسم کے مزید عنوانات ۔ وارداتِ کلبی، گود گودیاں، نیچ کا آدمی وغیرہ ملتے ہیں۔

انشائیوں کے لیے گائے، نام اور کوّا جیسے پرانے اور آز مودہ موضوعات ہیں۔ لیکن جاوید صاحب نے ان موضوعات پر اپنے انداز سے لکھا ہے۔ یہ ایک اچھے ادیب کا کمال ہوتا ہے کہ وہ پرانے موضوع کو اپنے انداز اور طریقے سے برتتا ہے۔ یہ انشائیے پڑھنے سے اندازہ ہو جاتا ہے کہ وہ کس دور میں لکھا گیا ہے اور کس ادیب نے لکھا ہے۔ انشائیہ کی یہ ایک اہم خوبی ہوتی ہے کہ وہ انشائیہ نگار کے بارے میں معلومات فراہم کرتا ہے۔

انشائیہ اور انشائیہ نگاری پر اس سے زیادہ اور ادبی گفتگو درکار ہے تو آپ کو میرا مشورہ ہے کہ کسی نقاد سے رجوع کریں۔ میری مخلصانہ رائے اور تجربہ بھی یہی ہے کہ انشائیہ کی تعریف بیان کرنے سے زیادہ آسان انشائیہ تحریر کرنا ہے۔ میری اس رائے سے مصنف کا اتفاق کرنا ضروری نہیں ہے۔ آپ بحیثیت قاری اس بحث میں الجھنے کی بجائے انشائیے پڑھیے اور جاوید نہال حشمی صاحب کو داد دیجیے۔

حشمی اور ان کے انشائیے

"جاوید نہال حشمی کے انشائیوں میں زبان و بیان اور فکری حوالہ بے حد مضبوط، زرخیز اور کیف پرور ہیں۔ ان کی تحریروں میں الفاظ اور معانی کی صوتیاتی ہم آہنگی فن کو واضح کرتی ہے۔ زندگی کے مختلف مراحل اور واقعات کی حسّیات اور شعور کے سمندر میں ڈوب کر موتی نکالنے کا ہنر وہ جانتے ہیں۔ اسی لئے شگفتگی گفتار کے لمحے تلاش کرنے میں ان کے یہاں انفرادیت ہے۔ جاوید نہال حشمی اپنے انشائیوں کے ذریعہ پیوست اور عدم توازن کو اعتدال سے ہم آہنگ کرنے میں کامیاب نظر آتے ہیں۔ معاشرے کے کھوکھلے پن کے توازن کے لئے تمیز، امتیاز اور انصاف کی طرف وہ خصوصی توجہ دیتے ہیں اور غیر ثقہ راوی بن کر شوقِ فراواں کی راہ میں آنکھیں بچھاتے ہیں۔ ساتھ ہی رودادِ حیات کی اذیت رسانی پر ثمّت کی مہر لگاتے ہیں۔ سچ تو یہ ہے کہ وہ روشن پہلو، سنجیدہ بنیادوں پر قائم کرتے ہیں، اور اکیسویں صدی کے دلوں اور ذہنوں میں جھانک کر محتسب بنتے ہیں تا کہ انشائیہ کی دلفریب لکیریں فطری پن کے ساتھ نئے زاویئے کا مطالعہ بن سکیں!"

ڈاکٹر مناظر عاشق ہرگانوی (مرحوم)

جاوید نہال حشمی

جاوید نہال حشمی

وارداتِ کلبی

اردو ادب میں آج کتوں کو جو مقام حاصل ہے اس کے لئے ان کی آنے والی نسلیں پطرس بخاری اور ان کی آئندہ نسلوں کے پیچھے ہمیشہ دُم ہلاتی پھریں گی۔ ایسا نہیں ہے کہ پطرس سے قبل اردو میں ان کا نام لیوا کوئی نہیں تھا۔ البتہ، ان کا ذکرِ خیر "ذکرِ غیر" کی طرح ہوا کرتا تھا۔ پطرس نے پہلی بار انہیں بالی ووڈ کی عطا کردہ ذلّت کی پستیوں سے نکال کر اردو تہذیب کی پر وقار بلندیوں پر پہنچا دیا۔ اعزازی سند یافتہ ہونے کے بعد اب وہ چھوٹے سے لے کر بڑے تمام ادباء و شعراء کا موضوعِ سخن بن چکے ہیں۔ ان کی فطرت، خصلت اور عادت پر ہر زاویے سے نگاہ ڈالی جاتی ہے۔ پطرس بخاری نے اجتہادی قدم اٹھاتے ہوئے انہیں نگیٹیو رول سے چھٹکارہ دلا کر ایک ایسے کردار کی شکل میں پیش کیا...جو طرحی اور غیر طرحی دونوں طرح کے

اشعارِ فی البدیہہ سنانے بلکہ دہاڑنے پر قادر ہوتا ہے۔ اس کے برعکس، بالی ووڈ کے اداکار، خصوصاً دھرمیندر، اپنے ہائی وولٹیج مکالموں مثلاً "کتے، میں تیرا خون پی جاؤں گا" اور "تجھے کتے کی موت ماروں گا" کے ذریعہ انہیں پھر بھی ولین بنا کر پیش کرتے رہے ہیں۔ حالانکہ کتوں کا خون پینے کی دھمکی دینے والے دھرمیندر کو اگر شک بھی ہو جائے کہ اس کے پسندیدہ ریستوراں میں بیف یا مٹن کے نام پر کتے کا گوشت سرو کیا جاتا ہے تو تمام مکالمے بشمول جملہ حقوق اُلٹیوں کے ساتھ باہر آ جائیں۔

چوکیداری سے لے کر وفاداری تک ان کے نام کی قسمیں کھانے کے باوجود انسان موقع ملتے ہی ان کی تحقیر و تضحیک کرنے سے نہیں چوکتا۔ کسی کو چاپلوس کہتے وقت خواہ مخواہ انہیں بیچ میں گھسیٹا جاتا ہے حالانکہ کتے دُم رکھ کر بھی اپنی دُم اتنی سرعت و کثرت سے نہیں ہلاتے جتنا انسان بغیر دُم کے، دُم ہلانے کی صلاحیت رکھتا ہے۔ بزرگوں کو اکثر کہتے سنا گیا ہے "برخوردار، یوں ہاتھ پہ ہاتھ دھرے بیٹھے رہنے سے کچھ نہیں ہوتا۔ کچھ حاصل کرنے کے لئے ہاتھ پیر ہلانا پڑتا ہے۔" اب انہیں کون سمجھائے کہ یہ نظریہ اب متروک ہو چکا ہے۔ دورِ جدید میں ترقی پانے کے لئے، خصوصاً پروموشن کے معاملے میں، ہاتھ پاؤں سے زیادہ دُم ہلانے کی افادیت مسلم ہے۔ مسلسل یوں گا سے بھی قد میں اتنا اضافہ نہیں ہوتا جتنا برمحل اور برموقع، بلکہ ہر موقع، دُم ہلانے سے ہوتا ہے۔ دُم بھلے ہی چھوٹی ہو، تتلی ہو مگر "قابلِ حرکت" ہونی چاہئے، اور اس کا وائی فائی بھی ہمیشہ آن رہنا چاہئے تاکہ کسی بھی سروس نیٹ ورک کے زیرِ اثر آتے ہی بلا تفریق (بغیر پاس ورڈ کے) فوراً "کنکٹ" ہو جانے کی صلاحیت رکھتا ہو۔ دھوبی کا کتا بھلے ہی گھر کا ہو تا ہو نہ گھاٹ کا، مگر بشری کتے گھر کے بھی ہوتے ہیں اور گھاٹ کے بھی۔ یہ چشم زدن میں ڈھابہ سے اعلیٰ مقام تک پہنچ جاتے ہیں۔ پھر ایوانِ زیریں ہو یا ایوانِ بالا، یہ ہر جگہ "دُم دُماتے" پھرتے

ہیں۔ انسانی معاشرہ ارتقاء کی اس منزل پر پہنچ چکا ہے جہاں "دُم دار" نہیں، "دُم دار" شخصیات کامیاب ہوتی ہیں۔ بڑے بڑے "دَم خَم" رکھنے والوں کو "خَم دُم" والوں کے سامنے سرنگوں ہوتے دیکھا گیا ہے کیوں کہ جب مؤخر الذکر کے حسّیاتِ کلبی بیدار ہوتے ہیں تو اس کی "کلبلاہٹ" اوّل الذکر کو "بلبلاہٹ" میں مبتلا کر دیتی ہے۔ اسے یقین ہو جاتا ہے کہ "کلبلی" مچتے ہی اس کی تمام تر صلاحیتیں اس بھگدڑ میں روند دی جائیں گی۔ یہی وجہ ہے کہ بیکراں آسمان میں بکھرے بے شمار ستاروں کے درمیان "دُم دار ستارے" کی حیثیت سائنسی اعتبار سے بھی منفرد اور اہم ہوتی ہے۔

اشرف المخلوت کا درجہ عطا کرنے کے باوجود پتہ نہیں مشیتِ ایزدی میں کیا سمائی کہ انسانوں کو اس سریع الاثر عضوئے ترقی و کامرانی سے محروم رکھا۔ ڈارون نے بھی اس زخمِ احساسِ محرومی پر اپنے نظریئے سے خوب خوب نمک پاشی کی اور انسان کو اپنے تابناک بلکہ خیرہ کن ماضی کی یاد دلا کر کفِ افسوس ملنے پر مجبور کر دیا۔ بس پھر کیا تھا:

چلا وہ تیر جو بہتر تری کمان میں ہے

کسی کی "پونچھ" میں جادو، تری زبان میں ہے

کے مصداق، اس نے اپنے ہاتھ پیر اور زبان تینوں کو دُم کے کام پر مامور کر دیا۔ اگر عورتیں آنکھیں "مٹکا کر" اور کولہے "ٹھمکا کر" مردوں کو "ٹپکا" سکتی ہیں اور بڑے بڑے کام بھی نکال لیتی ہیں تو مرد "دُم ہلا کر" ترقی کی سیڑھیاں چڑھ بلکہ پھلانگ سکتا ہے، البتہ بحیثیت شوہر، یہ اسلحہ صرف "بندگی" کی علامت ہے۔ یہ افسوسناک امر ہے کہ اس فن میں حضرت انساں نے کتوں سے شرف تلمذ حاصل کیا ہے لیکن ان کے نام کا تخلص خود کی بجائے ہمیشہ دوسروں سے منسوب کرتا آیا ہے۔

اردو ادب میں کتوں کی مقبولیت سے متاثر ہو کر اب سیاست دانوں نے بھی انہیں اپنا برانڈ ایمبیسیڈر بنانے کی سعی شروع کر دی ہے۔ کبھی کسی کو اپنی کار تلے کچلے جانے والے کتوں میں کسی صوبے کے مظلوم و مقتول انسانوں کی شبیہ نظر آتی ہے تو کسی کو زندہ جلتے ہوئے دلت بچوں میں سنگسار ہوتے کتوں کا عکس نظر آتا ہے، کبھی کوئی نیتا کسی مشہور صحافی کی تذلیل کے لئے بے دھڑک اور بلا اجازت کتوں کا نام ایسے استعمال کرتا ہے گویا کسی رشتے کے تحت اپنا حق سمجھتا ہو۔ وہ تو انسانوں کی قسمت اچھی ہے کہ دنیائے سگ میں کوئی "بابا سگ گیتکر" نہیں پیدا ہوا، اور وہ ہنوز ذلّت و خواری کی زندگی گزارنے پر مجبور ہیں۔

اکثر سوچتا ہوں صدیوں سے کچلے جا رہے کلبی جذبات اگر اچانک بھڑک اٹھیں اور انہوں نے ہتک عزت کا دعویٰ دائر کر دیا تو کیا ہو گا۔ سب سے پہلے تو قادر خان اور ان جیسے ستر اسّی کی دہائی کے دیگر کئی فلم مکالمہ نویس فوراً پولس ریمانڈ میں لے لئے جائیں گے۔ یہ دیکھتے ہی ان مکالموں کو اسکرین پر ادا کرنے والے اداکار پہلی ہی فرصت میں پیشگی ضمانت کی درخواست دے دیں گے۔ ہو سکتا ہے دھرمیندر کے خلاف غیر ضمانتی وارنٹ جاری ہو جائے۔ فلموں سے لے کر سیاست تک، ہر جگہ ان کا رائلٹی فری نام بے دھڑک اور بے تحاشہ لیا جاتا ہے۔ اگر کتے حقوقِ حیواں (اینیمل رائٹس) والوں کی پیروی سے شہ پا کر کاپی رائٹ کی خلاف ورزی کا مقدمہ دائر کرتے ہوئے رائلٹی کا مطالبہ کر بیٹھیں تو کئی فلمی شخصیات کنگال ہونے کے قریب آ جائیں گی۔ لہذا وہ فوری طور پر کل ہند کتا ایسوسی ایشن کے نمائندوں سے مل کر آؤٹ آف کورٹ سیٹلمنٹ یعنی عدالت سے باہر تصفیہ کے لئے دم ہلانے لگیں گی۔ لیکن اس درمیان "ڈگنیٹی آف ڈاگ" نامی تنظیم کا سربراہ خون کے بدلے خون کا مطالبہ کرتے ہوئے یہ تجویز رکھے گا کہ ان انسانوں کا نام دیا جائے جنہوں نے

زندگی بھر ذلیل انسانوں کو کتا کہہ کر پکارا تھا اور "تذلیلِ سگ" کے مرتکب ہوئے تھے۔ اپنے حق میں فیصلہ آتے ہی کتے "چن چن کر" فلمی و سیاسی شخصیات کا نام اپنے لئے منتخب کریں گے۔ آپ بخوبی اندازہ لگا سکتے ہیں کہ کس نام کو اپنانے کے لئے کتوں میں خونریز جنگ چھڑ جائے گی ...... لیکن جیتے گا وہی کتا جس کا سینہ چھپن انچ کا ہو گا۔

ملٹی ٹاسکنگ

ملٹی ٹاسکنگ اصلاً کمپیوٹر سے متعلق ایک اصطلاح ہے جس کا استعمال ایسے پروگرام کے سلسلے میں کیا جاتا ہے جو بیک وقت کئی کام انجام دیتا ہے، اور اس طرح وقت اور محنت کی کفایت کے ذریعہ اپنے ''اسمارٹ'' ہونے کا دعویٰ کرتا ہے۔ ظاہر ہے یہ ہماری تکنیکی ترقی کا بیّن ثبوت بھی ہے۔ لیکن جیسا کہ مشہور ہے مشینیں مشینیں ہی رہیں گی، وہ جتنا بھی اسمارٹ اور ان ٹیلی جنٹ کیوں نہ ہو جائیں، انسانوں کی ہم سری کا دعویٰ نہیں کر سکتیں کیوں کہ مشینیں بہر حال مخلوق ہیں اور ہم اس کے خالق!

مشینوں نے صدیوں پہلے اپنا سفر تھوڑے اور پہیے سے شروع کیا تھا۔ ایک نہایت طویل سفر کے بعد آج کمپیوٹر کے دَور میں آ کر وہ ملٹی ٹاسکنگ کا دعویٰ کرنے کے قابل ہوئی ہیں۔ جب کہ ہم انسانوں نے ہر دَور اور ہر عمر میں ملٹی ٹاسکنگ کے نادر نمونے پیش کئے ہیں۔ بلکہ ماں کی گود سے قبر کی گود تک ملٹی ٹاسکنگ کی وہ مثالیں قائم کی ہیں کہ اگر مشینیں جذبات سے عاری نہ ہوتیں تو شرم سے پانی پانی ضرور ہو جاتیں!

ہماری زندگی میں ملٹی ٹاسکنگ کی ابتدا شیر خواری کے ساتھ ہوتی ہے جب ہم دودھ پیتے پیتے ماں کے کپڑے یا بستر گیلا کرنے، بلکہ بعض اوقات "چپ چپا" کرنے، کا بھی کام بیک وقت انجام دیتے ہیں۔ پھر جب اسکول جانے کے قابل ہو جاتے ہیں تو ملٹی ٹاسکنگ کا کلاسیکل نمونہ پیش کرتے ہیں۔ ملٹی ٹاسکنگ کو بروئے کار لاتے ہوئے ٹی وی دیکھنے اور کھانا کھانے کے اوقات کو ایک میں ضم کر دیتے ہیں۔ اس طرح ہر نوالہ چھوٹا بھیم کے لڈووں کی طرح بلاروک ٹوک حلق سے نیچے اُترتا رہتا ہے، اور دیکھتے ہی دیکھتے پلیٹ اس طرح صاف ہو جاتی ہے جیسے ڈوریمون ڈورا کیک کھاتے وقت اپنی تھالی صاف کر دیتا ہے! اِدھر ماں بھی خوش کہ کھانے کی طشتری لیے بچے کے تعاقب میں جیری کے پیچھے ٹام کی طرح بھاگ دوڑ نہیں کرنی پڑتی۔

بعض اوقات ہم لاشعوری طور پر ملٹی ٹاسکنگ انجام دے رہے ہوتے ہیں۔ مثلاً نماز میں قیام کے دوران روز مرہ کے چھوٹے موٹے حساب کتاب بآسانی نپٹائے جاتے ہیں۔ اگر امام صاحب نے سورۃ لمبی کھینچ دی تو کیا کہنے! کاروبار کے روزانہ کے خرید و فروخت کا تخمینہ اور نقصان و منافع کا اندازہ بغیر کاغذ قلم کے بہت حد تک مکمل ہو جاتا ہے۔

ہم ٹیچر لوگ جس چابکدستی سے ملٹی ٹاسکنگ انجام دیتے ہیں، دوسرے پیشے سے متعلق لوگ شاید ہی دے پائیں۔ بلیک بورڈ پر کوئی مشکل سوال، یا ڈرائنگ ہی، دے کر بآسانی اخبار کی سُرخیوں پر نظریں دوڑائی جاسکتی ہیں، یا پھر موبائل سے پیغام رسانی یا کال کئے جاسکتے ہیں۔

سیاست داں بلاشبہ ملٹی ٹاسکنگ کے ماہر کہے جاسکتے ہیں جن کی تعریف میں نوجوان شاعر نسیم عزیزی نے کیا خوب شعر کہا ہے۔

عجیب بات ہے وہ جس نے قتلِ عام کیا

اسی نے ماتمی جلسوں کا اہتمام کیا

رئیس آنولوی بھلا کہاں پیچھے رہنے والے تھے

میرے زخم کے لہو سے میر از خم دھو رہے ہیں

میر اگھر جلانے والے میرے ساتھ رو رہے ہیں

ایک اور شاعر نے ملٹی ٹاسکنگ کو اپنے شعر میں یوں باندھا ہے

رات کو خوب ہی پی صبح کو توبہ کر لی

رند کے رند رہے ہاتھ سے جنت نہ گئی

موبائل فون کی مقبولیت نے ازدواجی رشتوں میں ملٹی ٹاسکنگ کو فروغ دینے میں نہایت اہم رول نبھایا ہے۔

پارک کے ایک سنسان گوشے میں شوہر جیسے ہی محبوبہ کی جھیل سی آنکھوں میں اترتا ہے اچانک بیوی کی کال آ جاتی ہے۔ سر ابھار کر کال ریسو کرتا ہے اور دانت پیستے ہوئے بڑی لگاوٹ سے کہتا ہے: "یس ڈارلنگ ..."

"آپ ہیں کہاں؟ ابھی تک راشن لے کر نہیں لوٹے؟"

"ارے بیگم، کیا بتاؤں۔ کافی بھیڑ ہے راشن دکان پر۔" پھر محبوبہ کی مخروطی انگلیوں کو اپنی ہتھیلیوں میں دبا کر آنکھ مارتے ہوئے یوں گویا ہوتا ہے "کافی دیر سے قطار میں کھڑا ہوں۔ دیکھو کب تک باری آتی ہے۔"

"اوہ.... میں یہ کہہ رہی تھی کہ میں ریحانہ بیگم کے یہاں چلی آئی ہوں۔ مجھے لوٹنے میں دیر ہو سکتی ہے۔ آپ سارا سامان کچن میں ہی رکھ دیں۔"

پھر فون ڈسکنکٹ کرتے ہی بیوی کھکھلا کر ہنس پڑتی ہے۔ ساتھ ہی اس کا عاشق ریحان بھی قہقہہ لگاتے ہوئے اس کی گود میں اپنا سر رکھ کر کہتا ہے: "تم نے تو

بیٹھے بیٹھائے میرا ایس ایم ایس چینج کردیا۔''

مشینی دَور میں انسان اس قدر ''مشغوف'' ہو گیا ہے کہ ملٹی ٹاسکنگ کے بغیر ٹائم منجمنٹ ممکن ہی نہیں۔

ابھی کل ہی شام کو جب میں گھر سے نکلنے لگا تو بیگم نے پوچھا: ''کہاں جا رہے ہیں؟''

''بتایا تو تھا کہ آج شاکر صاحب کے دولت کدے پر ایک ادبی نشست ہے...''

''ان کا مکان تو چاندنی چوک کے راستے میں ہی پڑتا ہے ناں؟...منّے کا آخری نیپی آج استعمال ہو جائے گا۔ یاد سے ایک بڑا پیکٹ لے لیجئے گا۔''

''ٹھیک ہے۔'' میں نے دروازے سے قدم نکالا ہی تھا کہ وہ پھر گویا ہوئیں:

''یہ مکسر گرائنڈر کا چھوٹا جار کئی روز سے خراب پڑا ہوا ہے۔ میں بار بار آپ سے کہنا بھول جا رہی تھی۔ اچھا ہوا یاد آ گیا...''

''بہت اچھے وقت پر یاد آیا۔'' میں بڑبڑایا۔

''کیا کہا؟''

''میں نے کہا اچھا ہوا یاد آ گیا۔ جار تو دیں۔''

پھر جار تھامے سیڑھیوں سے نیچے اُترنے لگا تو انہوں نے پھر آواز دی:

''شاکر صاحب کے گھر سے دو قدم کی دوری پر ہی تو پھوپھی کا گھر بھی ہے۔ بے چاری کئی دنوں سے بستر علالت پر پڑی ہوئی ہیں۔ لوٹتے وقت عیادت کر لیجئے گا۔''

''وہ تو آپ فون پر بھی مزاج پُرسی کر سکتی تھیں؟''

''تو کیا نارنگیاں یا سیب بھی فون لائن سے ہی بھیج دیتی؟'' بیگم نے اُلٹے

سوال جڑ دیا۔

کاش، مجھے بھی فون سے بھیج سکتیں... میں بدبداتا ہوا نیچے اترا۔ لیکن کمپاؤنڈ میں ابھی دو قدم ہی آگے بڑھا تھا کہ بالکنی سے بیگم نے ہانک لگائی:

’’بنگلّڑ کی بلقیس ٹیلرس کے یہاں میرے کپڑے دیئے ہوئے ہیں سِلنے کے لئے... اگر تیار ہو گئے ہوں تو لیتے آئیے گا لوٹتے وقت۔‘‘

میں نے انہیں دیکھ کر سر ہلایا اور تیز قدموں سے لمبے لمبے ڈگ بھرتا ہوا اس طرح کمپاؤنڈ کے گیٹ کی طرف لپکا گویا کسی بد روح سے پیچھا چھڑانا مقصد ہو۔

پھر مکسر کا جار مرمّت کے لئے دکاندار کو دے کر مڑا ہی تھا کہ موبائل کی گھنٹی بجی۔ دیکھا تو اسکرین پر ’’جی کا جنجال کالنگ‘‘ لکھا ہوا تھا۔ میں نے فوراً کال ریسو کی اور فون کان سے لگاتے ہی بول اُٹھا:

’’انڈے؟ تیل؟ صابن؟... یا دوائیں؟‘‘

’’ارے نہیں، چاندنی چوک کے دہی بڑے کھائے بہت دن ہو گئے ہیں۔ جب آپ اس طرف جا ہی رہے ہیں تو پھر لوٹتے وقت لیتے آئیں۔‘‘

اور میں سوچنے لگا مشینیں بہر حال مشینیں رہیں گی، ملٹی ٹاسکنگ کے معاملے میں بھی انسانوں، خصوصاً بیگم زدہ انسانوں، کی ہم سری کا دعویٰ کبھی نہیں کر سکتیں!!

کوئی لوٹا دے میرے ...

مجھے ٹھیک سے یاد نہیں کہ میرے بالوں کے جھڑنے کا عمل پہلے شروع ہوا تھا یا ان میں سفیدی جھلکنے کی ابتدا پہلے ہوئی تھی۔ لیکن جب آئینے سے وحشت شروع ہوئی تو آدھے سے زیادہ بال داغِ مفارقت دے چکے تھے۔ پسماندگان میں بچے کھچے بال بیوگی کا سفید لبادہ اوڑھے کنپٹیوں اور سر کے پیچھے ڈٹے، ستی کی رسم کے خلاف صدائے احتجاج بلند کرتے نظر آئے۔

بعض لوگوں کا کہنا ہے کہ گنجا پن دولت آنے کی نشانی ہے۔ مجھے اس مفروضے پر ہمیشہ سے شک رہا ہے کیوں کہ ایسی صورت میں انکم ٹیکس اور انفورسمنٹ ڈائریکٹریٹ والے اپنے ڈیٹا بیس میں شہر کے تمام گنجے لوگوں کی فہرست تیار رکھتے۔ بلکہ ان کے افسران بھیس بدل کر راہ چلتے لوگوں کے بال نوچتے پھرتے کہ کہیں کوئی اپنی جیولری اور پراپرٹی وِگ میں تو چھپائے نہیں پھر رہا ہے۔ البتّہ وِپرو کے مالک عظیم پریم جی کے ساتھ یہ طریقۂ تفتیش اپنانے پر متعلقہ افسران کو معطلی یا تبادلے کا سامنا کرنا پڑتا۔

عورتیں عموماً اس وبالِ جان سے پیدائشی طور پر مستثنیٰ ہیں (یہی وجہ ہے کہ

دنیا میں ہزاروں کروڑپتی ہیں لیکن "کروڑ پتنی" گنتی کے چند)۔ اگر ان کی یہ استثنائی حیثیت ختم ہو جائے تو دنیا کے تمام بیوٹی پارلرس بند ہو جائیں گے۔ شیمپو، تیل اور کنگھی بنانے والی فیکٹریوں میں تالے لگ جائیں گے۔ البتّہ اسکارف اور حجاب بنانے اور فروخت کرنے والوں کی چاندی ہو جائے گی۔ شادی شدہ جوڑے دوسروں کی شادی کی تقاریب میں وقت پر بلکہ بعض اوقات وقت سے پہلے پہنچ پائیں گے۔ عورتوں کی آپسی ہاتھا پائی کی نوعیت میں بھی قدرے تبدیلی آئے گی کہ روایتی گتھم گتھا کے انداز میں ترمیم کی ضرورت پیش آئے گی۔ دستر خوان پر آلو یا گوشت کی "پنڈولم" دیکھنے کو آنکھیں ترس جائیں گی۔

کچھ لوگوں کا خیال ہے کہ گنجا پن عقل اور علم و دانش کے اعلیٰ درجے پر ہونے کا غماز ہے۔ یہی وجہ ہے کہ زیادہ تر پروفیسر، ڈاکٹر، دانشور اور سائنس داں وغیرہ گنجے ہوتے ہیں (البرٹ آئنسٹائن نے تحقیق میں بھی چیٹنگ کی ہوگی! یقین نہیں آتا...)۔ لہٰذا عورتوں کی مذکورہ استثنائی حیثیت کے در پردہ حقیقت... خیر، چھوڑیئے اس بات کو۔ ہم کون ہوتے ہیں مشیتِ ایزدی میں دخل دینے والے۔

کالج کے دنوں میں اکثر فکر دامن گیر ہوتی کہ کیا بال بچے ہونے تک بال بچے رہیں گے۔ مگر پھر خیال آیا جب اوپر والے نے رائیش روشن اور اکشے کھنّہ کو نہیں بخشا تو میری کیا وقعت؟ لہٰذا اکثرتِ استغفار کے ساتھ گڑگڑا کر دعا کی یا مولا، بھلے ہی وقت سے قبل میرے بالوں کو سفید کر دے کہ اسے خضاب کا حجاب حاصل ہو گا مگر جھڑنے کے عذاب سے محفوظ رکھ۔ لیکن افسوس، دعا کے صرف پہلے حصے کو شرفِ قبولیت حاصل ہوا، اور یوں دوہرے عذاب میں مبتلا ہوا۔

آج کے مرد، دو ہی جگہ اداس ہوتے ہیں: بیوی کے سامنے یا پھر آئینے کے سامنے۔ یہ الگ بات ہے کہ بیوی کے سامنے مسکراتے رہنے کی مشق کرنی پڑتی ہے

جب کہ آئینے کے سامنے پوز دینے کی _____ ایک مخصوص زاویے کی تلاش میں جو کم از کم کیمرے کی آنکھوں کو دھوکا دے سکے، اور پھر اس کے بعد فیس بک دوستوں کو تاوقتیکہ کوئی ان کا آدھار کارڈ یا ووٹرس کارڈ کا فوٹو نہ پوسٹ کر دے!

گنجا پن ایک بتدریج عمل ہے جس کے دوران یہ پتہ ہی نہیں چلتا کہ مخاطب کرنے والے کب "بھائی صاحب" سے "انکل جی" پر اُتر آئے۔ اس کا احساس تب ہوتا ہے جب پارکوں اور تفریح گاہوں میں حسینائیں نظریں ملتے ہی مسکرانے میں غیر فطری فراخدلی کا مظاہرہ کرنے یعنی ہنسنے لگتی ہیں۔ گنجے پن کا سب سے اذیّت ناک مرحلہ وہ ہوتا ہے جب لڑکیاں محبت کی نظر سے دیکھنے کی بجائے عزت کی نگاہ سے دیکھنا شروع کر دیتی ہیں۔ یہ اس بات کا اشارہ ہوتا ہے کہ وقت تیزی سے ہاتھ سے نکلتا جا رہا ہے اور جوانی سر سے پھسلتی جا رہی ہے۔ بہ لفظِ دیگر، اب سیاہ چشمہ اور جینس کوئی تاثر چھوڑنے سے معذور ہیں، اور آپ کو بھی اقرارِ محبت کا خیال چھوڑ کر اظہارِ شفقت کے لیے تیار رہنا چاہئے۔

ویسے گنجا ہونے کے کئی فائدے بھی ہیں۔ کیمرہ دیکھتے ہی بال سنوارنے کی عجلت نہیں ہوتی۔ حجّام کی دکان میں صرف مفت کا اخبار پڑھ کر بلا جھجھک باہر نکل سکتے ہیں۔ شیمپو، تیل اور کنگھے کی جھنجھٹوں سے یکسر آزادی حاصل ہو جاتی ہے۔ البتّہ نہاتے وقت کچھ لوگوں کو مشکل پیش آ سکتی ہے کہ صابن ملنا کہاں سے شروع کریں۔

پتھر، تانبے اور لوہے کے ادوار کی طرح الیکٹرانک دور کا بھی خاتمہ ہو گا اور، ایک اور نئے دَور کا آغاز ہو گا: "گنجوں کا دَور" جس میں کچھ محاوروں میں ردّ و بدل کی ضرورت پیش آئے گی۔

'سر کے بال نوچنا' کو 'سر کی کھال نوچنا' میں بدلنا پڑ سکتا ہے۔ 'برخودار، میرے یہ بال دھوپ میں سفید نہیں ہوئے' جیسے جملوں کی شکل ہو گی 'برخودار،

میرے یہ بال دھوپ میں ناپید نہیں ہوئے'۔ 'بال کی کھال نکالنا' کی بجائے 'کھال کے بال نکالنا' زیادہ موزوں ہوگا۔ 'ہتھیلی پر سرسوں جمانا' سے بدرجہا حقیقت پسندانہ ہوگا 'چند یا پر بال اُگانا'۔

اردو شاعری کے روایتی استعارات و تشبیہات کو بھی اپ ڈیٹ کرنے کی ضرورت پیش آئے گی۔ مثلاً 'سیاہ گھنے بادل' کالعدم قرار پائیں گے اور ان کی جگہ 'سنگلاخ بھوری چٹان' یا 'اُجڑے چمن' کی اصطلاح استعمال کرنی ہوگی۔ 'آنچل کا سرکنا' متروک قرار پائے گا۔ اس کی جگہ 'آنچل کا پھسلنا' مستعمل ہوگا۔

گنجے پن کے وبائی شکل اختیار کر جانے کے سبب اگلی نصف صدی میں صورتِ حال بہت مختلف ہوگی۔ اگر آپ کے سر پر بال ہوں گے تو آپ محفلوں میں اس طرح شرماتے پھریں گے گویا کسی لڑکی کی موچھیں نکل آئی ہوں۔ اپنے سر پر بالوں کے باعث کئی بار آپ کو طنز و تضحیک کا نشانہ بھی بننا پڑے گا۔ گنجوں کی بھیڑ میں آپ کو دیکھ کر ہنستے ہنستے لوگوں کے پیٹ میں بل پڑ جائیں گے۔ لڑکیاں اپنے بوائے فرینڈس کے چکنے سر پر بڑے پیار سے ہاتھ پھیرتے ہوئے آپ کے سر کی طرف انگلی سے اشارہ کر کے ان کے کانوں میں کھسر پھسر کریں گی، اور وہ ایک فلک شگاف تضحیک آمیز قہقہہ لگا کر آپ کو وہاں سے بھاگنے پر مجبور کر دیں گے۔ دفتر میں باس کی جھڑکی بھی سننی پڑ سکتی ہے: 'یہ کیا لفنگوں کی صورت بنائے آفس آتے ہو؟ سر پر بال اُگنے لگے ہیں، اور تمہیں اس کی ذرا بھی پرواہ نہیں؟ کیا تم روز اپنا سر شیو نہیں کرتے؟'

آپ کے رشتے کی بات طے ہو جائے گی اور پھر ایک دن لڑکی والوں کو پتہ چلے گا کہ آپ کے سر پر بال بھی آتے ہیں۔ دوسرے ہی روز لڑکی کے باپ کا فون آئے گا: 'معاف کیجئے گا ہم یہ رشتہ ختم کر رہے ہیں۔'

'مگر کیوں؟'

'ازدواجی رشتے اعتماد اور بھروسے کی بنیاد پر قائم ہوتے ہیں، اور آپ نے ہم سے اتنی بڑی بات چھپائی؟'

'کیسی بات؟'

'یہی کہ آپ کے بیٹے کے سر پر بال ہوتے ہیں۔'

'ہل... لیکن...'

'وہ تو اچھا ہوا کہ رمضو حجام سے اس خبر کی تصدیق ہوگئی اور میری بچی بال بال بچ گئی۔ اگر خدا نخواستہ یہ شادی ہو جاتی تو میری بیٹی کی تو زندگی برباد ہو جاتی۔ میں اپنے خاندان والوں کو کیا منہ دکھاتا؟ لوگ تو یہی کہتے ناکہ شہر کے سارے گنجے نوجوان مر گئے تھے کیا جو اپنی بیٹی کو ایک بال والے کے سر مونڈھ دیا...'

اور ایسے مایوس اور غم زدہ نوجوانوں کے لیے اخبارات میں کچھ اس طرح کے اشتہارات ملیں گے:

کیا آپ اپنے بالوں سے پریشان ہیں؟ روز روز سر منڈوانے سے تنگ آ چکے ہیں؟ تو پھر آزمائیے ''صفایا'' شیمپو جو بالوں کا صرف اوپر سے ہی نہیں بلکہ جڑ سے صفایا کر دیتا ہے۔

اگر آپ کے بالوں کی وجہ سے آپ کی شادی نہیں ہو پا رہی ہے تو مایوس نہ ہوں۔ ہمارے ''بلجھڑ تیل'' کے استعمال سے کئی مایوس نوجوان رشتۂ ازدواج میں بندھ چکے ہیں۔

کسی کلینک کا اشتہار یوں ہو گا:

کیا آپ کے بال آپ کے لیے وبال بن چکے ہیں؟ آج ہی رجوع کریں ڈاکٹر گنجۓ سنگھ سے جن کے علاج سے آپ کی آنے والی سات نسلوں کے سر پر بھی بال

نہیں آئیں گے۔

کاش، یہ دن جلد ہی دیکھنے کو ملیں تا کہ میں بیگم سے نظریں ملا کر بات کر سکوں جو مجھے آئینے کے سامنے کھڑے دیکھ کر زیرِ لب گنگناتے ہوئے گزرتی ہے: ''کیا کروں رام مجھے ...''

لیکن فی الحال تو میں یہی گنگناتا رہتا ہوں: 'کوئی لوٹا دے میرے، بیتے ہوئے دن ...'

بیوی: ایک معتبر "شک" صیت

میں جب بھی کسی پولیس آفیسر کی زبان سے یہ جملہ سنتا ہوں "شک کرنا ہمارا کام ہے" تو بے ساختہ جی کرتا ہے پوچھ بیٹھوں "کیوں بھئی، یہ بیگمات نے رول کب سے نبھانا شروع کر دیا؟"

مجھے لگتا ہے شک کرنا بیگمات کا خاندانی یا موروثی نہیں، نسلی بلکہ ازلی وصف ہے۔ اگر کوئی شادی شدہ عورت شکّی نہ ہو تو اسے "بجّھی" قرار دینے میں کوئی مضائقہ نہیں۔ بلکہ میں تو کہتا ہوں "شک زدگی" شوہر یافتہ ہونے کی دلیل ہے۔ حالانکہ میرے خیال میں اگر کسی کے شوہر کو کئی لڑکیاں پسند کرنے لگیں اور اس کے ساتھ ڈیٹنگ یا ڈائننگ کی متمنی ہوں تو اس کی بیوی کو اپنی تقدیر پر ناز کرنا چاہئے کہ اسے ایسے ہر دل عزیز مرد کی بیوی کہلانے کا اعزاز حاصل ہے مگر تنگ ذہنی اسے اپنی خوش قسمتی پر نازاں ہونے دے تب نا۔ بیگم کو لاکھ سمجھایا کہ یہ کیا عورتوں کی طرح ہمیشہ شوہروں کو اپنے قبضے بلکہ مٹھی میں رکھنے کی بات کرتی ہیں؟ کشادہ ذہنی اور فراخ دلی کا ثبوت دیجئے، بلند خیالی کا مظاہرہ کیجئے...

"مطلب؟" بیگم نے بڑے تیکھے انداز میں پوچھا۔

"مطلب یہ کہ ایک دوسرے کو جلانے کے لئے اپنے اپنے شوہروں کی تنخواہوں میں بے تحاشہ "اضافہ" کرنا، بچوں کے رزلٹ میں سات کو ساٹھ بتانا، گیس اسٹو کی بجائے مائکرو ویو میں کھانا گرم کرنے کی سہولت و افادیت بتاتے ہوئے پڑوسن کو بھی اس میں سینکنا بلکہ بھون ڈالنا، اے سی نہ چلنے تک نیند نہ آنے کی اپنی کمزوری کا منہ بسور کر اظہار کرنا، آبائی گاؤں سے لوٹنے کے بعد گر گاؤں کی کہانیاں سنانا...یہ سب فرسودہ طریقے ہو چکے جس سے خواہ مخواہ پڑوسن کے دل میں تحسد اور پھر کدورت پیدا ہونے کا احتمال ہوتا ہے۔ نہلے پہ دہلا کی صورت میں جوابی "حملے" برداشت نہ ہونے پر خود اپنے شوہر کو وی ایم آئی کے جنازے پر بٹھا کر قرضستان میں دفنا آنا خود اپنے پیروں پر کلہاڑی مارنے کے مترادف ہے۔"

"تو پھر؟" بیگم ہنوز مجسم سوال بنی رہیں۔

"ارے بھئی، جلانے کے جدید طریقے اپنائیں جس سے دھواں تو اُٹھے مگر...مگر اگربتّی کے دھوئیں کی طرح...خوشبو بکھیرتا ہوا دھواں، محبت کی خوشبو..."

"اچّھا؟ وہ کیسے بھلا؟" بیگم ہمہ تن گوش ہو گئیں۔

"اب یہ بھی میں ہی سوچوں؟"

بیگم کو تو خاموش کر دیا مگر میں خود سوچتا رہ گیا، کاش، کاش...یہ کچھ اس طرح کی باتیں کر سکتیں:

میرے شوہر اتنے ہینڈسم ہیں کہ اس عمر میں بھی ان کے دفتر کی نوعمر لڑکیاں ان پر مرتی ہیں۔

یہ لو، یہ کون سی خاص بات ہوئی؟...سنا ہے ان کی ایک کالج گرل فرینڈ آج

بھی کنواری ہے اور کلموہی میرے مرنے یا طلاق ہونے کا انتظار کر رہی ہے ...

اے ہے ، میری کئی سہیلیاں تو میرے ایک ہی اشارے پر میری سوتن بننے کو تیار بیٹھی ہیں ...

بھئی ، میرے میاں تو اتنے پر کشش ہیں کہ میں صبح ان کے دفتر جانے سے پہلے اور شام دفتر سے لوٹنے کے بعد بلاناغہ نظر اتارتی رہتی ہوں۔ پتہ نہیں کب کہاں کون سی چڑیل ان سے چمٹ جائے ...

مجھے تو دعا تعویذ پر بھی پورا بھروسہ نہیں ہوتا۔ اسی لئے تو رامو کو میں الگ سے پانچ سو روپے ماہانہ دیتی ہوں کہ روزانہ دفتر کھانا پہنچانے کے بعد اچھی طرح سن گن لیتا ہے۔

ذرا غور فرمایئے۔ اگر ایک پڑوسن دوسری سے ایسی گفتگو کرے تو بجائے حسد جلن کے ، کیا ان کے درمیان محبت نہیں بڑھے گی ... ایک دوسرے کے شوہروں کے تیئں ؟

کہتے ہیں شک کا علاج حکیم لقمان کے پاس بھی نہیں تھا۔ اور یہ بھی کہا جاتا ہے کہ جس کا علاج نہیں اسے جھیلنا ہی پڑتا ہے۔

ابھی کل صبح ہی کھڑکی کے گرل پر چھوٹا سا آئینہ لٹکائے شیو کر رہا تھا کہ اچانک پشت سے بیگم کی آواز آئی : "آج بڑی دیر تک شیونگ ہو رہی ہے ؟"

"نہیں تو ؟" میں چونک کر مڑا۔

"اتنی دیر سے کسے گھور گھور کر دیکھ رہے تھے ؟"

"آئینے میں اور کسے گھور سکتا ہوں ؟" میں نے الٹے سوال جڑ دیا۔

"میں سامنے والے مکان کی کھڑکی میں بیٹھی اس لڑکی کی بات کر رہی ہوں۔" لہجہ سپاٹ مگر آواز پاٹ دار تھی۔

"کدھر، کدھر، کدھر؟" میں نے بڑے اشتیاق بھرے لہجے میں کھڑکی سے باہر جھانکتے ہوئے کہا۔

"زیادہ بنئے مت۔ کیا ثبوت ہے کہ آپ اسے نہیں گھور رہے تھے؟" لہجہ ہنوز تیکھا تھا۔

"بیگم، کبھی کبھی اپنا ٹاپ فلور بھی استعمال کر لیا کریں۔ اگر میں اسے گھور رہا ہوتا تو دل کا خون ہوتا نہ ہوتا، رخسار ضرور لہو لہان ہو گئے ہوتے۔ کہیں کٹ مارکس ہیں؟ خون کی کوئی چھوٹی سی بوند بھی نظر آ رہی ہے؟" میں نے اپنے دونوں گال ان کے قریب کرتے ہوئے کہا۔

بیگم لاجواب تو ہو گئیں مگر مجھے یقین تھا کہ اب ان کے دماغ سے اس کیڑے کو نکالنے کے لئے کچھ کرنا ہو گا۔ لہذا ایکلخت اگلے ہفتے لکھنؤ میں ہونے والی کانفرنس میں انہیں ساتھ لے جانے کا ارادہ کر لیا۔ کچھ دن ساتھ ساتھ باہر گزارنے میں تھوڑا بہت پکنک کا مزہ تو آ ہی جائے گا۔ لیکن وہاں پہنچ کر حکیم لقمان کی بے چارگی پر بڑا ترس آیا۔

ہوٹل کی ریسپشنسٹ نے جب ایک ادا سے مسکراتے ہوئے استقبال کیا تو بیگم کی حالت قابل دید ہو گئی۔ روم میں داخل ہوتے ہی پھٹ پڑیں:

"یہ اتنی مسکرا کیوں رہی تھی آپ کو دیکھ کر؟ سچ سچ بتائیے کوئی پرانی شناسا تو نہیں؟"

"ارے بیگم، بڑے بڑے ہوٹلوں میں ان جیسے اسٹاف کو اس طرح مسکرا کر مہمانوں کو خوش آمدید کہنے کی باقاعدہ تربیت دی جاتی ہے۔"

"غیر مردوں کو پھنسانے کے لئے؟"

"نہیں، گاہک پھنسانے کے لئے۔" میں نے بھی جھنجھلا کر جواب دیا۔

لیکن شام کو کانفرنس ہال میں داخلے کے وقت صورتِ حال اور خطرناک معلوم ہوئی۔ ہال کے مین گیٹ پر ایک نہایت خوبصورت نوجوان لڑکی ایک طشتری میں بہت سے گلاب رکھے کھڑی تھی اور ہر آنے والے مہمان کو ایک ایک پھول پیش کرتی جا رہی تھی۔ میں نے یکلخت بیگم کا ہاتھ پکڑا اور سر جھکائے تیزی سے اندر داخل ہونے کی کوشش کی مگر اس نے ایک گلاب میری جانب بڑھا ہی دیا۔

"اوہ، نو تھینکس، میں شادی شدہ ہوں۔" میں نے بے ساختہ کہا اور آگے بڑھ گیا۔ اس کی کھنکتی ہنسی شام تک بیگم کا پیچھا کرتی رہی۔ میں نے من ہی من میں دو رکعت شکر انے کے پڑھ لئے کہ اسٹیج پر پروگرام کی نظامت خلافِ روایت کسی عورت کی بجائے مرد کے ذمے تھی۔ ورنہ جن الفاظ میں اس نے مجھے مائیک پر دعوت دی تھی، اگر عورت ہوتی تو بیگم پیچھے ہی پڑ جاتیں: "آخر وہ آپ کے بارے میں اتنا کچھ کیسے جانتی ہے؟"

شام کو چائے کے وقفے میں ایک بے تکلف خاتون کلیگ نے مجھے اکیلے میں پکڑ ہی لیا:

"تمہاری بیوی تو بڑی شکّی معلوم پڑتی ہے؟"

"شکّی بیوی ہے اسی لئے تو یکّی بیوی ہے۔" میرا جواب سن کر اس نے ایک زور دار قہقہہ لگایا۔

"آہستہ بولو... آہستہ... مرواؤ گی کیا۔" میں نے اس کی طرف جھک کر تیز لہجے میں سر گوشی کی۔

"اوکے، اوکے، اوکے۔" اس نے سنبھلتے ہوئے چاروں طرف دیکھا "ایک ہم ہیں۔ ایک دوسرے پر اتنا اعتماد کرتے ہیں کہ ہمیں ایک دوسرے کے موبائل اور فیس بک اکاؤنٹ کے پاس ورڈز کا علم ہوتا ہے...۔"

میں نے ایک فلک شگاف قہقہے کا گلا گھونٹتے ہوئے کہا:"یہ اعتماد نہیں، شک کی دلیل ہے۔ اعتماد ہونے پر پاس ورڈز جاننے کی خواہش ہی نہیں ہوتی۔"

ایک مشاہدے کے مطابق، شوہروں کی بہ نسبت بیویاں زیادہ شکّی مزاج کی ہوتی ہیں۔ اس کا سبب یہ ہے کہ بیویاں فطرتاً(مَردوں کی فطرت سے واقفیت کے سبب) شکّی ہوتی ہیں جب کہ شوہر مجبوراً شک کرتا ہے، اگر بیوی کم سن ہوئی، کیوں کہ وہ شوہر کم چوکیدار زیادہ ہوتا ہے۔

کچھ شوہروں کی ڈرامائی انداز میں اظہارِ محبت کی عادت ہوتی ہے۔ وہ کچن یا بیڈروم میں چپکے سے داخل ہو کر پیچھے سے اچانک اپنی بیگم کو باہوں میں جکڑ لیتے ہیں۔ مجھے سمجھ میں نہیں آتا میں ایسی بیگمات کی معصومیت پر سر پیٹوں یا ان کی بد احتیاطی پر، جب یہ ہر قسم کے خدشات و خطرات سے بے پروا اپنی پرانی ساڑیاں یا شلوار جمپر اپنی جوان کام والی بوا کو نیکی کے مقصد سے دے دیتی ہیں اور اس کا "اجر" حادثاتی طور پر ان کے شوہروں کو مل جاتا ہے۔ میری بیگم اپنے پرانے کپڑے یا تو یتیم خانے میں بھجوا دیتی ہیں یا پھر پرانے کپڑوں کے بدلے برتن بار ٹر کرنے والوں کو دے دیتی ہیں۔ ایک بار میں نے اس کارِ خیر کا مشورہ دیا تو بڑے سرد لہجے میں جواب دیا:

"مجھے رِسک نہیں لینا۔"

"کیوں؟ مجھ پر اعتماد نہیں؟" میں بگڑ گیا۔

"بھرپور اعتماد ہے۔ مگر اس کا مطلب یہ تو نہیں کہ احتیاط کو بالائے طاق رکھ دوں؟" بیگم نے بڑے فلسفیانہ انداز میں مجھے قائل کرنے کی کوشش کی۔

"اعتماد کا مطلب آپ کیا جانیں۔ شوہر پر اعتماد سیکھنا ہو تو گرلس کالج کے مرد پروفیسروں کی بیگمات سے سبق لیں، ان فلم اداکاروں کی بیویوں کے مطمئن چہروں کو دیکھیں..." میں نے سنیما ہال میں ایک ہٹ رومانٹک فلم دیکھتے ہوئے بیگم

کی طرف جھک کر کہا۔

"اور ہائٹ آف فیتھ دیکھنا ہو تو مجھے دیکھیں۔" پیچھے سے کسی محترمہ نے آگے جھک کر سرگوشی میں کہا۔

"کیا مطلب؟" ہم دونوں چونک کر مڑے۔

"میرے ڈاکٹر ہسبنڈ ماہرِ امراضِ نسواں وزچگی ہیں!!"

زن کی بات

زن کی بات یوں تو ہر نوجوان کے من کی بات ہوتی ہے۔ مگر بوڑھوں کے من کی بات میں بھی زن کی بات کا غلبہ ہوتا ہے۔ شاید اسی لئے کہا جاتا ہے کہ مَرد اور گھوڑا کبھی بوڑھے نہیں ہوتے۔ گھوڑے کو تو خیر اس کی مشقت جوان رکھتی ہے۔ مگر مَرد بڑی مشقت کرتا ہے تا کہ جوان رہ سکے، اور... سواری بھی کر سکے۔ جوانی میں جسم کر جسم میں جتنی محنت کرتا ہے، عمر ڈھلنے پر آئینے اور کیمرے کے سامنے اس سے کہیں زیادہ محنت و مشقت کرنی پڑتی ہے۔ بالوں اور باتوں دونوں میں رنگ بھرنے کی کوشش ہوتی ہے۔ یعنی رنگ و روغن کی بات زندگی کا معمول بن جاتی ہے۔ ظاہر ہے جب بدن کی مچھلیوں کا اُبھار، شکم کے اُبھار میں تبدیل ہو جائے تو مایوسی کے سمندر سے اُبھرنے کے لئے یہ حربے لازمی ہو جاتے ہیں۔ شادی کے البم میں موجود جوانی کی تصویر اپنی پروفائل پکچر کے بطور یا ڈی پی میں استعمال کرنا اسی حکمت عملی کا حصہ ہوتا ہے۔

من کی بات، جب من چاہے کرنی چاہئے۔ اس کے لئے مہینے کے کسی خاص دن کے تعین کا کوئی مطلب نہیں ہوتا۔ لیکن جس کی زندگی میں کبھی زن کی بات ہی نہ بنی ہو وہ بات بنانے کے لئے جَن کی بات کا سہارا لیتا ہے جہاں غریب جتنا سے وہ

سب کچھ کہہ ڈالتا ہے سوائے دھن کی بات کے۔ بیوی سے من کی بات نہ کہہ سکنے والے ریڈیو ٹی وی پر ہی من کی بات کرکے من ہلکا کر لیتے ہیں۔

ویسے دشمن کمزور ہو تو من کی بات میں گن (Gun) کی بات حاوی ہوتی ہے لیکن دشمن ہی حاوی ہو تو گن کی بات من میں ہی رہ جاتی ہے اور گن کی جگہ صرف بات ہی بات ہوتی ہے۔

بعض سیاست داں اپنے من کی بات من میں رکھنے کی بجائے زبان پر لے آتے ہیں جس سے خللِ امن کا خدشہ بڑھ جاتا ہے نتیجتاً ان پر قد غن کی بات ہونے لگتی ہے۔ بعض اوقات من کی بات من میں ہی رکھنا ضروری ہوتا ہے۔ اگر عدالتیں اکثریت کے من کی بات کرنے لگیں تو یہ جمہوریت اور سیکولرزم کے لیے حوصلہ شکن بات ہوگی۔

رشتہ طے کرنے کے معاملے میں لڑکا ایسی لڑکی چاہتا ہے جو اس کے من کی بات سمجھ سکے جب کہ باپ کو ایسے سمدھی کی تلاش ہوتی ہے جو دھن کی بات سمجھ سکے۔

سمجھدار شوہر اپنی بیگمات سے اُن بن کی بات جن گن سے نہیں کرتے کہ کہیں پڑوسی ان تک اپنے من کی بات پہنچانے کی کوشش نہ کر بیٹھے۔

شاید میں موضوع سے بھٹک رہا ہوں۔ دراصل لوگوں کا قافیہ تنگ ہونا سنا ہے، میں قافیے سے تنگ آگیا ہوں۔

آج کل بیشتر مدیران ”حسنِ زن“ کی بنیاد پر زن کی بات کو فن کی بات پر فوقیت دیتے ہیں۔ یہی وجہ ہے کہ مرد قلم کاروں کی تخلیقات شائع کرنے سے پہلے انہیں فن کی کسوٹی پر پرکھا جاتا ہے جبکہ خاتون قلم کاروں کا کلام زن کی کسوٹی پر، جس پر کوئی مرد کبھی پورا اتر ہی نہیں سکتا۔ لہٰذا ”زن“ ناٹے دار تخلیقات بغیر پرکھے ترجیحاً

شائع کی جاتی ہیں۔

ایڈمی شن کی بات ہو یا پروموشن کی بات، زن کی بات ہی باس کے من کی بات ہوتی ہے۔ ملازم کو باس سے ملنے کے لئے بھی اجازت کی ضرورت پڑتی ہے مگر "ملازن" کو کسی پرمی شن کی بات پریشان نہیں کرتی۔ جہاں تک کرپ شن کی بات ہے، کمی شن کی بات بنیاد کا درجہ رکھتی ہے، اور بڑے بڑے ٹھیکوں کی حصولی میں کمی شن کی بات میں زن کی بات لازمی حصہ ہوتی ہے۔

مردوں کی عجیب ستم ظریفی ہے کہ شادی سے قبل زن کی بات سن کر مسحور ہوتے ہیں اور شادی کے بعد زن کی بات سننے پر مجبور ہوتے ہیں۔ شادی سے پہلے صبح و شام "درشن کی بات" کرتے نہیں تھکتے، شادی کے بعد دو پہر اور رات "برتن کی بات" انہیں تھکا ڈالتی ہے۔ ملک کی سرحد پر تعینات، اپنی بہادری کے قصوں والی "رَن کی بات" سینہ پھلا کر سنانے والے بڑے بڑے تیس مار خاں بھی اپنے گھروں میں زن کی بات ٹالنے کی ہمت نہیں رکھتے۔

زن کی بات پارسائی اور پرہیز گاری کا سب سے بڑا امتحان ہوتی ہے۔ سوشل میڈیا پر "انباکس" وہ حمام ہے جس میں اچھے اچھے سفید پوش ننگے ہوتے ہیں جو زن سے بات کرتے وقت پہلے من کی بات اور پھر تن کی بات اتر آنے میں ذرا بھی نہیں جھجکتے۔

اگر بچہ اسکول میں زن کی بات کرتا ہے تو ماں باپ کو بڑی فکر ہوتی ہے۔ لیکن اگر وہ کالج یا یونیورسٹی پہنچ کر بھی زن کی بات بالکل نہ کرے تو اور زیادہ فکر ہو جاتی ہے، اور یہ ان کے لئے کوئی کم ٹینشن کی بات نہیں ہوتی، کیوں کہ عدالتیں بھی اب ان کے پروٹیک شن کی بات کرنے لگی ہیں۔

معلق پارلیمانی صورت حال کا سب سے بڑا المیہ یہ ہوتا ہے کہ سیاسی پارٹیاں

انتخابات سے قبل جتنا خرچ کرتی ہیں، نتائج آنے کے بعد اس سے زیادہ خرچ کرنا پڑ جاتا ہے۔ ظاہر ہے ”سمرتھن“ کی بات آتے ہی دھن کی بات سب کے من کی بات ہو جاتی ہے۔ اپوزیشن کی بات تب سنی جاتی ہے جب وہ کسی پوزیشن میں ہو، اور معلق پارلیامنٹ میں اس سے بہتر پوزیشن میں اور کون ہو سکتا ہے جہاں وہ ہر قسم کے کمیشن اور ڈونیشن کی بات اپنی شرطوں پر کرنے کی پوزیشن میں ہوتی ہے۔

پوری اردو شاعری زن کی بات سے اٹی پڑی ہے۔ کوئی زن کی آنکھوں میں غوطہ زن ہوتا ہے تو کوئی اس کی یادوں میں مگن ہوتا ہے۔ کوئی گیسو سے الجھتا ہے تو کوئی فرقت میں بلکتا ہے۔ کسی کے دن رات مہکتے ہیں تو کسی کے جذبات بہکتے ہیں۔

مشاعروں میں اگر ”زن ناٹا“ نہ ہو تو سنّاٹا چھا جاتا ہے کہ وجودِ زن سے ہے تقریبات میں رنگ۔ ان کی محض موجودگی سے ہی شعراء اور سامعین دونوں کو ایک عجیب قسم کی سرور آمیز ”زن زناہٹ“ کا احساس ہوتا ہے۔

اپنے اجّو بھائی اور وراٹ کوہلی جیسے لوگ رَن کی بات کرتے کرتے تھک جاتے ہیں تو زن کی بات سوچنے لگتے ہیں اور موقع دیکھتے ہی من کی بات کہہ ڈالتے ہیں۔ پھر چشم زدن میں ”ٹو سے وَن“ کی بات طے ہو جاتی ہے۔

المختصر، زن کی بات ہی سب کے من کی بات ہوتی ہے ورنہ بے من کی بات من سے کون سنتا ہے۔

سرگوشیاں

سرگوشیاں شروع سے ہی ہماری ذاتی و اجتماعی زندگی میں بے پناہ اہمیت کی حامل رہی ہیں۔ یہ اطلاعات و نشریات کی سب سے تیز رفتار اور مؤثر ترین ذرائع میں سے ایک ہیں کیوں کہ اس کے ہر کنکشن پوائنٹ پر ایمپلی فکیشن یعنی توسیع و مبالغہ کے قوی امکانات ہوتے ہیں۔ دوسرے لفظوں میں، چاول سے کھچڑی یا بریانی بننے میں دیر نہیں لگتی کیوں کہ ہر مرحلے پر کچھ مصالحوں کا اضافہ ہوتا جاتا ہے۔ دوسروں کی برائی کی تشہیر میں ان کی اہمیت و افادیت مسلم ہے جس سے ان کی ”غیبت ناکی“ کا بخوبی اندازہ لگایا جا سکتا ہے۔ یوں تو ان کا استعمال کم و بیش ہر کوئی کرتا ہے مگر یہ منافقین کی پسندیدہ ہتھیار ہیں۔ دوستوں کے مابین عیوب و شکایات کی باہمی ترسیل میں مرکزی کردار ادا کرنے والے عموماً اسی فریکوئنسی کا استعمال کرتے ہیں۔ لیکن ان کا مؤثر ترین اور بھرپور استعمال خواتین سے زیادہ کسی نے نہیں کیا۔ پڑوسن کی پی آر خراب کرنے میں سرگوشیوں کا کوئی متبادل نہیں۔ ان کے ذریعہ جاری کی گئی کیریکٹر سرٹیفکیٹس میں سوانح عمری سے لے کر شجرہ تک کا بالتفصیل ذکر ملتا ہے جہاں نطفہ ٔ نا تحقیق و متنازعہ ولدیت کے ثبوت پکّے، ٹھوس اور نا قابلِ تردید قیاسات و

شبہات پر مبنی ہوتے ہیں۔ اگر سرگوشیوں نے ایک طرف بنے بنائے رشتے اور منگنیاں توڑنے میں اہم رول نبھایا ہے تو دوسری طرف صاحبِ خانہ کے کام والی سے، اور بیگم کا دودھ یا اخبار والے سے رشتے جوڑنے میں بھی ان کی اہمیت سے انکار نہیں کیا جا سکتا۔ بعض اوقات ہمیں خود اپنے معاشقے کا علم بھی ان ہی کے توسط سے ہوتا ہے ورنہ ساری زندگی اسی احساسِ محرومی میں گزر جاتی کہ ہمیں کبھی اس جذبے سے سرشار ہونے کا موقع نہیں ملا اور دوسرے نہ جانے کب سے پرائے عشق سے لطف اندوز ہوتے رہے۔

جوائنٹ فیملی میں اپنے بچوں کو کھانے کی کوئی خاص چیز دے کر اسی نیٹ ورک کی مدد سے اس خبر کو پرائیویٹ ڈومین سے پبلک ڈومین میں جانے سے روکا جاتا ہے۔ افواہوں کی ترسیل میں سرگوشیاں ہائی اسپیڈ براڈ بینڈ کے بطور کام کرتی ہیں کیوں کہ لاؤڈ اسپیکر کی بجائے کانوں میں کہی گئی باتیں زیادہ قابلِ اعتبار معلوم پڑتی ہیں۔ اگر بینڈوِڈتھ بڑھانا ہو، یعنی فور جی سے فائیو جی یا سکس جی اسپیڈ حاصل کرنی ہو تو سرگوشی کے آخر میں ایک کوڈ کا اضافہ کر دیں "خبردار کسی سے نہ کہنا، اپنے تک ہی رکھنا" پھر دیکھیئے پیغام کتنی جلد وائرل ہوتا ہے!

ایسا نہیں ہے کہ سرگوشیاں صرف دوسروں کی عزت اچھالنے میں ہی استعمال کی جاتی ہیں۔ عزت بچانے میں بھی انہوں نے بہت اہم رول نبھائے ہیں۔ مثلاً اگر صاحبِ خانہ دوستوں میں "اور لیجیئے، اور لیجیئے" کی ہانک لگاتے ہوئے اپنی مہمان نوازی کی دھاک بٹھانے میں مگن ہوں تو یہ سرگوشیاں ہی برِوقت محتاط کرتی ہیں کہ بوٹیاں کم پڑ گئی ہیں یا شربت ختم ہو چکا ہے، اور اب ایکسیلریٹر کی بجائے بریک پر پاؤں رکھنے کی ضرورت ہے ورنہ سبکی میں ڈبکی ناگزیر ہے۔ چنانچہ سرگوشیوں کو مقصد کی بنیاد پر دو زمروں میں بانٹا جا سکتا ہے — اچھی سرگوشیاں اور بری

سرگوشیاں۔ دوسرے لفظوں میں، سرگوشیوں کی نوعیت نیت پر منحصر کرتی ہے۔ مثلاً کوئی اپنا منہ آپ کے کان کے قریب لا کر کہے ''آپ اپنی پتلون کی زِپ لگانا بھول گئے'' تو یہ زمرۂ اوّل میں آئے گا گو کہ آپ کے پسینے چھوٹ جائیں گے۔ لیکن اگر وہ شخص یہی بات آپ کی طرف دیکھتے ہوئے کسی اور سے کہے گا تو یقیناً اس کا شمار دوسرے زمرے میں کیا جائے گا کیوں کہ اس کے لب آپ کی زِپ کی مناسبت سے وا ہو جائیں گے۔ ایسی سرگوشیاں ''شر گوشیاں'' کہلاتی ہیں۔ اس لحاظ سے قسم اوّل کو ''خیر گوشیاں'' بھی کہہ سکتے ہیں۔

موقع اور محل کے اعتبار سے سرگوشیوں کی کئی قسمیں ہوتی ہیں۔ اگر ساس اور نندوں میں سرگوشیاں زیادہ ہونے لگیں اور بہو کے آتے ہی فریکوئنسی تبدیل ہو جائے تو سمجھ لیجئے بہو نرغے میں ہے اور اسے اپنے خلاف محاذ آرائی کے توڑ کے لئے شوہر کے کان بھرنے شروع کر دینے چاہئیں تا کہ دوسرے کان کا راستہ بلاک ہو سکے۔ ملزم کو لاک اپ میں ڈالنے کے بعد کانسٹبل اور انسپکٹر کے درمیان سرگوشی دراصل ''ریٹ'' طے ہونے کی علامت ہوتی ہے۔ پارکوں کے اندر آڑی یا جھاڑ میں بیٹھے نوجوان عاشقوں کی سرگوشیاں اس بات کا ثبوت ہیں کہ تحفظِ ناموسِ خاندان کا خاص خیال رکھا جا رہا ہے۔ درونِ مطب پسِ پردہ حکیم اور مریض کے درمیان سرگوشی اس بات کا اشارہ دیتی ہے کہ ''تحفظِ عزتِ مردانگی'' داؤ پر ہے۔ مائیک بردار شاعر یا مقرر کی جانب جھک کر اناؤنسر کا بار بار سرگوشی کرنا اس بات کا اشارہ ہے کہ اختصار سے کام لیا جائے، اس سے قبل کے سامعین مختصر ہو جائیں یا پھر ''انڈے'' منتشر ہو جائیں۔ امتحان ہال میں سرگوشی دراصل نگراں کی قوتِ سماعت کا بھی امتحان ہوتی ہے۔ سنیما ہال میں بعض اوقات ''صوتی'' سرگوشیوں پر ''دستی'' سرگوشیاں حاوی ہوتی ہیں۔ گلے میں ٹھنڈ لگ جانے سے یا زیادہ چیخنے چلّانے کے نتیجے میں ''چیختی

سر گوشیوں'' کا وجود بھی عمل میں آتا ہے۔ یوں تو ''قبول ہے'' نوجوانوں کی پسندیدہ ترین سرگوشی ہے، لیکن ''حنابالجبر'' کی شکار لڑکیوں کے لئے یہ نہایت تکلیف دہ اور ناپسندیدہ ترین بھی ہے جس میں ''سر'' تو ہلتا ہے مگر ''گوش'' تک کوئی آواز نہیں پہنچتی۔ ہمارے وزیر اعظم نیوز کانفرنسوں میں بہانگ دہل کہتے ہیں کہ گئور کشکلوں کو قانون ہاتھ میں لینے نہیں دیا جائے گا، ماب لنچنگ کے مجرمین کو سخت سے سخت سزائیں دی جائیں گی، مگر اس کے باوجود رام کے نام پر یہ کام صبح و شام بالکل عام ہے اور زخموں پر بام رکھنے میں ناکام حکومت بس آرام کر رہی ہے۔ وجہ؟ ... کہیں کوئی سرگوشی تو نہیں؟

بیچ کا آدمی

بیچ کا آدمی سماج میں اپنے پیشے اور حیثیت کے اعتبار سے کئی ناموں سے جانا جاتا ہے۔ بعض اوقات حیثیت کی تبدیلی کا فوری اثر اس کے نام پر بھی پڑتا ہے۔ مثلاً اگر وہ مصالحت کرانے میں کامیاب ہو جائے تو فریقین اسے ”ثالث“ کہتے ہیں۔ لیکن ناکامی کی صورت میں کم از کم ایک فریق اسے ”دلّال“ کے خطاب سے نواز ڈالتا ہے۔

ہر کاروبار میں ان بیچ کے لوگوں کا عمل دخل ہے۔ فرق صرف یہ ہے کہ جسم فروشی کے کاروبار میں انہیں تحقیر آمیز لقب ”دلال“ سے یاد کیا جاتا ہے جب کہ ضمیر فروشی یا ایمان فروشی کے کاروبار میں، شرفا کی زبان استعمال کرتے ہوئے انہیں ”کمیشن ایجنٹ“ یا ”مڈل مین“ کے نام سے موسوم کیا جاتا ہے۔

بازارِ حسن ہو یا بازارِ سیاست، ان کی قدر و قیمت مسلّم ہے۔ کوٹھوں تک جانے والی گلیوں سے سیاسی گلیاروں تک ان کی اہمیت سے انکار ممکن نہیں۔ یہ قانون کی خلاف ورزی کرنے والوں کے اتنے ہی نورِ نظر ہوتے ہیں جتنے قانون سازی کرنے

والوں کے۔ یہی وجہ ہے کہ میدانِ سیاست میں خاص خاص موقعوں پر ان کی اہمیت کئی گنا بڑھ جاتی ہے۔ مثلاً معلّق پارلیامنٹ کے نتیجے میں یا کسی اہم بل پر ووٹنگ کے موقع پر ان کی چاندی ہو جاتی ہے کیوں کہ ایم ایل اے اور ایم پی کی خرید و فروخت کے وقت ان کی خدمات ناگزیر ہو جاتی ہیں۔ یہ عموماً انڈر گراؤنڈ رہ کر اپنی خدمات انجام دیتے ہیں۔ لیکن بعض اوقات ڈیلنگ میں ناکامی انہیں اوور گراؤنڈ آنے پر بھی مجبور کر دیتی ہے کیوں کہ منہ مانگی قیمت نہ ملنے پر یہ "نہ بِکنے والے" عوامی نمائندے، اخباری نمائندوں کے سامنے "بِکنے" لگتے ہیں۔ اب بنگارو لکشمن ہوں یا پاکستانی کرکٹرس، میڈیا والوں کے اسٹنگ آپریشن سے کون نہیں ڈرتا۔

لیکن کچھ پچ کے آدمی پچ میں رہ کر بھی پچ سے غائب یعنی Invisible ہوتے ہیں، اور خفیہ تحقیقاتی ایجنسیوں کی کوششِ بسیار کے باوجود ان کے سائے تک کا برسوں پتہ نہیں چلتا۔ ایسے نادیدہ پچ کے آدمیوں کو بڑے بڑے بین الاقوامی دفاعی کنٹریکٹ حاصل کرنے کے کام پر مامور کیا جاتا ہے اور ان کی "سیکوریٹی" یعنی شناخت خفیہ رکھنے کا خاص انتظام کیا جاتا ہے کیوں کہ اگر یہ اندر سے باہر آ گئے تو بہت سے باہر والوں کو اندر جانا پڑ سکتا ہے۔

ایسا نہیں ہے کہ یہ پچ کے لوگ صرف بڑے بڑے لوگوں کے پچ ہی پائے جاتے ہیں۔ انہوں نے غریب عوام کی بھی خدمت کا بیڑا اُٹھا رکھا ہے۔ ان کا جذبہِ تعاون اتنا شدید ہے کہ یہ معمولی سے معمولی کام بھی ہمیں خود سے کرنے نہیں دیتے۔ برتھ سرٹیفیکیٹ بنوانا ہو یا راشن کارڈ، اسکول میں داخلہ کرانا ہو یا اسپتال میں، یا پھر مکان کی خرید و فروخت کا معاملہ ہو، یہ اپنا دستِ تعاون دراز کئے اس طرح ارد گرد موجود ہوتے ہیں گویا کہہ رہے ہوں: "بھائی، کیوں تکلیف کرتے ہو؟ ہم مر گئے ہیں کیا؟"

ہمارے ملک ، خصوصاً چند صوبوں، کی موجودہ سیاسی صورتِ حال اتنی تغیّر پذیر ہے کہ کسی بھی سیاسی پارٹی کا سرگرم کارکن بننا، اور نتیجے میں نمایاں ہونا، خطرے سے خالی نہیں۔ سیاسی پارٹیوں میں اپنا مقام اور اثر و رسوخ قائم کرنے میں جتنی مدت درکار ہوتی ہے، اس سے کافی کم عرصے میں ہی سیاسی پارٹیاں اقتدار سے معزول ہونے لگی ہیں۔ لہذا اسب سے فائدے میں وہ لوگ ہیں جو سیاسی اعتبار سے بیچ کے آدمی ہیں، اور حسبِ ضرورت بلا ترّدد راتوں رات چولا بدلنے کو تیار رہتے ہیں۔

بڑے بڑے مفکرین نے زندگی کے ہر معاملے میں اعتدال پسندی کی تلقین کی ہے۔ لہذا جب کبھی آپ کسی متنازعہ معاملے میں کوئی واضح موقف اختیار کرنے میں خطرہ محسوس کریں، بیچ کا آدمی بن جائیں۔ دوسرے لفظوں میں، نظریات کے انتہائی سِروں میں سے کسی سے بھی اتفاق نہ کرتے ہوئے دونوں کے درمیان رہ کر میانہ روی کی مثال قائم کریں۔ یعنی دونوں مخالف نظریات کی خامیوں کے ساتھ خوبیوں کی بھی نشان دہی کرتے جائیں، آپ کا موقف غیر واضح ہونے کے باوجود بالکل واضح رہے گا۔ اس طرح آپ دونوں کی نگاہ میں سُرخ رو ہوں یا نہ ہوں، تبدیلیٔ موسم کے اثرات سے بالکل محفوظ رہیں گے۔ اس کے علاوہ خود کو "غیر جانب دار" اعلان کر کے آپ "چمچہ" یا "دلال" جیسے القاب سے نوازے جانے سے بھی بیچ جائیں گے۔ ہماری حکومت اس حکمتِ عملی کی عالمی علم بردار ہے۔ آخر معاملہ چاہے فلسطین اسرائیل کا ہو یا ایران امریکہ کا، تیل اور تیکنالوجی میں کسی کی اہمیت دوسرے سے کم نہیں۔

بین الاقوامی سطح پر انکل سام نے تو ان بیچ کے آدمیوں کی ہوا ہی نکال دی تھی، یہ کہہ کر کہ دہشت گردی کے خلاف جنگ میں آپ یا تو ہمارے ساتھ ہیں یا پھر دہشت گردوں کے ساتھ۔

گھریلو سطح پر بھی نیچ کے آدمی اپنی نادیدہ موجودگی کا احساس دلاتے ہیں۔ مثلاً دو بھائیوں کے بیچ جھگڑے کا ذمہ دار بھی کوئی نیچ کا آدمی ہوتا ہے۔ میاں بیوی میں طلاق کی نوبت بھی کسی نیچ کے آدمی یا نیچ کی عورت کی وجہ سے آتی ہے۔ میاں بیوی کے بیچ کسی نیچ کے آدمی کا ہونا جہاں باعثِ مسرت ہے وہیں دونوں میں اَن بن ہونے کی صورت میں ان کی غیر موجودگی باعثِ مصیبت بھی ہے۔ اگر میاں بیوی صاحب اولاد ہیں تو غنیمت ہے۔

"مّی سے پوچھو میرے موزے کہاں ہیں۔" باپ بیٹے سے دانستاً اونچی آواز میں کہتا ہے۔ بیٹا ماں کے سامنے جوں ہی منہ کھولتا ہے اس میں سے الفاظ نکلنے کی بجائے نئے الفاظ گھسیٹر دیئے جاتے ہیں:

"پاپا سے کہو، موزے بالکنی کی الگنی میں ٹنگے ہوئے ہیں۔" پھر پاپا کے سامنے بھی اس کا منہ یوں کھل کر بند ہو جاتا ہے جیسے جمائی آتے آتے رہ گئی ہو:

"مّی سے کہو آج گھر لوٹنے میں دیر ہو جائے گی۔" اس بار معاملہ فہم بیٹا میسج دینے کی بجائے جوابی میسج کا انتظار کرتا ہے۔

"پاپا سے کہو کھانا ڈائننگ ٹیبل پر رکھا رہے گا، کھالیں گے جگانے کی ضرورت نہیں۔" اور پھر دوسری طرف سے "لائن ڈس کنکٹ" ہوتے دیکھ کر بیٹا باہر کھیلنے نکل جاتا ہے۔

اگر یہ "داخلی کوریئر سروس" بھی دستیاب نہ ہو تو بڑی مصیبت ہو جاتی ہے جیسا کہ میرے ساتھ ہوا تھا۔ "بات بندی" تیسرے دن میں داخل ہو چکی تھی۔ مجھے صبح سویرے ایک ضروری کام سے باہر جانا تھا۔ لہذا میں نے ایک رقعہ "صبح چھ بجے اُٹھا دینا" لکھ کر بیگم کے تکیے کے نیچے دبا دیا اور سو گیا۔ صبح جب آنکھ کھلی تو دیکھا آٹھ بج رہے تھے۔ جی میں تو آیا کہ تکیہ اُٹھاؤں اور بیگم پر دے ماروں۔ لیکن تکیے کے نیچے

دبے رقعے پر نظر پڑتے ہی میں بُت بن گیا۔ لکھا تھا:"چھ بج چکے ہیں، اُٹھ جائیے۔"

شادی کے رشتوں کے معاملے میں اخبارات اور انٹرنیٹ کی سہولیات کے باوجود ان بیچ کے آدمیوں کی اہمیت کم نہیں ہوئی ہے۔ان کی ہر آمد پر صاحبِ خانہ، نہ صرف مٹھائیوں اور چائے سے ان کی تواضع کرتے ہیں بلکہ visiting fee دینا بھی نہیں بھولتے ورنہ رشتے آنا بند ہو جائیں گے یا پھر "رِستے کے رشتے" آنے لگیں گے۔اگر ان کی قسط وار فیس وقت پر ادا کی جاتی رہے تو یہ لوگ "مثبت لگائی بجھائی" کے ذریعہ دونوں پارٹیوں کے بیچ اتنی جلد رشتہ استوار کرنے میں کامیاب ہو جاتے ہیں کہ رشتوں میں دراڑ ڈالنے والے بھی انگشت بدنداں رہ جائیں! ہند و پاک کے نام نہاد رہنماؤں کی بد دیانتی اور ریاکاری کا اس سے بڑا ثبوت اور کیا ہو گا کہ ان بیچ کے آدمیوں کی خدمات سے کبھی استفادہ ہی نہیں کیا گیا ورنہ باجپئی مشرف آگرہ چوٹی کانفرنس سے وابستہ امیدیں یوں پاتال میں نہیں جا گرتیں، اور کارگل کی سرحدوں پر گولیوں کی بجائے نشانِ پاکستان اور بھارت رتن کا تبادلہ نہ ہوتا۔اتنا ہی نہیں، راجپوت اور پٹھان آمنے سامنے، سرحد کی دیواروں کی دونوں جوانب سے زور آزمائی کر کے امبو جاسیمنٹ والوں کا پول کھول کر رکھ دیتے!

مگر ازدواجی رشتوں میں "لگائی بجھائی" لاکھ مثبت سہی، جھوٹ بہر حال جھوٹ ہوتا ہے اور جھوٹ کی ٹہنی کبھی پھلتی نہیں۔لہذا اگر میاں بیوی میں "بن" گئی تو ٹھیک، اور اگر "ٹھن" گئی تو ساری گُڈ وِل (Goodwill) پانی میں! دونوں طرف سے ان بیچ کے آدمیوں اور ان کے خاندان کی شان میں ایسے ایسے قصیدے پڑھے جانے لگتے ہیں کہ ان کی کئی پشتوں کی ماں بہنوں کی روحیں قبر میں ہی بلبلا اُٹھتی ہوں گی، یا پہلی ہی فرصت میں اپنے نکاح نامے کی رجسٹرڈ کاپی محفوظ کر لینے میں سر گرداں نظر آتی ہوں گی!

دوسرے لفظوں میں، جھگڑا میاں بیوی کے بیچ ہوتا ہے، اور گالی سنتا ہے یہ بیچ کا آدمی۔ بعض اوقات ان جھگڑوں سے بچنے کے لئے شوہر بے چارہ بھی بیچ کا آدمی بننے کی کوشش کرتا ہے کیوں کہ اگر وہ بیوی کی حمایت کرتا ہے تو ماں کہتی ہے 'پلّو کی ہو الگ گئی ہے' اور اگر ماں کی اطاعت کرتا ہے تو بیوی کہتی ہے 'ابھی دودھ کے دانت نہیں ٹوٹے'۔ لہٰذا وہ دونوں طرف توازن بنائے رکھنے کے چکر میں خود اتنا غیر متوازن ہو جاتا ہے کہ بیچ میں رہنے کے باوجود کہیں کا نہیں رہتا۔

ایسے ہی بیچ کے آدمیوں میں سے ایک نے شہر نشاط کے بیچوں بیچ واقع ایک مشہور مسجد کے امام کو طنز و تضحیک کے بیچ لا کھڑا کر دیا کیوں کہ انہوں نے اس کا نکاح پڑھایا تھا اور وہ کمبخت جنسی اعتبار سے بیچ کا آدمی نکلا تھا!

لنگی

بے چاری لنگی! اتنی سیدھی سادی کہ صرف ایک سیدھی سِلائی میں ہی عزت و ناموس کو پوری طرح اپنے گھیرے میں لے لیتی ہے۔ سادگی ایسی کہ ہر طرح کے زِپ، بٹن، اِزار بند اور پاکٹ وغیرہ سے مبرّا۔ شریف اتنی کہ "اُلٹے سیدھے" سے کوئی لینا دینا نہیں کیوں کہ دونوں سِرے اوپر نیچے کے بھید بھاؤ سے یکسر آزاد ہوتے ہیں۔ مخلص اتنی کہ "ظاہر و باطن" ایک۔ فرمانبردار اس قدر کہ اوپر سے پہنیں یا نیچے سے، کیا مجال کہ کسی قسم کی مزاحمت کا مظاہرہ کرے۔ ہر موقع کے لیے سہولت فراہم کرنے والی لنگی کو اگر کوئی شخص، چاہے وہ پڑھا لکھا پروفیسر ہی کیوں نہ ہو، غلط کام کے لیے استعمال کرے تو اس میں بے چاری لنگی کا کیا قصور؟ ویسے بھی خالص مردانہ لباس ہونے کے باوجود اسے مؤنث کی حیثیت دینا گویا لنگی پر ظلم ہی تو ہے۔

یوں تو لنگی کے ایک نہیں کئی فائدے ہیں لیکن ”ایمر جنسی صورتِ حال“ میں اس کی افادیت کا احساس شدت سے ہوتا ہے، بشرطیکہ ٹائلیٹ میں آگے سے کوئی موجود نہ ہو! ... نہ ناڑے میں گرہ پڑنے کا خوف، نہ بٹن کھلنے میں تاخیر سے پیدا شدہ انتہائی خفّت آمیز نتیجے کا خدشہ۔ پردہ اُٹھنے سے پردہ گرنے تک تمام اہم رول خوش اسلوبی سے انجام پاتے ہیں۔

ہوا دار اتنی کہ پسینہ اور اس سے ہونے والی خارش سے نجات کی ضامن بھی ہے۔ اس کے باوجود نئی نسل اسے ”غیر مہذب“ لباس قرار دیتے ہوئے اسے تحقیر آمیز نگاہ سے دیکھتی ہے، حالانکہ اس کی فراہم شدہ سہولیات میں سے ایک بہت اہم سہولت یہ بھی ہے کہ آپ اس کی مدد سے مسجد یا دفتر جانے سے قبل کھلم کھلا سب کے سامنے پاجامہ یا پتلون تبدیل کر سکتے ہیں، نہ باتھ روم میں جانے کی ضرورت نہ کمرے کا دروازہ بند کرنے کی مجبوری، اور نہ ہی گمچھے یا تولیے کا احسان لینے کی حاجت۔ لنگی کی اہمیت سے واقف لوگوں میں سے کچھ تو اسے بستر تک ہی محدود رکھتے ہیں مگر زیادہ تر لوگ پورا وقت گھر میں ”لنگی نشیں“ ہوتے ہیں جب کہ عاشقانِ لنگی پڑوس کی مسجد سے لے کر مقامی بازار تک لنگی نشینی کا مظاہرہ کرتے ہوئے نظر آتے ہیں۔

یہ واحد لباس ہے جو علاقائی عصبیت کا شکار بھی ہے۔ جنوبی ہند میں اکثر اسے پہن کر دفتروں اور پارلیمان میں بھی بڑی شان سے جایا جاتا ہے جب کہ شمالی ہند میں اسے پہن کر گھر سے باہر قدم نکالنا جہالت، گنوار پن اور بد تہذیبی کی نشانی سمجھی جاتی ہے۔ یہی وجہ ہے کہ ایک بار میرے ایک پڑوسی کو لنگی میں بازار جاتے دیکھ کر اس کے ایک بے تکلف دوست نے کمنٹ کیا ”کیوں بھائی، کھجلی ہوئی ہے؟“ تو میں نے دوسرے دن سے ہی لنگی میں بالکنی میں بھی نکلنا چھوڑ دیا۔ ویسے بھی لنگی کو

بدنام کرنے میں بھائی لوگوں نے کوئی کسر کہاں چھوڑی ہے۔ لنگی کے اوپر صرف بنیان پہنے اور سر پر ٹوپی رکھے دیکھ لیں تو بے ساختہ کہہ اُٹھتے ہیں: "یار، خاندانی قصائی لگ رہے ہو!"

بعض لوگ اس کی خامیاں بتانے کے لیے کہتے ہیں اسے پہن کر دوڑ نہیں لگائی جا سکتی۔ ارے بھائی، خواہ مخواہ دوڑ لگانا ویسے بھی شریفوں کا شیوہ نہیں، اور اگر زبردستی دوڑے تو رہی سہی شرافت بھی کھل کر نیچے گر سکتی ہے۔ لیکن مشق ہو تو دوڑ کیا، اچھل کود بھی ممکن ہے جیسا کہ بالی وُڈ کنگ شاہ رُخ خان نے "لنگی ڈانس" کے ذریعہ ثابت کر کے دکھا دیا۔ میرے ایک عزیز دوست کا کہنا ہے کہ اس نے اور اس کے دوستوں نے محلّے کے میدان میں اتنے عرصے تک لنگی میں کرکٹ کھیلا ہے کہ جب کالج میں پہلی بار ٹریک سوٹ میں کھیلنا شروع کیا تو ابتدا میں رَن لیتے وقت بے دھیانی میں دونوں پائنچے اُٹھا کر دوڑ پڑتا تھا! "لنگی کرکٹ" میں کبھی کوئی باؤلڈ آؤٹ نہیں ہوتا تھا کیوں کہ ایل بی ڈبلو (لنگی بیفور وکٹ) کا کوئی تصور بین الاقوامی کرکٹ میں نہیں ہے!

ویسے لنگی کی نچلی سطح پر تنفع کا تعلق صرف مسلک سے ہی نہیں بلکہ مختلف موسموں اور مقامات سے بھی ہوتا ہے۔ اس کی اونچائی کا براہِ راست تعلق بارش میں جمع شدہ پانی، کیچڑ یا دلدل کی گہرائی سے ہوتا ہے۔

غیروں کے باغیچے سے چوری کی کیریاں یا بیر چھپا کر لانے میں بھی یہ لنگی نہایت کارآمد ثابت ہوئی ہے۔

میرا تو خیال ہے کہ لنگی کی مقبولیت کے باعث ہی بائیک بنانے والوں نے اسکوٹر کے ڈیزائن کی طرف بھی توجہ دی ہوگی۔

شرٹ پتلون پرانے ہو جائیں تو سوائے پونچھا کے لیے استعمال کرنے

کے ان کا اور کوئی مصرف نہیں ہوتا مگر لنگیاں پرانی ہو کر بھی نومولود بچوں کے لیے بہت کارآمد ثابت ہوتی ہیں۔ غریب کی گٹھری بھی عموماً لنگی کی ہی مرہونِ منت ہوتی ہے۔ لنگی کی اور کتنی خوبیاں گنواؤں۔ چلتے چلتے بس اتنا کہہ دوں کہ اگر آپ لنگی میں باہر نکلیں اور تیز ہوا کے جھکڑ چلنے لگیں تو ہالی وڈ کی مشہور ہیروئن میرلین منرو کا کلاسک پوز دینے سے آپ کو کوئی نہیں روک سکتا!

بریانی: ایک ترقی بخش "غذا"

بریانی ایک آزمودہ ترقی بخش غذا ہے۔ یوں تو اس کے کئی فوائد ہیں، مگر ترقی و کامرانی نیز کنٹریکٹ کی حصولی میں اس کی افادیت مسلم ہے۔ مسلسل سبزیوں کے استعمال سے ہونے والی بھک مری ... مم ... میرا مطلب ہے بھوک کے مر جانے کی شکایت میں اسے بے حد مفید پایا گیا ہے۔ اس کی مہک سے ہی بھوک چمک اٹھتی ہے۔ بیگن کے بھُرتے کا نام سن کر مرجھائے چہرے بریانی کے ذکرے سے ہی کھِل اٹھتے ہیں، بچوں اور بڑوں دونوں کے ناگواری میں سکڑے ہونٹ ایک دم سے پھیل کر تازہ دم ہو جاتے ہیں۔ خشک ہونٹوں کی رطوبت زبان کی لپلپاہٹ سے بحال ہوتی ہے۔ کنپٹیوں میں نیز تالو اور زبان کے نیچے موجود لعابِ دہن خارج کرنے والی گلٹیاں ایک دم سے فعال ہو کر حفظ ما تقدم کے طور پر تھوک کے حساب سے تھوک جمع کرتی جاتی ہیں جو تا دمِ دیدار بریانی رال کی شکل میں باہر ٹپکنے کی بجائے حلق سے اتر کر غذائی نلی میں قیام پذیر اپنے افعالِ ہاضمہ کی ذمہ داریوں سے بہر آور ہونے کا منتظر رہتا ہے۔

بریانی کے اجزاء میں کاربوہائیڈریٹ کے پتلے لمبے سفید و زعفرانی دانوں اور پروٹین سے بھرپور ایمان افروز بڑے یا چھوٹے کی چھوٹی یا بڑی بوٹیوں کے علاوہ روغنیات بہت اہم ہیں جن کی چکنائی بڑے بڑوں کو پھسلانے بلکہ پھسلانے کے کام آتی ہے اور یوں کئی چھوٹے بڑے کام نکالے جاتے ہیں جن میں پروموشن سے لے کر پسندیدہ جائے ملازمت پر تبادلہ نیز چھوٹے موٹے کنٹریکٹس کی حصولی وغیرہ شامل ہیں۔ یہ رشتے بنانے کے ساتھ ساتھ ”رستے بنانے“ میں بھی بے حد مفید پائی گئی ہے جس سے شارٹ کٹ کے ذریعہ ترقی و کامرانی کی اونچی منزلوں تک بآسانی پہنچنے میں بھی مدد ملتی ہے۔

قدیم ہندوستان کی ایک متروک کہاوت ہے کہ شوہر کے دل تک پہنچنے کا راستہ اس کے پیٹ سے ہو کر جاتا ہے۔ (آج کل کی بیشتر بیویوں کو شوہر کے دل سے زیادہ اس کی جیب تک پہنچنے کی خواہش ہوتی ہے۔ بہ لفظِ دیگر انہیں شوہر کے دل سے زیادہ اپنے بِل کی پروا ہوتی ہے جو بہر صورت بیچارے کے دل پر ہی اثر انداز ہوتا ہے!) اب اس کہاوت کا اطلاق شوہر سے زیادہ اس کے باس پر ہوتا ہے۔

خوبصورت بیویوں کے عقل مند شوہر اپنے باس کو خوش کرنے کے لئے گھر کی بجائے کسی ہوٹل میں بریانی کھلانا پسند کرتے ہیں تا کہ باس اپنے تعریفی کلمات صرف بریانی تک ہی محدود رکھے۔ بصورتِ دیگر وہ ساری زندگی سر دھنتے رہ جائیں گے کہ ہار کر جیتنے والوں کو تو بازیگر کہتے ہیں مگر جیت کر ہارنے والوں کو کیا کہتے ہیں۔

بریانی کا ایک قریبی رشتے دار پلاؤ بھی ہے جس کے اجزائے ترکیبی اور ترکیبِ نوشی قدرے مختلف ہوتے ہیں۔ مگر بعض لوگ دونوں میں کوئی تفریق نہیں کرتے اور دونوں کو ایک ہی نام ”بریانی پلاؤ“ یا ”پلاؤ بریانی“ دے کر صرف کھانے سے مطلب رکھتے ہیں۔ ان کے لئے دونوں کے درمیان فرق کی اتنی ہی اہمیت ہے

جتنی مسلم کش فسادات کے دوران شیعہ اور سنی، یا پھر دیوبندی اور بریلوی میں فرق کی۔ اپنے اس ”اجتماعی“ نام کے ساتھ یہ پکوان چوتھی اور چہارم دونوں موقعوں پر نوش کئے جانے کے سبب خوشی اور غم سے مبرّا ہو کر ہر قسم کے تعصب سے پاک ایک غیر جانبدار ڈش بن چکی ہے، اور یوں منگنی اور مَرنی دونوں موقعوں پر کھلائی جاتی ہے۔

جس طرح دوا کے کارگر ہونے کے لئے اسے ڈاکٹر کے لکھے نسخے کے مطابق ٹھیک وقت پر لینا ضروری ہوتا ہے اسی طرح بریانی سے بھرپور نفع کشید کرنے کے لئے بھی ضروری ہے کہ اس کے استعمال کے درست وقت کا تعین کیا جائے۔ اور یہ کوئی مشکل امر بھی نہیں کیوں کہ سال میں ایسے مواقع کئی بار آتے ہیں۔ مثلاً اپنی یا بیگم کی سالگرہ یا پھر اپنی شادی کی سالگرہ مناسب و موزوں ترین مواقع ہوتے ہیں بریانی کے منافع بخش استعمال کی۔ اگر یہ مواقع استعمال ہو چکے ہوں اور اسی سال مزید بریانی ڈپلومیسی کی ضرورت پیش آئے تو بیٹے یا بیٹی کی سالگرہ کا بھی بلا جھجھک استعمال کیا جاسکتا ہے۔ اگر یہ آپشن بھی ختم کر چکے ہوں تو پھر بیٹے کے ختنے کی سالگرہ منانے میں بھی کوئی مضائقہ نہیں کہ لوگوں کو بریانی سے مطلب ہوتا ہے، ”مسلمانی“ سے نہیں۔ البتہ اس بات کا خیال ضرور رکھیں کہ بیٹے کی عمر اتنی ہو کہ اپنے ”ختنۂ ثانی“ کے نام سے اسے اب بھی ہیبت ہوتی ہو نیز ماں اور باپ دونوں کی شادی کی سالگرہ ”اتفاق“ سے ایک ہی دن ہونے پر حیرت ہوتی ہو۔ بصورتِ دیگر، اسے کسی بہانے پارٹی سے دوراپنے دوستوں کے ساتھ کہیں اور بھیج دیں چہ جائیکہ کوئی موڈرن عورت بھری محفل میں مصافحہ کرتے وقت پوچھ لے: ”سالگرہ مبارک ہو۔ کیسا محسوس کرتے ہیں آپ ان لمحوں کو یاد کر کے؟“ یا با آواز بلند کہہ دے: ”ہم چاہتے ہیں کہ آپ اپنے بیس سال قبل کے اس تکلیف دہ تجربے سے متعلق اپنے

تاثرات سے ہمیں نوازیں۔"

بریانی کی بات چلے اور حیدرآباد کا ذکر نہ ہو بھلا کیسے ممکن ہے؟ حیدرآباد کی شناخت پہلے کبھی چار مینار رہی ہو، مگر اب تو یہ شہر بریانی اور حلیم کے حوالے سے ہی جانا جاتا ہے۔ گزشتہ سال میں نے اپنے ایک حیدرآبادی دوست کو کلکتے میں بریانی کھلانے کی ہمت کر ڈالی۔ "ہمت" اس لئے کہ کسی حیدرآبادی کو کہیں اور کی بریانی کھلانے کی دعوت دینا ایسے ہی ہے جیسے آپ نے اپنے آٹھ سالہ بچے کی گیند بازی پر محمد اظہر الدین کو بلّے بازی کا چیلنج دیا ہو۔ ویٹر کے جاتے ہی میرے ساتھی نے چاول اٹھانے کی غرض سے جو چمچہ بریانی میں داخل کیا تو اس طرح ٹھک کر جم گئے جیسے کسی قدیم سرزمین پر کھدائی کے دوران آثارِ قدیمہ کے کسی مزدور کی کلہاڑی مٹی میں دبے اشرفیوں سے بھرے کسی دھات کے گھڑے سے ٹکرا گئی ہو۔ میں حیرانی و تذبذب کے عالم میں کبھی انہیں دیکھ رہا تھا اور کبھی بریانی سے بھرے پلیٹ کو جہاں مجھے نہ تو کوئی مری ہوئی مکھی نظر آئی اور نہ ہی کا کروچ۔ دوسرے ہی لمحے انہوں نے بہت سنبھلتے ہوئے بے حد آہستگی سے چمچے کو سیدھے اوپر اٹھایا جس پر آلو کا ایک بڑا سا ٹکڑا ڈگمگا رہا تھا۔ ان کی پھیلی ہوئی آنکھیں اس طرح اسے گھور رہی تھیں گویا انہوں نے چالیس ہزار سال قدیم کسی انسان کی کھوپڑی سنبھال رکھی ہو۔ اس سے قبل کہ میں انہیں کلکتے کی "آلودہ" بریانی کا تعارف کراتا، انہوں نے بائیں ہاتھ سے اپنی پتلون کی جیب سے موبائل نکالا اور میرے دیکھتے ہی دیکھتے کئی زاویوں سے اس کھوپڑی... معاف کیجئے گا... چمچے پر مقیم آلو کی کئی تصویریں لے ڈالیں۔ میرے یہ بتانے کے باوجود کہ یہ "آلودگی" کلکتے کے علاوہ بہار اور یوپی سے ہوتے ہوئے دارالسلطنت دہلی تک پھیل چکی ہے، انہوں نے بِل آنے سے پہلے ہی سوشل میڈیا پر پوسٹ کر دیا۔

یوں تو بریانی کا نام سنتے ہی پردۂ تصور پر منگنی، شادی اور دیگر پُر مسرت تقریبات کے مناظر اُبھرتے ہیں لیکن اگر بریانی کے ساتھ "پیکٹ" کا لاحقہ جڑ جائے تو بے اختیار سرکاری ونیم سرکاری فنڈ سے منعقدہ سیمینار، سمپوزیم، مشاعرہ اور رسمِ اجراء جیسی تقریبات کا تصور ذہن میں آنا بالکل فطری سا ہو گیا ہے۔ یہ بریانی کے پیکٹس ہی ہیں جن کی بدولت سامعین کو طویل اور خشک مقالات اخیر تک برداشت کرنے کی قوت حاصل ہوتی ہے، مزاج میں صبر و تحمل کا مادہ پیدا ہوتا ہے نیز پہلو بدلنے اور جمائیاں لینے کے باوجود ویلی ڈکٹری سیشن تک اپنی سیٹ پر جمے رہنے کا حوصلہ ملتا ہے۔ اس طرح بریانی کے یہ پیکٹس "سُرعتِ اِنخلاء" پر قابو پاکر "ٹھہراؤ کی مدت" میں اضافہ کا باعث بنتے ہیں۔ یہی وجہ ہے کہ اب نجی خرچے سے چھپی کتابوں کی نجی اخراجات سے منعقدہ تقریبِ رسمِ رونمائی میں بھی بریانی کے پیکٹس "وجہِ بھیٹر لگائی" کے بطور لازمی ہوتے جا رہے ہیں بصورتِ دیگر مسند نشینوں کی تعداد سامعین کی تعداد سے بڑھ جانے کا خطرہ لاحق ہو جاتا ہے اور جلسہ گاہ میں تِل رکھنے کی جگہ تو دور، تل کا پہاڑ بھی رکھ دیا جائے تو بیٹھنے کی کافی جگہ بچ جاتی ہے۔ ویسے بھی کچھ لوگوں میں سامعین سے زیادہ مسند نشین ہونے کی للک ہوتی ہے جس کے لیے وہ کسی بھی حد تک جا سکتے ہیں۔ حالانکہ مہمانِ خصوصی اسے بنایا جاتا ہے جس سے مستقبل قریب میں کوئی خصوصی کام لینا ہوتا ہے۔ مہمانِ ذی وقار کی کرسی اسے دی جاتی ہے جسے الیکشن ہارنے یا کسی اسکینڈل میں پھنسنے کے بعد کھویا وقار بحال کرنے کی فکر ہوتی ہے جس کے لئے وہ تھوک کے حساب سے کتاب کی کاپیاں خرید کر شہر کی لائبریریوں میں تقسیم کر سکتا ہے۔ صرف مہمانِ اعزازی کی کرسی ہی Out-sourcing کے لئے بچی رہتی ہے۔ ایک صاحب نے جب تمام شرکاء کے لئے چائے بسکٹ کا انتظام کرنے کے عوض یہ سیٹ مانگی تو منتظمین نے یہ کہہ کر انہیں

مایوس کر دیا کہ چائے بسکٹ میں تو صرف نعت یا حمد سے جلسے کا آغاز کرنے کا موقع دیا جا سکتا ہے۔ طوعاً کرہاً انہوں نے تمام بشمول سامعین کے لئے بریانی کے پیکٹس کا انتظام کرنے کی پیش کش کی تو منتظمین نے یہ کہہ کر ان کی آخری امید پر بھی پانی پھیر دیا کہ مہمانِ اعزازی کا سیٹ تو کب کا بُک ہو چکا، اب جو بھی ہو گا مہمانِ "اضافی" ہو گا!

ہمارے درمیان کچھ خصوصی ادب نواز بھی ہوتے ہیں جو ہر اس تقریبِ رسمِ رونمائی میں لازماً شریک ہوتے ہیں جہاں یا تو کتابیں مفت بٹنے والی ہوتی ہوں یا کم از کم بریانی کے پیکٹس۔ اگر دہری مایوسی کا شک بھی ہو جائے تو "تضیعِ اوقات" سے کوسوں دور رہتے ہیں۔ اور اگر دونوں ہاتھوں میں لڈو کے امکانات ہوں تو بڑے اہتمام سے جیب میں پولی بیگ لئے سامعین کی صفِ اوّل میں جا بیٹھتے ہیں۔ تعزیتی جلسوں میں سامعین کی گھٹتی تعداد کے پیش نظر اس بات کی ضرورت محسوس کی جا رہی ہے کہ مرحوم کے اعزّہ اپنی توجہ صرف مدرسے کے یتیم بچوں تک ہی محدود نہ رکھیں۔

بریانی کی مذکورہ اجتماعی افادیت کے علاوہ انفرادی اہمیت بھی ہے۔ کوئی بھی مصنف یا شاعر چاہے "بصد خلوص و عقیدت، برائے مطالعہ و تبصرہ" کسی کو اپنی کتاب جھک کر دونوں ہاتھوں سے دیتے وقت وصول کنندہ کی آنکھوں میں جتنی بھی لجاجت سے کیوں نہ دیکھے، مقابل "ان شاء اللہ، ضرور" کہہ کر تنقید و تبصرے کی ذمہ داری مکمل طور سے اللہ پر چھوڑتے ہوئے خود کو ہر قسم کی اخلاقی ذمہ داری سے بری کر لیتا ہے۔ لیکن اگر بریانی کی دعوت کے وقت اپنی کتاب پیش کرتے وقت تحریری اظہارِ خیال کی خواہش ظاہر کرے تو کوئی کم ظرف یا "بریان فراموش" ہی ہو گا جو طویل مضمون نہیں تو مختصر تبصرہ بھی نہ لکھے۔

لڑکی دیکھنے آنے والوں کے لئے بھی لڑکی والے لڑکی سے زیادہ ناشتے اور بریانی پر محنت و توجہ صرف کرنے کے قائل ہوتے ہیں تاکہ صورت، سیرت، تربیت و صلاحیت میں کسی قسم کی کمی کو بریانی سے پورا کیا جا سکے۔

الغرض، زندگی کے ہر شعبے میں بریانی کے استعمال سے بہتیرے چھوٹے بڑے کام نکالے جا سکتے ہیں۔ حالانکہ میں نے کبھی کسی سے کوئی کام نکالنے کے لئے بریانی کھلانے کی ضرورت محسوس نہیں کی کیوں کہ ... میں سارے کام صرف اپنے تعلقات اور مراسم کی بنیاد پر ہی نکال لینے کی اہلیت رکھتا ہوں۔ اب یہ نہ پوچھیں میں نے اتنے گہرے تعلقات اور مراسم بنائے کیسے۔ (ظاہر ہے کثرتِ دعوتِ فروغِ تعلقات ہی کی بنا پر!)

دنیا سمٹ رہی ہے

ہندوستان میں موبائل فون انقلاب برپا کرنے میں بلاشبہ امبانیوں کا بڑا ہاتھ ہے۔ انہوں نے "کر لو دنیا مٹھی میں" کا نعرہ دے کر پورا موبائل مارکیٹ اپنی مٹھی میں کر لیا ہے جسے کھولنے کی کوشش میں حریف کمپنیاں یا تو بند ہو رہی ہیں یا ایک دوسرے میں ضم ہو رہی ہیں۔

کبھی کہا جاتا تھا ٹیلی ویژن نے دنیا کو سمیٹ کر ہمارے ڈرائنگ روم میں لا دیا ہے۔ پھر انٹرنیٹ اور لیپ ٹاپ نے اسے ہماری گود میں ڈال دیا، اور اب اسمارٹ موبائل فونس نے تو سچ مچ دنیا مٹھی میں کر دی ہے۔ لیکن یہ کہنا نہایت دشوار ہے کہ موبائل ہماری مٹھی میں ہیں یا ہم موبائل کی مٹھی میں۔

موجودہ تیز رفتار مواصلاتی دَور میں دنیا واقعی سمٹ کر گلوبل ویلیج بن گئی ہے لیکن روایتی گاؤں کی طرح نہ تو وہ چوپال ہیں نہ ہی فرصت کے پل جب ہم ایک ساتھ اکٹھے بیٹھ کر ایک دوسرے کو سن اور سمجھ سکیں۔ ان سمٹتی دوریوں نے ہمیں ایک دوسرے سے اتنا دور کر دیا ہے کہ ہم دوستوں اور رشتے داروں سے ملنا ترک کر کے اپنے اپنے کمروں اور اپنی اپنی دنیا میں سمٹ کر رہ گئے ہیں۔ لہٰذا بالی وڈ کے اس مشہور نغمے کے خالق کی دور اندیشی کی داد دیئے بغیر نہیں رہ سکتے:

کیوں زندگی کی راہ میں مجبور ہو گئے

اتنے ہوئے قریب کہ ہم دور ہو گئے

رشتے اتنی تیزی سے سمٹ رہے ہیں کہ لفظ "سمٹ" کا "س" بھی غائب ہوتا جا رہا ہے۔ یہ سمٹنے سمٹانے کا عمل زندگی کے ہر شعبے اور ہر مرحلے میں جاری و ساری ہے۔ مشاعرے ادبی نشستوں میں، اور نشستیں "باہمی" غزل سرائی بلکہ "غزل سنائی" میں۔ مشاعرے اردو ادب کا ٹسٹ میچ ہوا کرتے ہیں جب کہ ادبی نشستیں ون ڈے میچ۔ ٹسٹ میچوں کے زوال کا سبب لوگوں میں وقت کی کمی ہے جب کہ مشاعروں کے زوال کا سبب وقت پر لوگوں کی کمی ہے۔ بلکہ اب تو ادب کا ٹی ٹوینٹی بھی شروع ہو چکا ہے۔ یعنی اور مختصر شکل، اور حسبِ روایت اس کے مجتہد بھی شعراء ہی ہیں۔ راہ چلتے ایک شاعر دوسرے کو چائے نوشی کا جھانسا دے کر قریب کے چائے خانے میں دھکیل لے جاتا ہے۔ پھر مہمان شاعر کو چائے کی پہلی چسکی لیتے دیکھ میزبان شاعر بے دھڑک کئی اشعار جڑ دیتا ہے۔ دیکھتے ہی دیکھتے فی چسکی دو اشعار کی شرح سے حملہ آور ہو جاتا ہے اور چائے کی پیالی خالی ہونے تک دو تین غزلیں بآسانی اسقاط کے مرحلے سے گزر جاتی ہیں۔ اگر یہ سامع اوّل غیر شاعر ہوا تو بلبلا اُٹھتا ہے۔ اور اگر شاعر ہوا تو با آواز بلند شعر کی تعریف کرتا ہے لیکن زیرِ لب بڑبڑاتا جاتا ہے "سالے، کل ایک ایک شعر کا چن چن کر بدلا لوں گا۔" ویسے اس ادبی ٹی ٹوینٹی کا انعقاد جس کے لئے دس دس اشعار سنانے کی کوئی قید و بند نہیں کہیں بھی ہو سکتا ہے گو چائے خانے اور ہیئر کٹنگ سیلون اس کے موزوں ترین اسٹیڈیم ہوا کرتے ہیں۔ اسٹیشن پر ٹرین کا انتظار کرتے وقت اچانک اناؤنسر کی آواز سنائی دیتی ہے: "ٹرین چالیس منٹ لیٹ ہے" اور آپ بظاہر اُف کہتے ہوئے پلیٹ فارم پر واقع چائے خانے کی طرف بڑھتے ہیں لیکن داہنا ہاتھ چپکے سے دائیں جیب کی طرف بڑھتا ہے۔

لیکن تب ہی آپ کے ساتھی آپ کے ہاتھ پر ہاتھ رکھ دیتے ہیں ”نہیں، کل آپ نے سنائی تھی۔ آج میری باری ہے۔“ اور آپ جھینپتے ہوئے تعمیل کرنے پر مجبور ہو جاتے ہیں کہ سلسلہ تو قائم رہے۔

ہمارے یہاں شادی سات جنموں کا بندھن ہوتی ہے۔ لیکن یورپ خصوصاً ہالی وڈ میں ازدواجی زندگیاں سمٹ کر اتنی مختصر ہو گئی ہیں کہ سات برس تو دور سات مہینے میں ہی ان کے متعلق جنرل ناج اپ ڈیٹ کرنے کی ضرورت پیش آتی ہے ورنہ کسی کی بیوی کو کسی اور کے شوہر سے منسوب کرنے کے خطاوار ہو سکتے ہیں۔ یہ طبقہ بڑھاپے تک اس طرح بیویاں اور شوہر بدلتا ہے گویا پورا سال ایکس چینج آفر چل رہا ہو۔ خاندانی محاذ پر بھی سمٹنے کا سلسلہ جاری ہے۔ جوائنٹ فیملی نیوکلیئر فیملی میں تبدیل ہوتی جا رہی ہے۔ بچے سنِ بلوغت تک پہنچنے سے قبل ہی نہ صرف بالغ جسمی بلکہ بالغ نظری کا ثبوت دیتے جا رہے ہیں۔ دیکھنے دکھانے سے لے کر منگنی، شادی اور ولیمہ وغیرہ کے مرحلے وار طویل سلسلوں کو نئی نسل نے ڈیٹنگ سے کورٹ میرج تک سمیٹ کر رکھ دیا ہے۔ پھر بھی پرانی نسل کو وقت، پیسے اور توانائی کی یہ بچت ایک آنکھ نہیں بھاتی۔ حد تو یہ ہے کہ انہیں خواتین کے لباس میں کپڑوں کی بچت بھی نہیں بھاتی۔ کیا دامن کیا آستین، سبھی سمٹ رہی ہیں ... غنیمت ہے اس سمٹنے کے فیشن میں ایک چیز تو پھیل رہی ہے ... گلا ... آگے اور پیچھے دونوں جانب سے جو مچھروں کے لئے رزق میں ”کشادگی“ کا مظہر ہے۔ لباس کے معاملے میں اگر ایک طرف خواتین میں کفایت شعاری کی مقابلہ آرائی ہو رہی ہے تو دوسری جانب مرد حضرات فضول خرچی کا مظاہرہ کرتے ہوئے ٹائی باندھ کر دھڑ کے آخری کھلے حصے کو بھی چھپائے بغیر اسٹوڈیو میں نہیں آتے۔ شاید یہی وجہ ہو کہ آج کے گھٹنوں تک آنے والے مردانہ پینٹ کو دیکھ کر میں سمجھ نہیں پاتا کہ یہ ہاف پینٹ کی توسیعی شکل

ہے یا پتلون کی سمٹی ہوئی شکل۔

مشینی زندگی نے ہمیں اتنا مصروف کر دیا ہے کہ آداب و اطوار کے بھی شارٹ کٹ ''دریافت'' ہو گئے ہیں، مثلاً پہلے معانقہ مصافحے میں، اور اب مصافحہ سمٹ کر، بلکہ ''سکھٹ'' کر ہائے ہلو میں تبدیل ہو چکا ہے۔ اب تو ہاتھ تک ہلانے کی ضرورت باقی نہیں رہی، نہ ہی لبوں کو تکلیف دینے کی۔ کسی کے سلام کے جواب میں بس اس طرح ہلکے سے جھٹکے کے ساتھ سر ہلا دیتے ہیں گویا کہہ رہے ہوں ... جانے دیجیے ... موالی قسم کے لوگ اس طرزِ تخاطب سے اپنے حریفوں کو للکارتے ہیں۔ ہم شریف لوگ اپنی زبان کیوں گندی کریں۔

اب تو زندگی کی میعاد بھی تیزی سے سمٹ رہی ہے اور عین ممکن ہے کہ سبکدوشی اور سانحۂ ارتحال میں اتنا وقفہ بھی نہ ہو گا کہ ڈیتھ سرٹیفکیٹ سے قبل پنشن کے کاغذات تیار ہو سکیں۔ بلکہ بعض سوانح حیات میں ایسے جملوں کا بطور خاص ذکر ہو گا: ''وہ اتنے خوش نصیب تھے کہ خود اپنی آنکھوں سے اپنی سبکدوشی دیکھی'' یا ''اللہ رب العزت نے انہیں اتنی طویل عمر بخشی کہ ریٹائرمنٹ کے بعد بھی تقریباً ایک ماہ تک سانسیں چلتی رہیں'' یا پھر ''یہ ان کی نیکیاں ہی تھیں جن کی بدولت انہیں حیات مابعد سبکدوشی بھی نصیب ہوئی'' وغیرہ وغیرہ۔ ویسے نئی نسل کے حق میں یہ بہتر بھی ہے کہ انہیں بے روزگاری مابعد سبکدوشی سے نجات مل جائے گی کیوں کہ آنے والے وقتوں میں سنا ہے بیشتر حکومتیں پنشن کا ٹینشن لینے کے حق میں نہیں ہیں۔ بلکہ مجھے تو لگتا ہے بہت جلد ہماری اوسط عمر پچاس تک پہنچ جائے گی۔ اور تب ملازمت سے ریٹائرمنٹ کا تصور ہی اُٹھ جائے گا اور ہر ایک کی سروس بک میں سبکدوشی کی تاریخ کی جگہ ''تا مرگ'' لکھا ہوا ملے گا۔ اگر کبھی کسی کے باپ نے ساٹھ باسٹھ سال کی عمر پالی تو وہ فخریہ کہتا پھرے گا ''انہوں نے نہ صرف میری شادی

دیکھی بلکہ اپنے پوتے کا ختنہ بھی دیکھا۔"

"لیکن آپ کے بیٹے کے ختنے کی تقریب میں تو میں بھی مدعو تھا۔ میں نے تو نہیں دیکھا تھا انہیں اس وقت؟" آپ پوچھیں گے۔

"بھائی، یہ محاورتاً کہا۔ مطلب یہ تھا کہ اس وقت بھی وہ بقید حیات تھے۔"

وہ وضاحت کرے گا۔

"اوہ" آپ خفیف ہو جائیں گے "ظاہر ہے بستر علالت پر لیٹے لیٹے ہی پوتے کے سر پر ہاتھ پھیرتے ہوئے دعائیں دی ہوں گی۔"

"نہیں، انہوں نے اپنی زندگی کے آخری آٹھ سال کوما کی حالت میں لائف سپورٹ کے سہارے گزاری تھی۔"

اور تب جا کر آپ پر اس "طویل عمری" کا راز منکشف ہو گا کہ بازار میں دستیاب ملاوٹ شدہ غذائی اجناس کی بجائے خالص گلوکوز کی بوتلوں کی کنٹرولڈ ڈائٹنگ (controlled dieting) اور فضائی آلودگی کے برعکس سیلنڈر کے خالص آکسیجن کے سہارے ہی اوسط طبعی عمر کو مات دی جا سکتی ہے۔ بصورت دیگر، زندگی ہاف سنچری بھی بمشکل بنا پائے گی کیوں کہ جو افراد زیادہ وقت گھر کے باہر گزارتے ہیں وہ پھیپھڑے کی بیماری سے مرتے ہیں اور جو زیادہ وقت گھر پر گزارتے ہیں وہ گٹھیا یا موٹاپا سے۔

تیزی سے بڑھتی آبادی کے سبب شہروں میں جگہیں بھی اتنی ہی تیزی سے سمٹ رہی ہیں۔ نتیجتاً سول انجینئرس کو بھی اتنی ہی دماغی مشقت کا سامنا کرنا پڑ رہا ہے جتنی ہمیں قربانی کا گوشت پڑوسیوں اور رشتے داروں میں تقسیم کرنے میں۔ پائیں باغ، صحن، دالان، پورچ، دہلیز وغیرہ اب صرف پکچر ڈکشنریوں میں ہی نظر آتی ہیں۔ پہلے مین گیٹ سے گزر کر لان پار کیا جاتا پھر اندرونی گیٹ سے گزر کر دالان، تب

کہیں مہمان خانے تک رسائی ہوتی۔ مگر آج کل تو پچھلا پاؤں فٹ پاتھ سے اُٹھنے سے قبل دوسرا پاؤں مہمان خانے اور بعض اوقات براہِ راست بیڈروم میں پڑتا ہے۔ اگر "داخلی آبادی" بھی گھنی ہوئی تو مالک مکان کی اجازت اور کسی بھی قسم کے اضافی کرائے کے بغیر بیڈ کے چاروں پایوں کو بلند کر کے ایک منزلہ مکان میں دو منزلہ کمروں کی سہولیات سے فائدہ اُٹھانا کلکتے اور ممبئی جیسے شہروں کے ادنیٰ طبقے کے لوگوں کا خصوصی استحقاق ہے۔ البتہ مہنگے شہروں میں متوسط طبقے کے افراد رہائش کمروں کی کشادگی کے لئے حمام اور ٹائلٹ کا حق بلا جھجک مار لیتے ہیں۔ نتیجتاً ان میں اور ٹیلی فون بوتھ میں صرف نل اور فون کا فرق رہ جاتا ہے۔ پریشانی اس وقت ہوتی ہے جب آپ حمام میں داخل ہونے سے قبل بنیان اتارنے کی بجائے حمام میں ہی یہ کوشش کرتے ہیں اور نتیجتاً کہنیاں زخمی کر بیٹھتے ہیں۔ ٹائلٹ کا معاملہ تو اور نازک ہوتا ہے۔ آرام سے بیٹھیں تو "نشانہ" چوک جاتا ہے، اور اگر نشانہ "ایڈجسٹ" کریں تو ناک سامنے کی دیوار یا دروازے سے لگ جاتی ہے۔

ہندوستان کی اولین اردو یونیورسٹی عثمانیہ یونیورسٹی میں جو کبھی میڈیکل کی ڈگری کی سند بھی خالص اردو میں جاری کرتی تھی اردو اب یونیورسٹی کے مونوگرام تک سمٹ آئی ہے۔ ہندو ازم جس کے پیروکار اپنی وسیع القلبی نیز کشادہ ذہنی پر ہمیشہ سے فخر کرتے آئے ہیں، آج صرف گائے میں سمٹ کر رہ گئی ہے۔ ہماری قومیت، ہماری حب الوطنی کھوکھلے نعروں میں سمٹتی جا رہی ہے۔ اگر سمٹنے سمٹانے کے ان سلسلوں کو نہ روکا گیا تو بہت جلد ہماری اعلیٰ تہذیب بھی سمٹ کر وحشی دور میں لوٹ جائے گی، یعنی 'بیک ٹو اسکوائرون'۔

ہائے ہائے یہ مجبوری

پتہ نہیں گیڈر کی موت آتی ہے تب وہ شہر کی طرف بھاگتا ہے یا شہر کی طرف بھاگنے کی وجہ سے وہ موت کے قریب ہو جاتا ہے۔ لیکن جب میں شہر کی طرف بھاگا تو یوں لگا گویا شامت میری طرف بھاگی آ رہی تھی۔ یوں بہت جلد اپنی شامت سے بغل گیر ہو گیا۔

اسکول کے دنوں میں جب کبھی 'شہری زندگی اور دیہی زندگی' پر مضمون لکھنے یا دونوں کا تقابلی جائزہ لینے کا موقع آتا تو سب سے پہلے جلدی جلدی شہری زندگی کی خوبیوں اور دیہی زندگی کی خرابیوں کی ایک فہرست بنا ڈالتا تھا۔ پھر دیہات کی خوبی اور شہر کی خرابی ڈھونڈنے کی کوشش کرتا جہاں صرف ایک ہی نکتہ سامنے آتا: ماحولیاتی آلودگی! اب جب میں نے عروس البلاد میں مع اہل و عیال سکونت اختیار کر لی تو بیک وقت شہری آسائشوں کے ساتھ کئی آزمائشوں سے بھی گزرنے کا موقع ملا۔ آسائش کی بیڑیوں نے اگر شہر چھوڑنے سے باز رکھا تو آزمائش کی گھڑیوں نے بھی قصبے سے یادوں کا رشتہ توڑنے سے باز رکھا۔ یہ الگ بات تھی کہ اب قصبہ بھی

پروموٹروں کے قبضے میں آنے لگے تھے کیوں کہ شہر کا حشر ان کی غیر قانونی تعمیرات کی منہ بولتی تصویر ہو گیا تھا۔

بہر حال، فلیٹ میں شفٹ ہونے کے بعد ترجیحات میں سرِ فہرست کام والی کی تلاش تھا۔ ہمارا بیٹا ابھی تین مہینے کا تھا۔ لہذا اخیال ہوا کہ اگر کوئی لڑکی یا عورت مستقل طور پر مل جائے جو ہمارے ساتھ ہی رہے تو کام کافی ہلکا ہو جائے گا۔ گھر کے کام کاج کے علاوہ بوقتِ ضرورت بچے کو بھی کچھ وقت کے لئے باہر کھلانے گھمانے لے جایا کرے گی۔ اس سلسلے میں پڑوس کی فہمیدہ بانو نے بڑے قیمتی مشورے دیئے۔

"چوبیس گھنٹے والی کا خیال تو چھوڑ ہی دیجئے۔" انہوں نے گڈ ڈے بسکٹ چائے میں بھگو کر منہ میں ڈالتے ہوئے کہا۔

"مگر کیوں بھابی؟" بیگم نے چنا چور کی طشتری اُن کی جانب سرکاتے ہوئے تعجّب سے پوچھا۔

"بھئی، جتنی آپ دیں گی اُتنے پر وہ راضی ہو گی نہیں، اور جتنی وہ ڈیمانڈ کرے گی آپ تیار نہیں ہوں گی۔ کہنے کو یہ سب غریب ہیں لیکن بہت بھاؤ ہیں ان کے۔"

"آخر کتنا مانگتی ہیں یہ۔۔۔۔۔؟" بیگم نے مایوسانہ لہجے میں پوچھا۔

"ڈھائی تین ہزار سے نیچے تو۔۔۔۔۔"

"کیا؟۔۔۔۔۔ تین ہزار روپے تو ہمارے فلیٹ کا کرایہ ہے!" میں بول پڑا۔

"ارے بھائی صاحب، اس کے پیچھے بھی ہمارے کچھ پڑوسیوں کا ہاتھ ہے۔" فہمیدہ بانو نے رازدارانہ لہجے میں کہا۔ "یہی وجہ ہے کہ ان کی بھی اب بولیاں لگنے لگی ہیں۔"

"کیا مطلب؟" کچھ عجیب طرح کے وسوسے میرے ذہن میں سر اُبھارنے

لگے تھے، اور فلم ایکٹر شائنی آہو جا کا چہرہ ایک دم سے نگاہوں میں گھوم گیا۔

''بس یوں سمجھ لیجئے ایک ہفتے کے بعد ہی آپ کی کام والی ایک دن جب آپ کے یہاں سے کام کر کے لوٹ رہی ہوگی کہ پڑوس کی کسی بالکونی سے ہلکا سا اشارہ ہوگا، اور دوسرے دن وہ آپ کے یہاں کام کرنے کی بجائے سامنے کی پڑوسن کی بالکونی کی ریلنگ صاف کرتی ہوئی نظر آئے گی۔ پتہ چلے گا کہ وہ لوگ آپ سے پچاس روپے زیادہ دے رہے ہیں۔''

میرے تو ایک دم سے چودہ طبق روشن ہو گئے۔

بے چارہ امر سنگھ!......خواہ مخواہ جیل کی ہوا کھانی پڑی، میں نے تاسّف سے سوچا۔

''روز آنے جانے والیاں نسبتاً آسانی سے مل جائیں گی۔ لیکن ان کے لئے بھی ہمیشہ ایک اسٹینڈ بائی میں رکھنا ہوگا۔'' فہمیدہ بانو نے ہنس کر کہا ''پتہ نہیں کون کب کس کو 'خرید' لے جائے! ویسے ان کے اپنے نخرے بھی کم نہیں ہوتے۔''

انہوں نے بڑے پتے کی بات کہی تھی۔

''ٹھیک ہے فی الحال تو روز والی سے کام چلا لیتے ہیں۔ لیکن چوبیس گھنٹے والی کی تلاش میں ضرور رہیئے گا۔'' میں نے کہا۔

''فضول ہے۔ اس سے پہلے ریاض صاحب نے بھی کوشش کی تھی۔ بیگم ریاض جب کچن یا باتھ روم میں ہوتیں تو ان کا بچّہ کبھی بیڈ سے گر جاتا تو کبھی گھٹنوں کے بل کھیلتے کھیلتے باہر نکل جاتا۔ چوبیس گھنٹے والی کے انتظار میں ان کا بچّہ گرتے پڑتے چوبیس مہینے کا ہو گیا۔ اب اس کی کوئی ضرورت ہی نہیں رہی۔'' فہمیدہ بانو ہنس پڑیں۔

''لیکن رضوان صاحب کے یہاں جو کام کرنے والی ہے وہ تو شاید انہیں

کے یہاں رہتی بھی ہے؟‘‘ بیگم نے تصدیق چاہی۔

’’اُسے وہ اپنے گاؤں سے لے آئے ہیں۔ یتیم، بے سہارا لڑکی ہے ... ارے ہاں، آپ بھی تو اپنے آبائی گاؤں سے کسی ایسی مجبور اور بے کس لڑکی کو لا سکتے ہیں۔ ایک تو اس کا رہنے کا مستقل ٹھکانا بھی ہو جائے گا، دوسرے، دوری کی وجہ سے بار بار اپنوں سے ملنے جانے کی نوبت بھی نہیں آئے گی۔ مجھے یقین ہے رضوان صاحب کے ذہن میں بھی یہی بات رہی ہوگی۔ یہاں تو ایسی کوئی ملنے سے رہی۔ انہیں گھاٹ گھاٹ کا پانی پینے کی عادت ہے۔ ایک جگہ ٹِک کر نہیں رہ سکتیں۔‘‘

بات تو بالکل منطقی اور مدلل تھی۔ لہٰذا میں نے قصبے میں رشتے داروں کو فون کر دیا کہ ایسی کسی غریب اور بے سہارا لڑکی کی تلاش جاری رکھیں۔

چند مہینوں بعد رشتے داروں سے پتہ چلا کہ ایسی کئی ایک لڑکیاں ہیں لیکن کوئی بھی اتنی غریب اور بے سہارا نہیں جو اتنی دور شہر جانے کو تیار ہو جائے۔ انہیں ہر دو چار روز کے بعد ایک آدھ گھنٹے کے لئے ہی سہی اپنوں سے ملنے کا موقع ملنا چاہئے جو ممکن نہیں ہو سکتا۔ ان کی رائے تھی کہ شہر کی مقامی لڑکیوں میں سے ہی کوئی ایسی کام کرنے والی مل سکتی ہے جو چوبیس گھنٹوں میں جب چاہے کچھ دیر کیلئے اپنوں سے مل کر آ سکتی ہے۔ یہاں اتنی دور سے تو کسی کے جانے کے امکانات بالکل نہیں تھے۔

ان کی بات بھی اتنی ہی منطقی اور مدلل تھی!

مجبوراً روز والی پر ہی اکتفا کرنا پڑا۔ بیگم نے پہلے ہی دن واضح لفظوں میں ’’ٹرمس اینڈ کنڈیشنس‘‘ سمجھا دی تھیں۔ ٹھیک وقت پر آ جانا ہوگا، ناغہ نہیں کرنا ہوگا، صفائی کا خاص خیال رکھنا ہوگا کیوں کہ انہیں گندگی اور پھوہڑ پن سے سخت نفرت تھی، وغیرہ وغیرہ۔ وہ خاموشی سے سر جھکائے سنتی رہی۔ پتہ نہیں تمام باتیں ذہن نشیں کر رہی تھی یا دوسرے کان سے نکالتی جا رہی تھی۔

جب چند ہفتوں تک ”جی باجی“ کی گردان کے ساتھ سارے کام بخوبی انجام دیتی رہی تو ایک دن بیگم نے کہا۔

”آپ کو نہیں لگتا فہمیدہ بیگم کام کرنے والیوں کے بارے میں غلط سلط باتیں بتا رہی تھیں؟“

”وہ کیسے؟“

”اب یہی دیکھئے نا، ایک ماہ ہونے کو آرہا ہے لیکن کام والی نے نہ ایک بار ناغہ کیا اور نہ ہی کسی کام میں پھوہڑ پن کا مظاہرہ کیا ہے۔ . . .“

”بیگم، جب ایک کمپنی کوئی نیا پروڈکٹ لانچ کرتی ہے تو شروع شروع میں نہ صرف اس کا سائز بڑا ہوتا ہے بلکہ دام بھی کم ہوتا ہے۔ لیکن مارکیٹ پکڑ لینے کے بعد آہستہ آہستہ سائز میں کمی کے ساتھ قیمت میں بھی اضافہ ہونا شروع ہو جاتا ہے۔“ میں نے اشاروں میں سمجھانے کی کوشش کی۔

”لیکن مجھے نہیں لگتا یہ ایسی ہے؟“

”بھلا وہ کیوں؟“

”کتنی اچھی تو ہے۔ کام دھام ختم کرنے کے بعد کافی دیر بیٹھ کر ڈھیر ساری باتیں بھی کرتی ہے۔ ابھی آج ہی کہہ رہی تھی کہ مسٹر رحمٰن کی رائے میں، میں ہاؤزنگ کی سب سے کم عمر اور خوبصورت ہاؤس وائف ہوں۔“

”اچھّا؟ تو تم نے اسے چائے والے پلائی یا نہیں؟“

”اب مذاق چھوڑیئے۔ میں تو اُسے روز ہی چائے دیتی ہوں۔“

”تو آج تم نے اسے چائے کے ساتھ دو بسکٹ بھی دیئے ہوں گے؟“

”اب بسکٹ کی کیا ضرورت تھی۔ کل والی فیرنی کی دو پیالیاں بچی ہوئی تھیں تو میں نے ایک اُسے دے دیں۔“

"گڈ، بہت اچھا کیا۔ ویسے، وہ اور کیا کیا باتیں کرتی ہے؟"

"بہت کچھ۔ جیسے کہہ رہی تھی کہ رضوان صاحب کا لڑکا ڈاکٹر مکھر جی کی لڑکی کو آتے جاتے گھورتا رہتا ہے۔ یہ بھی بتا رہی تھی کہ مسز ناصر مسز توصیف کو گینڈی کہتی ہیں کیوں کہ وہ کافی موٹی ہیں۔ جواب میں مسز توصیف مسز ناصر کو مکھی چوس کہتی ہیں کیوں کہ وہ اپنے مہمانوں کو ہمیشہ کالی چائے پلاتی ہیں۔ اور تو اور، اس نے بتایا کہ مسز انور کے یہاں کوئی کام کرنے والی ایک ہفتے سے زیادہ نہیں ٹکتی کیوں وہ لوگ اس سے بیل گدھے کی طرح بے تحاشا کام کرواتے ہیں اور آدھا پیٹ کھانے کو دیتے ہیں۔"

"تم نے اس کے سامنے کسی کی شکایت تو نہیں کی نا؟"

"میں بھلا یہاں کس کو جانتی ہوں؟"

"جاننے کے بعد بھی مت کرنا۔ ان کی رپورٹنگ 'ون وے ٹریفک' نہیں ہوتی۔" میں نے بیگم کو متنبہ کیا۔

پھر پہلے مہینے کی تنخواہ لینے کے بعد ہی کام والی نے جو رنگ بدلنا شروع کیا تو بیگم بھی فہمیدہ بیگم کے فہم کی قائل ہو گئیں۔ گھر کی ملازمہ کو گویا سرکاری ملازمت مل گئی ہو۔ اکثر دیر سے آنے لگی۔ بغیر پیشگی اطلاع کے casual leave جیسی چھٹیوں کا لطف اٹھانے لگی۔ اتنا ہی نہیں، میڈیکل سہولیات بھی لینے لگی۔ بیگم بے چاری کسی میڈیکل انشورنس کمپنی کی طرح ہر قسم کی سہولت دینے پر مجبور ہو گئیں۔ کبھی سر درد کے لئے بام تو کبھی پیٹ درد کے کیلئے ٹیبلٹ، صرف اس ڈر سے کہ کہیں اس کا سر درد بیگم کا درد سر نہ بن جائے۔ لیکن "الٹی ہو گئیں سب تدبیریں . . ." کے مصداق، کسی نہ کسی بہانے وہ بڑی پابندی سے غیر پابند رہنے لگی۔ اس کی غیر حاضری

میں بیگم کسی پرائیوٹ کمپنی کے مالک کی طرح کھولتی رہتیں اور بار بار اعلان کرتیں کہ آتے ہی اسکے ہاتھوں میں termination letter تھما دیں گی۔ لیکن اس کے آتے ہی جب میں بیگم کو ان کے اعلان کی یاد دلاتا تو بیگم بڑی مسمسی صورت بنا کر "غریب بے چاری" اور "انسانی حقوق" جیسے اصطلاحات کا استمعال کر کے مجھے چپ کرا دیتیں اور بڑی نرمی اور پیار سے اس سے پوچھ بیٹھتیں: "بوا، مجھے تو بڑی فکر ہو رہی تھی، کہیں تم بیمار تو نہیں ہو گئی تھیں۔ بھئ، کم سے کم خبر تو کر دیا کرو..."

جس دن کام والی غیر حاضر ہوتی اس دن گویا گھر میں کسی بھی لمحے بھونچال سا آنے کا خدشہ رہتا تھا۔ عام دنوں میں، میں اخبار پڑھ کر جہاں تہاں رکھ دیا کرتا تھا۔ لیکن اُن مخصوص دنوں میں خاص طور پر دھیان رکھتا تھا کہ اخبار کہیں پلنگ پر تو نہیں رہ گیا۔ اپنا لیپ ٹاپ کہیں کام کرنے کے بعد ڈائننگ ٹیبل پر ہی تو نہیں چھوڑ کر بھول گیا، وغیرہ وغیرہ۔ بچوں کو خاص طور سے میں وارننگ دے دیتا کہ دیکھو، آج دودھ پینے میں ایک دم پنگا مت لینا، ایک بار میں گلاس ختم کر دینا، ایک سے دو بار نہ بولنا پڑے، ورنہ خیر نہیں۔ الغرض موسم اتنا خراب ہوتا کہ موقع بے موقع بجلی کی کڑک، چمک اور بارش کا دھڑکا لگا رہتا۔

کبھی کبھی کام والی تین چار روز کے لئے ناغہ کرتی تو میں حفظ ماتقدم کے طور پر آفس سے لوٹتے وقت تقریباً روزانہ بیگم کے لئے اُن کے پسندیدہ چکن پکوڑے، گول گپّے وغیرہ لانا نہیں بھولتا تھا۔ اس سے درجہ ٔحرارت کو بہت حد تک کنٹرول میں رکھنے میں مدد ملتی تھی۔

ایسے ہی موقعے پر ایک بار آفس کے لئے گھر سے نکلا تو کسی خیال کے تحت بس اسٹینڈ سے ہی گھر لوٹا اور بیل دی۔ خلافِ توقع دروازہ بڑی جلدی میں کھلا اور بیگم کا کِھلا ہوا چہرہ سامنے آ گیا۔ لیکن مجھ پر نظر پڑتے ہی ایک دم سے مُرجھا گئیں۔

"کیوں؟ کیا ہوا؟" میں نے مشکوک انداز میں پوچھا: "کیا کسی اور کا انتظار ہو رہا تھا؟"

"نہیں، کچھ نہیں۔" بیگم نے بڑی رُکھائی سے جواب دیا۔

"نہیں، مجھے بتاؤ۔ مجھے دیکھتے ہی تمہارے چہرے کا رنگ کیوں اُڑ گیا؟" میں نے آنکھیں نکالیں۔

"ارے بابا، میں سمجھی شاید کام والی بوا آئی ہے۔ آپ نہیں سمجھیں گے ...۔"

مجھے سب سمجھ میں آگیا۔ مجھے بیگم سے بڑی ہمدردی ہوگئی۔

پر کیا کرتا۔ برتن صاف کر نہیں سکتا، کمرے میں پوچھا لگا نہیں سکتا، کپڑے دھونے کا سوال ہی نہیں ہوتا۔ اگر اس کے دھوئے کپڑے ازراہِ ہمدردی بالکنی میں سوکھنے کے لئے ڈالنے کی کوشش بھی کرتا تو پڑوسی کی نگاہ میں آتے ہی پوری ہاؤزنگ میں "زن مرید" کا لیبل لگتے دیر نہ لگتی۔ مجھے خود کو مرد ثابت کرنے کا اتنا خبط تھا کہ ننھے میاں شو شو کرکے روتے رہتے، اور میں آواز دے کر کچن سے بیگم کو بلواتا لیکن خود اس کا کلوٹ نہیں بدلتا، اس خدشے کے تحت کہ کہیں کسی کھڑکی سے کوئی پڑوسی مجھے زنانہ کام کرتے ہوئے دیکھ نہ لے۔

پورے دس دن ہوگئے تو بیگم کے صبر کا پیمانہ بھی لبریز ہو گیا۔ ایک دم سے حتمی فیصلہ کر ڈالا کہ چاہے وہ لاکھ گڑ گڑائے، ہاتھ جوڑے، اب اُسے کام پر رکھنا نہیں ہے۔

"ڈبل پیسے دے کر دوسرے کو رکھ لوں گی۔ لیکن اُسے ایک ہفتے کے پیسے دے کر چلتا کر دینا ہے۔ کوئی نئی نہیں ملی تو میں خود کر لوں گی سارے کام، آخر دس دنوں سے تو کر ہی رہی ہوں۔ لیکن اسے سبق سکھا کر رہوں گی ...۔" بیگم بے

تھکان بولے جا رہی تھیں۔

شام کو جب کام والی آئی تو بچوں میں ایک عجیب طرح کا اشتیاق دیکھنے کو ملا۔ وہ سب میرے پاس آکر اکٹھے ہو گئے اور دروازے کی اوٹ سے جھانکنے لگے۔

’’کیوں؟ کیا بات ہے؟‘‘

’’پاپا، اب بوا کی خیر نہیں۔ صبح سے ممی کا مزاج نہیں دیکھا۔‘‘

کام والی لنگڑاتے ہوئے کمرے میں اندر آئی تو بیگم ایک دم سے لپک کر اسکی جانب بڑھیں۔

’’کہاں تھیں تم اتنے دنوں تک؟‘‘ بیگم کا لہجہ کافی ناگوار تھا۔

’’کبھی خبر لینے کی کوشش بھی آپ نے کہ میں زندہ بھی ہوں یا مر گئی ہوں؟‘‘ بوا کا لہجہ بیگم سے بھی زیادہ تیکھا تھا۔

’’ارے، میں تو اس لئے کہہ رہی تھی کہ تمہارے لئے کب سے میں نے دو جوڑے کپڑے بنوا کے رکھے ہیں۔ اور پھر تمہارے پگار کا بھی تو وقت ہو چلا ہے۔‘‘ بیگم نے ایک دم سے پلٹا کھایا اور بچے میر امنہ دیکھ کر ہنسنے لگے۔

کرائے کے لیے خالی ہے

آپ سوچ رہے ہوں گے کہ ادبی تخلیق کے لئے اشتہاری عنوان کی کیا ضرورت تھی (حالانکہ ادب میں اشتہار بازی کوئی نئی بات نہیں!)۔ لیکن جب تخلیقی عمل کاروباری صورت اختیار کر لے تو اشتہار فطری طور پر لازمی ہو جاتا ہے۔ میری مراد ادبی تخلیق سے بالکل نہیں ہے جیسا کہ آپ سوچ رہے ہیں۔ میرا اشارہ میڈیکل ترقی سے ہونے والی ایتھیکل (ethical) تنزلی کی طرف ہے۔

ایک زمانہ تھا جب گود ہری ہونے کی تصدیق ہوتے ہی گود بھرائی کی رسم کی تیاریاں شروع ہو جاتی تھیں۔ آج کی جدّت زدہ، دولت کی ماری خواتین گود ہری ہونے سے اتنی ”ڈری“ رہتی ہیں کہ گود بھرائی کی بجائے گود ”پرائی“ کرنے میں لاکھوں روپئے خرچ کر ڈالتی ہیں۔ یہ کوئل صفت خواتین کوئل کی طرح کوّے سے فریب کرنے کی بجائے ”پرائی گود“ کا پورا کرایہ ادا کرکے یہ ثابت کر دیتی ہیں کہ ان میں اب بھی ”انسانیت“ باقی ہے۔

کوکھ کی اس ”outsourcing“ کا سہرا اہالی ووڈ اور بالی ووڈ کے اسٹارس کے سر جاتا ہے جو اپنی مصروف شوٹنگ شیڈول اور کیرئیر کو اوّلیت عطا کرنے کے باعث

کو کچھ بھی کرائے پر لینے کو ترجیح دینے لگے ہیں۔ بعض اداکاراؤں نے زچگی کی تکلیف کو پُر خطر ایکشن تصور کرتے ہوئے "اسٹنٹ وُمَن (Stunt woman)" کا سہارا لینے کا اچھا خاصا جواز ڈھونڈ لیا ہے۔ ان فلم اسٹارس اور دیگر کروڑ پتیوں نے "گودا گری کے دھندے" کو ان اونچائیوں پر پہنچا دیا ہے کہ اب جھگی جھونپڑیوں میں رہنے والوں کے ملاقاتیوں میں این جی اوز کے لوگوں کی monopoly ختم ہو کررہ گئی ہے۔

آیئے، اس نئے رجحان سے پیدا شدہ کچھ ممکنہ صورتِ حال کا جائزہ لیں۔

بہت جلد جھگی جھونپڑیوں کے دروازوں پر سائن بورڈ لکھا ملے گا: "کرائے کے لئے خالی ہے۔ صحت مند، تجربہ کار۔ آج ہی رجوع کریں"۔ اور جب آپ چھپتے چھپاتے دو روز بعد ملاقات کریں گے تو جواب ملے گا:

"معاف کیجئے گا آپ نے دیر کردی۔ کل ہی اُٹھ گئی۔ اب اگلے نو مہینے سے پہلے ممکن نہیں۔ ویسے آپ ایڈوانس بکنگ کر سکتے ہیں۔ اس میں کچھ ڈسکاؤنٹ بھی ملے گا۔"

"کتنا؟" آپ تذبذب کے عالم میں پوچھیں گے۔

"ایک لاکھ کا... یعنی چار لاکھ کے بدلے صرف تین لاکھ روپئے میں"!

"تت... تین لاکھ؟" آپ کی آواز حلق میں ہی اٹک کررہ جائے گی۔ "کچھ اور کم نہیں ہو سکتا؟"

پاس کھڑی بڑی بی آپ کو سر سے پیر تک بغور دیکھتے ہوئے ایک پان منہ میں ڈالیں گی اور یوں گویا ہوں گی:

"صورت شکل سے غریب لگتے ہو، اور ضرورت مند بھی۔ چلو، پچاس ہزار کا اور چھوٹ دیئے دیتے ہیں۔ لیکن ایک بات کہے دیتی ہوں۔ اگر سیزیرین کرنا پڑے تو ساری ڈسکاؤنٹ کینسل۔ بولو، منظور؟"

''سوچ کر بتاؤں گا۔'' اور آپ پیشانی کا پسینہ پونچھتے ہوئے جھونپڑی سے باہر نکل آئیں گے۔

فلم اسٹارس اور کروڑ پتیوں کی یہ اولادیں جب بڑی ہو کر اپنی خود نوشت سوانح عمری لکھیں گی تو اس کی ابتدا کچھ یوں ہوگی:

'جب میں پیدا بھی نہیں ہوا تھا کہ میرے سرسے ماں کی کوکھ کا سایہ اُٹھ گیا۔ کسی غیر عورت کی کوکھ میں لات مارنا سیکھا۔ نو مہینے کی عمر کو پہنچا تو مجھے دائی کے حوالے کر دیا گیا جس نے میرا ہر طرح سے خیال رکھا۔ میرے نیپیز بدلنے کے ساتھ ساتھ مجھے نہلانا، مالش کرنا، کپڑے پہنانا، کھلانا گھمانا، سلانا غرض کہ سب کچھ کرتی تھی۔ ٹین اور ڈبّے کا پاؤڈر دودھ پی پی کر بڑا ہوا۔ پھر گورنس کے زیرِ نگرانی پرورش پائی جو روزانہ مجھے بستر پر سلاتے وقت پریوں کی بجائے میرے والدین کی اچھی اچھی کہانیاں سناتی تھی۔ میں جب بھی پوچھتا کہ میرے والد دیکھنے میں کیسے ہیں تو وہ ایک ہی جواب دیتی:''بالکل تمہاری طرح!'' اس کے بعد بورڈنگ اسکول میں ڈال دیا گیا جہاں کے واردن نے والدین کا رول نبھایا اور میری تعلیم اور تربیت کا خاص خیال رکھا۔ اسکول کی تعلیم مکمل کرنے کے بعد منیجمنٹ کی پڑھائی کے لئے انگلینڈ بھیج دیا گیا۔ وہاں کسی سیمینار میں اسٹیج پر ایک انکل کو دیکھ کر میں چونک گیا۔ ان کی شکل مجھ سے بہت ملتی تھی۔ اس قدر مماثلت کہ میں بڑھاپے میں بالکل ویسا ہی دکھائی پڑتا۔ میں نے نوٹ کیا کہ وہ انکل بھی نظریں بچا کر بار بار مجھے ہی دیکھ رہے تھے۔ پھر سیمینار کے اختتام پر وہ میری طرف آئے اور میرے سر پر شفقت سے ہاتھ پھیرتے ہوئے کہا:

''کیسے ہو بیٹے؟''

''ارے انکل، آپ؟'' میں چونک کر احتراماً کھڑا ہو گیا۔

"انکل نہیں، پاپا کہو بیٹے۔"

"دیکھئے، شکل و صورت میں مشابہت کا یہ مطلب نہیں کہ آپ میرے ساتھ گفتگو میں تمام تہذیبی اور اخلاقی حدیں پار کر جائیں۔" میں نے خشک لہجے میں جواب دیا۔

وہ انکل ایک دم سے سکتے کے عالم میں آ گئے۔

پھر دوسرے روز مجھے پرنسپل کے روم میں بلوا گیا۔ میں نے دیکھا وہی ہم شکل انکل سر جھکائے خاموش بیٹھے تھے۔ مجھے پتہ تھا کہ اپنی غلطی کا احساس ہوتے ہی وہ ضرور معافی مانگنے آئیں گے۔ لیکن پرنسپل نے کرسی سے اُٹھ کر ان سے میرا تعارف کراتے ہوئے کہا:

"ان سے ملئے، یہ ہیں آپ کے صاحب زادے، اور یہ ہیں آپ کے والد محترم۔"

اس بار میں سکتے میں آ گیا۔ فوراً معافی مانگی اور اس طویل de-adoption کے بعد اچانک نمودار ہونے کی وجہ دریافت کی۔ انہوں نے بتایا کہ وہ مجھے کچھ بزنس پارٹنرس سے ملوانا چاہتے ہیں کیوں کہ مینجمنٹ کی پڑھائی مکمل کرنے کے بعد مجھے اپنے بایولوجیکل والد کی بزنس سنبھالنی تھی۔

زندگی میں پہلی بار میں نے اپنے آپ کو "برانڈڈ جوتا" محسوس کیا جس کی پروڈکشن چھوٹے اور غیر معروف کارخانوں میں ہوتی ہے لیکن کوالیٹی ٹسٹنگ کے بعد اس پر برانڈڈ کمپنی کا لیبل لگا دیا جاتا ہے۔

ان جھگی جھونپڑیوں میں رہنے والی عورتیں ایک دن دنیا کی عظیم ترین ماں ہونے کا دعویٰ کرنے کا مجاز بھی ہوں گی کہ ان کی کوکھ سے نہ جانے کتنی بڑی بڑی شخصیات جنم لے چکی ہوں گی!

نئی سماجی قدریں بھی تشکیل پائیں گی۔ بیٹا ماں سے کہے گا:

"نو مہینے تو میرا بوجھ اُٹھانا گوارا نہیں ہوا، اور چاہتی ہیں کہ میں آپ کے بڑھاپے کا سہارا بنوں؟"

"لیکن تیری رگوں میں میرا خون دوڑ رہا ہے۔"

"غلط، بالکل غلط، میری رگوں میں امول کمپنی کا دودھ خون بن کر دوڑ رہا ہے۔"

"ایسا نہیں کہتے بیٹے، میں نے بھلے ہی تمہیں اپنا کھ نہ دیا ہو، لیکن تمہاری پرورش تو ہم نے ہی کی ہے نا..."

"غلط، یہ بھی غلط۔ میری پرورش میں رحیمن بوا، رامو چاچا اور رابن انکل کا ہاتھ ہے۔"

"لیکن انہوں نے مفت میں یہ کام نہیں کئے۔ ان کی خدمات کے پورے پورے پیسے دیئے تمہارے پاپا نے۔"

"کوئی مفت میں کام نہیں کرتا۔ مجھ پر خرچ کی گئی رقم بھی انوسٹ منٹ سے زیادہ کچھ نہیں۔ اِن فیکٹ، رامو، رابن اور مجھ میں کوئی فرق نہیں، سوائے اس کے کہ وہ لوگ پوسٹ پیڈ ملازم تھے اور میں پری پیڈ!"

ماں کے ضبط کا پیمانہ لبریز ہونے کو ہو گا مگر وہ صبر و تحمل سے کام لیتے ہوئے کہے گی: "بیٹا، تو کوکھ کو اتنی اہمیت کیوں دے رہا ہے؟ ذرا ان بچوں کے بارے میں سوچ جن کی مائیں کوکھ تو دیتی ہیں لیکن اس کے بعد ان کے نصیب میں یا تو مندر کی سیڑھیاں ہوتی ہیں یا پھر کوڑے دان!"

"لیکن وہ راہ گیروں یا پجاریوں کے ہاتھوں کسی نہ کسی گھر میں پہنچ ہی جاتے ہیں جیسا کہ میں رحیمن، رامو اور رابن کے ہاتھوں ہوتا ہوا اس گھر تک پہنچا

ہوں۔ فرق صرف یہ ہے کہ میرا روٹ طے شدہ اور محفوظ تھا جب کہ انہیں غیر یقینی اور پُر خطر راستے سے گزرنا پڑتا ہے۔ "

"تم بھول رہے ہو کہ پولی تھین کے تھیلوں کو کتے بھی گھسیٹ کر لے جاتے ہیں... کھانے کے لئے۔ "ماں اپنے لہجے کی تلخی چھپاتے ہوئے کہے گی۔

"آپ 2014 کے 'کرائم پیٹرول دستک' کی بات کر رہی ہیں جب کہ میں 1974 کی ہندی فلموں کی بات کر رہا ہوں جب میں پیدا ہوا تھا۔ "

ماں لاجواب ہو جائے گی۔ اس کا رول ختم ہونے پر باپ کا کیریکٹر داخلہ لے گا جو چہرے پر ندامت اور پشیمانی طاری کئے یوں گویا ہو گا:

"بیٹا، ہو سکے تو اپنی ماں کا وہ دودھ بخش دو جو کبھی اس کی چھاتیوں میں اُترا ہی نہیں۔ میں جانتا ہوں ایسی ماؤں کے قدموں تلے جنّت نہیں، ہوٹلوں اور نائٹ کلبوں کے فرش پر گھسے باٹا کے سینڈلس ہوتے ہیں۔ لیکن بیٹا، تمہاری ماں اب اتنی بُری بھی نہیں۔ اس نے بہت خدمت کی ہے روزی آئی۔ اسے روز اپنے ہاتھوں سے دوائیں کھلاتی تھی۔ اس کے آرام کا خاص خیال رکھتی تھی۔ ڈاکٹروں کے یہاں ریگولر چیک اپ کے لئے لے جانا، ایمر جنسی حالت میں ڈاکٹروں کو بلا کر گھر لے آنا، کیا کیا تکلیفیں نہیں سہیں اس نے۔ اس کی قربانیوں کا تمہیں کیا پتہ، میں چشم دید گواہ ہوں۔ ایک بار دیر رات روزی درد سے کراہ رہی تھی تو تیری ماں اپنی سہیلیوں کے اصرار کا خیال نہ کرتے ہوئے نائٹ کلب کی تفریح درمیان میں ہی چھوڑ کر گھر چلی آئی... اور یہ قربانی اس نے ایک بار نہیں، تین تین بار دی ہے۔ یہ بات میں اس لئے وثوق سے کہہ سکتا ہوں کہ تینوں موقعوں پر گرجہ میں میٹنگ کے سلسلے میں غیر ممالک میں تھا لیکن فون لگا تار فون پر اپ ڈیٹ لیتا رہتا تھا۔ "

"کیا میں اپنی کنٹر یکچوئل ماں کے بارے میں جان سکتا ہوں؟ "

"کیوں نہیں بیٹے، ضرور، مگر وعدہ کرو تم اسے صرف دور سے دیکھو گے۔ ملنے کی کوشش نہیں کرو گے۔"

اور پھر ایکچوئل ماں بالکنی سے کنٹریکچوئل ماں کی طرف اشارہ کرے گی جو سامنے فٹ پاتھ کی نل پر پانی بھرتی ہوئی نظر آئے گی۔

پھر وَرچوَل بیٹا جب چھپ چھپ کر اس سے ملنے جائے گا اور گلوگیر آواز میں 'ماں' کہے گا تو وہ چونک کر اسے سر سے پیر تک دیکھے گی۔ پھر فوراً ہی سنبھالا لے کر پیار سے اس کے گال میں چٹکی لے گی اور ہنس کر بولے گی: "ائیر بتاائیر، میں کس کس کو پہچانے گی!"

بُت شکن

سیاست میں مخالف پارٹیوں کے رہنماؤں کے پتلے جلانے کی تاریخ دلہنوں کے جلائے جانے کی روایت سے بھی زیادہ قدیم ہے۔ یہ الگ بات ہے کہ اب دلہنوں نے جلنا چھوڑ کر جلانے کا کام سنبھال لیا ہے (کسے؟ یہ پوچھ کر اپنی جہالت کا ثبوت فراہم نہ کریں)۔ اسے انسانی تہذیب اور اس کی اعلیٰ قدروں کی دین ہی کہی جا سکتی ہے کہ اب حقیقی انسانوں کو نہ جلا کر ان کے پتلوں پر غصّہ اتار کر اپنی بھڑاس اس نکالی جاتی ہے۔ بلکہ اب تو عالمی سطح پر تہذیب یافتہ قومیں اسے احتجاج کی جمہوری اور محفوظ ترین شکل قرار دیتے ہوئے قانوناً جائز بھی قرار دے چکی ہیں۔ قاہرہ سے لندن، پیرس سے واشنگٹن، ہر جگہ یہ ”تخریبی“ حرکت اب تقریبی طور پر انجام پاتی ہے۔ ہندوستان اور پاکستان میں کرکٹ کی طرح اس طریقہٴ احتجاج سے بھی لوگوں کی جذباتی وابستگی بہت زیادہ ہوتی ہے۔ میڈیا والوں کو دعوت دی جاتی ہے۔ آگے سے جوتے چپلوں کا ہار تیار رکھا جاتا ہے۔ شہر کے مرکزی حصّے میں اس کا باقاعدہ اہتمام کیا جاتا ہے جہاں پہنچنے کے لئے دور سے جلوس کی شکل میں پتلے کو چپلوں اور جھاڑوؤں سے مارتے ہوئے اس طرح نکل پڑتے ہیں جیسے بارات میں کسی کی آزادی کی آخری

رسومات ادا کی جاتی ہیں۔

نفسیات والے اسے ''غصّے کی محفوظ نکاسی'' سے تعبیر کرتے ہیں۔ پریس کانفرنس میں وزیر اعظم پر جوتے پھینکنے کی پاداش میں جیل میں جانے سے قبل آپ پر گھونسوں کی بارش یقینی ہے جب کہ اس کے پتلے پر نہ صرف جوتوں اور گھونسوں دونوں کی بارش کرنے کا آپ جمہوری استحقاق رکھتے ہیں بلکہ جھاڑووں اور سینڈلوں جیسے ہتھیارِ نسواں کا بھی بے دریغ استعمال کر سکتے ہیں۔ پولیس والے آپ کو کَور کریں گے، پریس فوٹو گرافرس آپ کی حرکات کو۔ اس کھیل میں جیل نہیں ہوتی۔

پتلوں نے دل کی بھڑاس نکالنے کے علاوہ اور بھی ''کچھ'' نکالنے کا کام انجام دیا ہے۔ سنا ہے یوروپ میں فوم ربڑ کی ایسی گڑیاں تیار کی گئی ہیں جو نہ روٹھتی ہیں، نہ سر درد، تھکن یا نیند کا کبھی رونا روتی ہیں، نہ ہی انہیں ایور یوتھ کریم کی حاجت ہوتی ہے۔ اگر اپنے مکیش بھائی جیو سے تھوڑا وقت نکال کر اِدھر بھی سرمایہ کاری کریں تو اپنے ملک کے دو سنگین مسائل...ریپ اور آبادی...کا ایک ساتھ یعنی ''پیکیج حل'' نکل سکتا ہے۔ اگر کانگریسیوں نے اسے درآمد کرنے کی ذرا سی بھی دور اندیشی دکھائی ہوتی تو نہ این ڈی تیواری ذلیل و خوار ہوتے نہ ہی سابق پنجاب پولیس چیف کے پی ایس گیل کو ہزیمت اٹھانی پڑتی۔ دیر آید درست آید کے مصداق، اگر موجودہ حکومت اس پروڈکٹ پر امپورٹ ڈیوٹی اٹھا لے تو بابا گرمیت سنگھ اور بابو آسا رام جیسوں پر عوام کی آستھا کو تحفظ و تقویت مل سکتی ہے۔ لیکن اب اس کا کیا کیا جائے کہ موجودہ حکومت بھی دور اندیشی سے اتنی ہی دور ہے۔ گزشتہ چند مہینوں میں بُت سوزی کی بجائے بُت شکنی کے پے درپے واقعات سے حکومت تک لرز گئی ہے...مگر کسی کی دل شکنی کے خوف سے نہیں، بلکہ ممکنہ ''حکومت شکنی'' کے اندیشے سے۔

دلچسپ بات یہ ہے کہ کیا حکومت، کیا اپوزیشن اور کیا دانشور طبقہ، چہار طرف سے

بت شکنی کی جتنی مذمت کی گئی اتنی کسی کو زندہ جلائے جانے پر بھی کبھی نہیں کی گئی۔ اس کی وجہ جگ ظاہر ہے۔ پتلے کسی کی انفرادی شخصیت نہیں بلکہ ایک پوری قوم یا طبقے کی نمائندگی کرتے ہیں۔ مثلاً مولانا آزاد کے مجسمے کو توڑ کر تسکین ہوتی ہے کہ پورے ہندوستانی مسلمانوں کی کمر توڑ کر رکھ دی۔ بابا امبیڈکر کی مورتی پر کالک پوت کر پورے ہریجن طبقے کو اپنے پیروں تلے روندنے کا لطف آتا ہے۔ لینن کے مجسمے کو ڈھا کر کمیونسٹوں کے لال قلعہ مسمار کرنے کے نشے سے سرشار ہو جاتے ہیں۔ لیکن یہ بات سمجھنے میں کافی دیر ہو جاتی ہے کہ کسی کمیونسٹ لیڈر کے مجسمے پر سیاہی ڈالنے سے سرخ پرچم بھگوا نہیں ہو سکتا۔ جس طرح طالبان نے کبھی سوچا بھی نہیں تھا کہ بامیان میں گوتم بدھ کے جس مجسمے کو وہ ڈائنامائٹ سے اڑا رہے ہیں اس کے اُڑتے ہوئے پتھر سینکڑوں میل دور برما کے روہنگیاؤں اور سری لنکا کے مسلمانوں کے سر پر گریں گے۔

بہر حال، اب بھی وقت ہے۔ انتقام کے اس نئے رجحان سے فائدہ اٹھاتے ہوئے حکومت کو چاہئے کہ ملک کے مختلف حصوں میں بت سازی و بت تراشی کے نئے نئے یونٹ کھولے جہاں ہر فرقے و طبقے کے معزز رہنماؤں کے مجسمے بڑی تعداد میں تیار کئے جائیں اور انہیں فساد زدہ علاقوں میں فوراً پہنچانے کے لیے آر ٹی ایس (ریپڈ ٹرانسپورٹ سسٹم) کے تحت سرکاری و غیر سرکاری ایجنسیاں بھی قائم کی جائیں۔ بلکہ ضرورت پڑنے پر ان مجسموں کو متاثرہ شہروں، قصبوں اور گاؤں میں ایر ڈراپ کرنے کے لیے ملٹری کی مدد بھی لی جا سکتی ہے۔ انہیں نکڑوں، چوراہوں اور پارکوں میں نصب کرنے کے لئے علاقائی مزدورں کی خدمات حاصل کی جا سکتی ہیں۔ ابتدائے نفرت سیاہ ہولی سے کی جا سکتی ہے۔ ایم پی اور ایم ایل اے فنڈ سے مقامی کاؤنسلروں کے ذریعہ سیاہ رنگ کے چھوٹے چھوٹے پیکٹس گھر گھر پہنچائے جا

سکتے ہیں جنہیں پانی میں گھول کر مخالف فرقے کے رہنماؤں کے مجسموں کے ساتھ جی بھر کر ہولی کھیلی جا سکتی ہے۔ تسکین نہ ہونے کی صورت میں دونوں ہاتھوں میں چپل یا جھاڑو لئے "متنفرہ" مجسموں کے ساتھ ڈانڈیا کھیلنے کا بھی لطف اٹھایا جا سکتا ہے۔ شدت نفرت سے مغلوب ہو جانے پر لاٹھیوں، کلہاڑیوں اور بلڈوزروں کی مدد سے اس لاوے کو باہر کھینچ نکالا جا سکتا ہے۔ جوشِ جذبات کے سبب رنگ میں بھنگ پڑنے کا بھی اندیشہ ہو سکتا ہے۔ لہٰذا پورے ضابطے کے ساتھ اسے تقریب کی شکل دی جا سکتی ہے جس کی صدارت حلقے کا ایم ایل اے کرے گا، ایم پی بطور مہمان خصوصی جلوہ افروز ہو گا۔ نقابت مقامی کاؤنسلر کی ہو گی جو تمہیدی زہر افشانی کے ساتھ جلسے کا آغاز کرے گا۔ جلسۂ در گت المجسمہ کا افتتاح مہمانِ خصوصی کے ہاتھوں چپل پوشی سے ہو گی۔ پھر رسمِ کالک پوتائی کے لیے صدرِ جلسہ کو دستانے پیش کئے جائیں گے۔ بعد ازاں، حالیہ فساد میں مارے جانے والے کسی شخص کے بیٹے یا باپ کے ہاتھوں میں کلہاڑی تھمائی جائے گی جو تالیوں کے درمیان مجسمے کے کندھے پر پہلا وار کرے گا، اور سر کے گرتے ہی مائیک پر بھرّائی ہوئی آواز میں کہے گا "آج میں نے بدلہ لے لیا۔ آج ہفتوں بعد ہم سب چین کی نیند سوئیں گے۔" اس کے بعد پبلک مجسمے کے دھڑ پر ٹوٹ پڑے گی۔ رضاکار مائیک پر چیختا رہے گا "دیکھئے، آپ دو کلہاڑی مار چکے ہیں۔ آپ پلیز آگے بڑھیے...سب کو موقع ملنا چاہئے ....ارے او بھائی صاحب، آپ نے تو ایک ہی وار میں دایاں ہاتھ توڑ دیا۔ اب پلیز، بائیں کو دوسروں کے لئے چھوڑ دیجئے... دیکھئے کہیں ایسا نہ ہو کہ کسی کو انگلی بھی توڑنا نصیب نہ ہو۔ یہ بہت بڑی زیادتی ہو گی۔ کوئی بھی نفرت خالی کئے بغیر گھر نہیں لوٹنا چاہیے ...اور ہاں، جھاڑو اور چپل والوں کو پہلے موقع دیجئے تا کہ مجسمہ دیر تک قائم رہے ... خواتین سے گزارش ہے کہ اپنے جھاڑو اور سینڈل کا خود خیال رکھیں، بھیڑ میں اِدھر اُدھر ہو

جانے یا کھو جانے کی ذمہ داری کمیٹی پر عائد نہیں ہو گی ...‘‘

بیمار، عمر دراز اور پردہ نشین خواتین کے لیے چھوٹے چھوٹے مجسمے مہیا کئے جائیں گے تا کہ وہ اپنے گھر میں ہی تقریبِ رسم بت توڑائی ادا کر سکیں۔

قومی یکجہتی کو فروغ دینے کے لئے مخالف فرقے کے بقید حیات لیڈر کو خود اپنے مجسمے کی رسم رونمائی کی دعوت دی جانی چاہئے جسے ادا کرنے کے بعد وہ رقّت بھری آواز میں مجمعے سے مخاطب ہو تا ہوا کہے گا ’’اگر میرا مجسمہ توڑنے سے آپ کو دلی تسکین اور روحانی سکون ملتا ہے، نفرت زائل ہو جاتی ہے تو یقین مانیں میں اپنے ساتھ اپنے اہلِ خانہ کی قربانی دینے سے بھی پیچھے نہیں ہٹوں گا۔ اپنے پورے خاندان کے مجسمے آپ کو بھجوانے کا وعدہ کرتا ہوں۔‘‘

ضلعوں میں مجسموں کی سپلائی کی ذمے داری متعلقہ ضلع کلکٹر کی ہو گی جو مجسمے کے ڈیمانڈ میں گراوٹ کی خبر فوراً اعلیٰ حکام کو دے گا تا کہ تفتیشی ٹیمیں یہ پتہ لگانے کی کوشش کر سکیں کہ کہیں نفرت کی آندھی میں اس ضلع کے لوگ پھر سے غیر مہذب دَور میں تو نہیں لوٹ گئے۔ ....

نام میں کیا رکھا ہے

یہ بات برسوں پہلے مشہور ڈرامہ نویس ولی میاں شیخ پیر نے کہی تھی (جن کا نام انگریزوں نے حسبِ عادت بگاڑ کر ولیم شیکسپیئر کر دیا تھا)۔ اب وہ اپنے کہے پر پچھتانے کے لئے زندہ نہیں، اور جو زندہ ہیں انہیں اس قول پر عمل درآمد کرنے کا ذرا بھی پچھتاوا نہیں۔

اب یہی دیکھئے، ایک وقت تھا جب بچے کی ولادت کے بعد اس کا نام خوب سوچ سمجھ کر رکھا جاتا تھا۔ بزرگوں کے مشورے اور مختلف کتابوں کے حوالے سے اس کے نام کا انتخاب ہوتا تھا۔ آج کل بلا سوچے سمجھے "ٹائیگر، پپّی، ٹارزن" جیسے نام رکھ دیئے جاتے ہیں اور یوں قومی یکجہتی کا دائرہ وسیع ہو کر "نسلی یکجہتی" میں بدل جاتا ہے۔ پہلے کے لوگ ناموں کا انتخاب اس توقع پر کرتے تھے کہ نام کا اثر بچے کے کردار اور شخصیت پر پڑے گا۔ آج کل کردار اور شخصیت کا اثر ناموں پر پڑ رہا ہے۔ مثلاً سانولے بچے کا نام "کلوا"، چپٹی ناک والے کا "چینا"، فربہ جسم والے کو "ڈبّو" وغیرہ۔ بعض لوگ یومِ پیدائش کی مناسبت سے بھی نام رکھ دیتے ہیں، مثلاً جمعراتی،

بدھوا، منگلا وغیرہ۔ یہ ایک حد تک مناسب بھی ہے کہ نام اور کردار کا تضاد کا امکان ختم ہو جاتا ہے جیسا کہ بعض ناموں کے ساتھ ہوئی ”زیادتیوں“ سے ظاہر ہوتا ہے۔ میرے پڑوسی کے بیٹے ٹارزن کے بدن پر six packs کی بجائے سینے کی چھ پسلیاں واضح نظر آتی ہیں۔ شریف الحق کی شرارتوں سے نہ صرف گھر کے لوگوں بلکہ پڑوسیوں کی ناک میں دم رہتا ہے۔ جسیم احمد ہیلتھ ڈرنک پی پی کر بھی ہارلکس اور کومپلان والوں کو منہ چڑاتے ہوئے نظر آتے ہیں۔ رمضان حسین نہ تو روزے کا اہتمام کرتے ہیں نہ ہی محرم میں ماتم کا۔ عقیل ذکی آج بھی گڈ نائٹ کی مشین پلگ سے لگا کر کمبل سے منہ نکالے رات بھر انتظار کرتے ہیں کہ کب یہ مشین اُچھل اُچھل کر اپنی لمبی زبان سے اُڑتے مچھروں کو چٹ کرتی ہے۔

ایسا نہیں ہے کہ ”نام کرن“ کے معاملے میں سبھی پریکٹیکل ہو گئے ہیں۔ آج بھی کئی لوگ اعلیٰ قدروں اور روشن روایات کا پاس رکھتے ہوئے اپنے بچے کو بلند سیرت بنانے کے لئے قرآنی ناموں کا ”استعمال“ کرتے ہیں۔ اصحابِ رسولؐ کے ناموں پر اپنے بچوں کا نام رکھ کر اس کی دینی تعلیم و تربیت کی جانب سے اس طرح بے بہرہ ہو جاتے ہیں جیسے بی سی جی اور ڈی پی ٹی کے ٹیکے دلوانے کے بعد بچے پر پولیو وغیرہ کے حملے سے بے فکر ہو جاتے ہیں۔ میں نے خود یہ شارٹ کٹ آزمانے کی کوشش کی تھی لیکن جب میرے بیٹے نے حضورِ اکرمؐ کی بجائے ”پرافیٹ محامیڈ“ کہنا شروع کر دیا تو میں نے گھر اکر انگریزی اور ریاضی کے ٹیوٹروں کے درمیان ایک عدد مولوی بھی رکھ لیا! اخلاقی آلودگی کے ضرر رساں اثرات سے اپنے بچوں کو محفوظ رکھنے کے لئے مسلسل تربیتی بوسٹر کی اشد ضرورت تھی۔ مولوی ہائر کرنے کے پیچھے ایک اور خدشہ بھی کار فرما تھا۔ ٹی۔ ایس۔ ایلیٹ، شیکسپیئر اور پائی تھا گورس تھیورم سے متعلق سوالات کرتے کرتے پتہ نہیں کب سانحۂ کربلا، جنگِ بدر اور حیاتِ

رسول پر سوال کر بیٹھے اور میں بغلیں جھانکنے پر مجبور ہو جاؤں۔ مولوی کی موجودگی میں کم از کم ڈانٹ کر چپ تو کرا سکتا تھا کہ ”ابھی تک تمہیں یہ سب باتیں بھی نہیں معلوم؟ کیا پڑھائی کر رہے ہو؟ اِس؟“

بچوں کے لئے نام کا انتخاب یقیناً کچھ لوگوں کے لئے مسئلہ ہے۔ تب ہی تو بازار میں ”اسلامی نام“ کے نام کی متعدد کتابیں دستیاب ہیں۔ فلم پروڈیوسروں نے اس مسئلے کا بڑا اچھا حل ڈھونڈ نکالا ہے۔ جی ہاں، آپ ٹھیک سمجھے۔ میری مراد دھوم ون، دھوم ٹو یا پھر کرِش ون، کرِش ٹو، کرِش تھری وغیرہ سے ہے۔ سیریز والے ناموں کا ایک بڑا فائدہ یہ ہے کہ نئے نئے نام سوچنے کی کوفت سے تو آزاد ہو ہی جاتے ہیں، سیریز کی ہر اگلی فلم، پچھلی ہٹ فلم کے زیرِ اثر ایک ہی ہلّے میں اتنی کمائی تو کر ہی لیتی ہے کہ فلم چلے یا ڈوبے، پروڈیوسر کی نیّا پار لگ جاتی ہے۔ البتّہ شادی کے معاملے میں سیریز والا حربہ ہمیشہ کارگر ثابت نہیں ہوتا، کیوں کہ اگر بھابی خوبصورت ہو تو کوئی ضروری نہیں کہ بھیّا کی سالی بھی خوبصورت ہی ہو۔ اگر خوبصورت ہوئی تو آپ اس کے پیچھے پڑ جاتے ہیں اور اگر خوبصورت نہیں ہوئی تو وہ آپ کے پیچھے پڑ جاتی ہے۔

میرے پڑوسی نے جب اپنی دوسری اولاد کی پیدائش کی خوش خبری سناتے وقت کوئی اچھا سا نام بھی تجویز کرنے کی درخواست کی تو میں نے انہیں اس نئے ٹرینڈ پر عمل درآمد کرنے کا مشورہ دیا۔

”آپ کے پہلے بیٹے کا نام کیا ہے؟“ میں نے پوچھا۔

”جی، عمران حیدر۔“

”تو پھر عمران حیدر ٹو کیسا رہے گا؟“

”کیا مذاق کر رہے ہیں۔“ انہوں نے بظاہر محظوظ ہوتے ہوئے کہا۔

"معاف کیجئے گا، میں اتنے سنجیدہ مسئلے پر مذاق کرنے کی سوچ بھی نہیں سکتا۔ معاملہ آخر زندگی بھر کا ہے۔ اسے کوئی شاعر تھوڑے ہی ہونا ہے کہ تلمذ کے ساتھ تخلّص بھی بدلنا پڑے! کیوں؟ ہے بات کہ نہیں؟"

"جی ہاں، بالکل۔" انہوں نے میری طرف دیکھتے ہوئے سر ہلا کر کہا۔ پتہ نہیں وہ سنجیدگی سے بول رہے تھے یا میری سنجیدگی کو تول رہے تھے۔

"اب ذرا غور فرمائیے۔ مان لیجئے آپ نے دوسرے والے کا نام عرفان رکھ دیا۔ اب جب کسی سے ان کا تذکرہ کریں گے تو لوگ عموماً پوچھیں گے بڑا کون ہے۔ لیکن عمران ون اور عمران ٹو کے ساتھ یہ سوال اُٹھنے کا سوال ہی نہیں پیدا ہوتا۔"

"لیکن ۔ ۔ ۔"

"ابھی آپ نے پوری افادیت سنی کہاں۔" میں نے ان کی بات کاٹتے ہوئے کہا: "اگر امتحان میں اپنی فیملی کے تمام ممبروں کا نام لکھنے کو کہا جائے تو بچہ خوش، الیکشن سے پہلے ووٹر لسٹ تیار کرنے والا خوش، مردم شماری سے پہلے فیملی تفصیلات فارم کی خانہ پری کرنے والا خوش اور ۔ ۔ ۔ اور خدا نہ کرے سبھی فیل ہو کر ایک ہی جماعت میں اکٹھا ہو جائیں تو حاضری لینے والا کلاس ٹیچر خوش! ....."

اتنے دلچسپ امکانات کے تذکرے پر بھی ان کی عدم دلچسپی دیکھ کر میں نے خاموش ہو جانا ہی مناسب سمجھا۔

ویسے بھی کلاس ٹیچر کے نام پر مجھے ۲۰۰۳ء کا واقعہ یاد آ گیا تھا جب میں درجہ پنجم کا کلاس ٹیچر ہوا کرتا تھا۔ جب کبھی کسی صدام نام کے لڑکے کے خلاف کوئی شکایت آتی تو مجھے پوچھنا پڑتا "کون صدام؟" کیوں کہ ان دنوں ہر جماعت میں دو چار صدام حسین نام کے لڑکے کے ضرور ہوا کرتے تھے جن کی پیدائش ۱۹۹۱ء کے کسی نہ کسی مہینے میں ہوئی ہوتی تھی۔ سمجھ دار کلاس مانیٹر ہر صدام حسین کے ساتھ اس کا

رول نمبر یا ولدیت بتا کر شکایت درج کرتے تھے۔

تھوڑی دیر کی خاموشی کے بعد میں نے دیکھا ان کا چہرہ کسی خیال کے تحت ایک دم سے کِھل اُٹھا۔ شاید میرے مشورے کو شرفِ قبولیت بخشنے والے تھے۔

"فرض کیجئے تیسری بار اگر جڑواں بچے ہوئے تو...؟" انہوں نے معنی خیز نظروں سے میری طرف دیکھتے ہوئے مجھے گویا چیک میٹ کرنے کی کوشش کی۔

"اتنے آسان سوال کا جواب تو آپ کو خود سوچھنا چاہئے تھا۔ ظاہر ہے نام کرن کے اس نئے اصول کی بنیاد پر ان کے نام عمران حیدر تھری اے اور عمران حیدر تھری بی ہوں گے!!"

وہ مجھے آنکھیں پھاڑے دیکھتے رہے۔ میں انہیں دم بخود چھوڑ کر آگے بڑھ گیا۔

پولیوشن کا سولیوشن

حادثات و آفات اچانک رونما ہوتے ہیں۔ مگر کچھ آفات طویل مدتی نزول کا نتیجہ ہوتے ہیں۔ ماحولیاتی آلودگی ان ہی میں سے ایک ہے جس کا وجود مٹانے کے لئے گرین ٹرائی بیونل اور گرین بینچ سے لے کر گرین فیول تک کا وجود عمل میں آ چکا ہے مگر اس کے باوجود ہریالی کا وجود خطرے میں ہے۔ حالانکہ ہماری ترکاریاں شروع سے ہی "آلو" دہ رہی ہیں — گوشت اور مچھلی میں آلو، پلول اور گو بھی میں آلو، سموسوں میں آلو، پراٹھوں میں آلو۔ کلکتے والوں نے تو حد کر دی۔ یہ بغیر آلو کے، بریانی کا تصور بھی نہیں کر سکتے جب کہ حیدرآبادی حیرت سے ان "آلودہ" بریانیوں کے بارے میں سوچتے رہ جاتے ہیں۔ بہر کیف، کہتے ہیں کہ انسان جب جاگے وہی سویرا۔ مگر سنا ہے دہلی والے صبح جاگ کر بھی سویرا دیکھنے سے معذور ہوتے ہیں۔ حالانکہ یہ صورتِ حال تقریباً ہر بڑے شہر کی ہے لیکن چوں کہ دہلی کو ہندوستان کا دل کہا جاتا ہے اس لئے اس میں کدورت کچھ زیادہ ہی ہے۔ اس کدورت کو نکال پھینکنے کی ضرورت کا احساس سب کو ہے۔ مگر چوں کہ اس مسئلے کا بہت قریبی تعلق

مذہب سے ہے اس لئے ہم اسے عدالتوں پر نہیں چھوڑ سکتے۔ لہٰذا آستھا کا واسطہ دے کر عدالتوں کا راستہ روکنا ہم سب کا فرض ہے۔ یہی وجہ تھی کہ گزشتہ سال جب عدالت نے پٹاخوں پر پابندی کی بات کہی تو بہتوں نے حسبِ آستھا اس کی مخالفت کی۔ ملک کے ایک معروف ناول نگار نے اسے اکثریتی طبقے کے مذہب اور ثقافت پر حملہ بتایا۔ ظاہر ہے کوئی ناستک ہی وشواش کرے گا کہ دھارمک پٹاخوں کے پوتر دھوؤں سے پھیپھڑے خراب ہوں گے۔ اگر ہو بھی گئے تو کیا ہوا، دھرم کے نام پر کھانس کھانس کر مرنا تو گورو کی بات ہے۔ اصل مسئلہ تو بے دینوں کا ہے کہ جنہیں نہ تو بھگوان کا آسرا ہے نہ ہی اللہ کا۔ انہیں اپنی حفاظت خود کرنی ہے۔ لہٰذا جب تک عدالت عقیدت پر حاوی ہو، ان کے پاس ماسک لگا کر چلنے کے سوا کوئی چارہ بھی نہیں۔ مرد اور بچے تو خیر ماسک لگا بھی لیں گے مگر خواتین کو یہ کبھی گوارا نہیں ہو گا۔ انہیں کچھ ایسا محسوس ہو گا گویا ان کے شوہروں نے ان کے بولنے پر پابندی لگا دی ہو۔ اس بے عزّتی سے تو اچھا ہو گا کہ حجاب اپنا لیا جائے۔ نتیجتاً نقاب اور حجاب کو خوب فروغ حاصل ہو گا۔ لیکن جلد ہی ”لَو جہادیوں“ اور ”نقاب پوش آتنک وادیوں“ سے سماج اور دیش کو خطرہ لاحق ہو جائے گا اور اس ثقافتی آلودگی کے سدّ باب کے لئے ایک نیا قانون پاس کر کے حجاب و نقاب کو غیر قانونی قرار دے دیا جائے گا۔ لیکن ان کے متبادل ڈھونڈنے کے لئے حکومت سائنس دانوں اور ماہرینِ ماحولیات پر مشتمل ایک ایکسپرٹ کمیٹی کی تشکیل کرے گی جو اس مسئلے سے نپٹنے کی تجاویز پیش کرے گی۔ کمیٹی کی سفارشات کچھ یوں ہوں گی:

جینیٹک انجینیئرز کی مدد سے ایسے پودوں کی تشکیل اور ان کے فروغ پر کام کیا جائے جو ویکیوم کلینر (Vacuum Cleaner) سے بھی زیادہ طاقت سے فضائی کاربن ڈائی آکسائیڈ اور دیگر زہریلی گیسیں اپنے اندر کھینچ سکیں۔ لیکن چوں کہ

یہ ایک وقت طلب کام ہے، لہٰذا اس دوران روایتی پودوں کی تعداد میں بے تحاشہ اضافہ کیا جائے جو پٹاخوں اور آٹو موبائل گاڑیوں نیز کارخانوں سے نکلنے والے دھوؤں کو اپنے اندر جذب کرنے کے علاوہ کھیتوں میں جلائی جانے والی گھاس کے دھوئیں بھی چوس کر فضائی آلودگی کو کسی قدر کم کر سکیں۔ اس کے لیے کارخانوں کے مالکان کو مجبور کیا جائے کہ فی چمنی پانچ پودے گملوں میں اگا کر ہر چمنی کے دہانے پر باندھ کر رکھیں۔ آٹو موبائل گاڑیوں کے ایگزاسٹ پائپ سے بھی کم از کم دو پودے بندھے ہونے چاہئیں۔ دو ایک اضافی پودے فاضل پہیوں کی طرح ہر گاڑی کے اندر رہنے ہونے چاہئیں تاکہ بکریوں کے ذریعہ چٹ کر لیے جانے پر انہیں استعمال کیا جا سکے۔

لیکن فضائی آلودگی جس رفتار سے بڑھ رہی ہے، بہت جلد ایسا وقت آنے والا ہے جب آکسیجن سیلنڈر مریضوں کے ساتھ تندرست لوگوں کے لیے بھی لازمی قرار دیا جائے گا۔ حکومت کی طرف سے مہیا چھوٹی اور ہلکی آکسیجن سیلنڈرس کو لوگ سوتے وقت اپنے سرہانے اور باہر نکلتے وقت اپنی پیٹھ پر باندھ کر نلکی منہ سے لگائے رکھیں گے۔ بچے اپنا اسکولی بستہ سامنے سامنے جھلا لیں گے تاکہ پیٹھ پر آکسیجن سیلنڈر کی جگہ نکل سکے۔ آکسیجن سیلنڈر کی سپلائی کے لئے حکومت ٹینڈر بھی جاری کر سکتی ہے۔

بہت جلد ملک کے بڑے بڑے تاجروں میں ٹنڈر حاصل کرنے کے لئے سخت مقابلہ آرائی شروع ہو جائے گی۔ رشوتوں اور گھوٹالوں کا دور بھی شروع ہو گا۔ ”بائی وَن، گٹ وَن فری“ جیسے آفر بھی دیئے جائیں گے۔ مختلف کمپنیوں کے اشتہارات کچھ یوں ہوں گے:

خالص آکسیجن کے لئے یاد رکھیں...خالصہ آکسیجن سپلائرس...خالص بھی اور خلوص بھی؛

کیا آپ مہینے کے آخر میں دم پھولنے کا شکار ہوتے ہیں؟ آج ہی گھر لائیں، لانگ لاسٹنگ، میجک آکسیجن، جو دے تیس دنوں سے بھی زیادہ آرام دہ سانسیں؛

مون آکسیجن ... صرف نام ہی کافی ہے ... ہمارے آکسیجن خلاباز بھی استعمال کرتے ہیں؛

غوطہ خوروں کی من پسند ... اسٹار آکسیجن؛

راکسی آکسی جن ... ہر سانس کا ساتھی، لمبی سانس کا ساتھی؛

ٹی وی اشتہارات کے لئے مشہور خلابازوں اور غوطہ خوروں کو برانڈ امبیسڈر بنایا جائے گا جنہیں سمندری سرنگوں میں پکنک مناتے اور چاند پر کرکٹ کھیلتے ہوئے دکھایا جائے گا۔ میراتھن دوڑ میں اوّل پوزیشن پانے والا اسپرنٹر اپنے برانڈڈ سیلنڈر کی طرف اشارہ کر کے کہے گا:

''لمبی ریس کا ساتھی، پورے دیس کا ساتھی''۔

شہر اور گاؤں میں جگہ جگہ آکسیجن ری فیلنگ مراکز بھی قائم کئے جائیں گے۔ ڈبل سیلنڈر کی سہولیات بھی مہیا کی جائیں گی۔ لیکن آکسیجن ری فیلنگ مراکز میں مزدوروں کے ذریعہ ہڑتال، تکنیکی خرابی، حادثات یا پھر ہورڈنگ (ذخیرہ اندوزی) کے نتیجے میں آکسیجن کی سپلائی میں رخنہ کے سبب لوگوں کو مشکلات کا سامنا بھی کرنا پڑ سکتا ہے۔ مثلاً ...

کام والی بائی ہاتھ جوڑ کر مالکن سے کہے گی: ''باجی، میرے چھوٹے بچے کا گیس ختم ہونے والا ہے۔ تھوڑی سی مدد ہو جاتی تو ...''

پڑوس کے شرما جی بھاگتے ہوئے آئیں گے: ''بھائی صاحب، میری بیوی کو بچا لیجئے۔ اس کا آکسیجن آج رات ختم ہونے والا ہے۔ میں نے پرسوں بکنگ کرائی تھی مگر اب تک کوئی خبر نہیں ہے۔ آپ اپنا ریزرو سیلنڈر مجھے دے دیں۔ میں وعدہ کرتا

ہوں نیا سیلنڈر آتے ہی آپ کو لوٹا دوں گا۔"

چائے خانوں میں چرچے ہوں گے:

"آکسیجن سیلنڈروں کی قیمتیں دن بہ دن بڑھتی جا رہی ہیں۔ اب تو سانس لینا بھی دشوار ہو گیا ہے۔"

"درست کہا... بی پی ایل والوں کو تو ابھی بھی بہت کم قیمت پر سیلنڈر ملتا ہے۔ لیکن سنا ہے ہمارے سیلنڈروں سے سبسیڈی بھی ختم ہونے والی ہے۔"

"میری فیملی میں کل نو افراد ہیں۔ ہر ایک کے نام ڈبل سیلنڈر کروا رکھے ہیں میں نے۔ اخراجات کافی بڑھ گئے ہیں۔"

"میری ساس دمّہ کی مریضہ ہیں۔ انہیں مہینے میں تین سیلنڈر بھی کبھی کبھی کم پڑ جاتا ہے۔"

میرا چھوٹا بیٹا سارا دن کھیلتا رہتا ہے۔ کبھی کرکٹ تو کبھی فٹ بال۔ نتیجتاً اپنا سیلنڈر تیس دنوں کی بجائے بیس دنوں میں ہی ختم کر ڈالتا ہے۔ جب کہ اس کی بہن ماشاءاللہ اپنا سیلنڈر پینتیس چالیس دن چلا لیتی ہے۔ میں نے بار ہا کہا کھیلنا ہی ہے تو گھر بیٹھے لوڈو، شطرنج یا کیرم کھیلو۔ مگر مانتا ہی نہیں۔ لہٰذا پچھلے دنوں میں اس کی ممی کے موبائل میں کرکٹ اور فٹ بال کے علاوہ ہاکی اور والی بال گیمس بھی ڈاؤن لوڈ کر دیئے ہیں۔ اب وہ اسکول سے آنے کے بعد گھر سے نکلتا ہی نہیں۔ بھائی، بچت کے لئے نت نئے طریقے تو اپنانے ہی پڑیں گے ورنہ زندگی مشکل ہو جائے گی۔"

"میں نے بلیک سے دس آکسیجن سیلنڈر خرید کر رکھے ہیں۔ دو نئے آکسیجن اکاؤنٹ بھی کھلوانے پڑے ہیں۔"

"وہ کیوں بھلا؟"

"اگلے ہفتے میری بیٹی کی شادی ہے، اور اس کے سسرال والوں کی طرف

سے اتنے کا مطالبہ ہوا ہے۔''

نِت نئے جرائم کا بھی اضافہ ہو گا اور اخبارات کی سرخیاں کچھ اس طرح ہوں گی:

دم گھٹنے سے جوان عورت جاں بحق، شوہر نے سوئی ہوئی بیوی کے آکسیجن سیلنڈر کی نوب بند کر دی ... سسرال والوں کا الزام؛

ایک ہی خاندان کے سات افراد کی ایک ساتھ موت ... آکسیجن سیلنڈر میں آکسیجن کی جگہ کاربن ڈائی آکسائیڈ کا انکشاف ... فارنسک رپورٹ؛

پنچایت ادھیکاری گرفتار ... بی پی ایل کارڈ والے غریبوں کا آکسیجن سیلنڈر بلیک مارکیٹ میں فروخت کرنے کے ثبوت؛

سنار پوربی ڈی او کے گھر پر چھاپا ... دو سو غیر قانونی آکسیجن سیلنڈر برآمد؛

کچھ انسان دوستی اور قربانی کی خبریں بھی ہوں گی جیسے:

کلاس میں بچے کا آکسیجن ختم ... استانی نے ''وائی ٹیوب'' کی مدد سے اپنا آکسیجن شیئر کیا اور اسے گھر تک چھوڑ آئی؛

معشوقہ کے آکسیجن سیلنڈر کا نوب جام ... عاشق نے اپنا آکسیجن سیلنڈر دے کر اس کی جان بچائی، خود ''ہانپ ہانپ'' کر دم توڑ دیا؛

اسکول میں کلاس ٹیچر ایک طالب علم سے پوچھے گا:

''کل تم اسکول کیوں نہیں آئے؟''

''سر، میں کل اسکول آیا تھا مگر کلاس میں نہیں آ سکا۔''

''وہ کیوں؟'' ٹیچر آنکھیں نکالے گا۔

''اسکول گیٹ پر ہی میرے سیلنڈر کا آکسیجن ختم ہو گیا تھا۔ میں نے وائی ٹیوب کی مدد سے بھائی جان کا آکسیجن شیئر کیا۔ ان کا کلاس زیادہ ضروری تھا اس لیے

مجھے ان کے ساتھ ہی ان کے کلاس میں بیٹھنا پڑا۔"

فلم "شعلے ٹو" میں گبّر سنگھ دونوں ہاتھوں میں تلوار لئے ہوئے ٹھاکر کی طرف لپکے گا "یہ ہاتھ دے دے ٹھاکر، یہ ہاتھ مجھے دے دے..."

مگر اچانک اس کا دم پھولنے لگے گا۔ وہ گھبرا کر اپنے آکسیجن سیلنڈر کے انڈیکیٹر کی طرف دیکھے گا۔ پھر دونوں تلواریں پھینک کر ٹھاکر پر جھپٹ پڑے گا: "فی الحال یہ سیلنڈر ہی دے دے!"

اکثر ایسا ہوتا ہے کہ کسی سنگین مسئلے کا بہت ہی آسان حل بالکل سامنے کی چیز ہوتی ہے مگر دیر تک ہماری آنکھوں سے اوجھل رہتی ہے۔ یہ سنگین مسئلہ بھی چٹکی بجاتے حل ہو جائے گا، اگر حکومت پھیپھڑے کی بیماریوں کی تحقیق اور ان کے علاج نیز آلودگی کنٹرول کرنے کے اقدامات پر خرچ کرنے کی بجائے وہی رقم ملک کے تمام پٹرول پمپس اور دیگر مقامات پر آلودگی کی جانچ کرنے والی مشینیں بٹھانے اور پولیوشن انڈر کنٹرول سرٹیفکیٹ (PUC) جاری کرنے والے عملہ کو تعینات کرنے میں لگا دے جو بیس سے پچاس روپے اضافی ادائیگی کرنے پر کاربن مونو آکسائیڈ اور دیگر نقصاندہ گیسوں کو بآسانی مقررہ حد کے اندر کر دیتے ہیں، اور سو روپئے میں اتنا کم کر دیتے ہیں جیسے گاڑی دس سال پرانی نہ ہو بلکہ ابھی ابھی شوروم سے نکلی ہو!

اُٹھیے، اُٹھائیے اور اُٹھ جائیے

ذرا غور کریں تو یہ عنوان نچلے مڈل کلاس طبقے کی زندگی کی عکاسی کرتا نظر آئے گا: ہر روز صبح اُٹھیے، عمر بھر مختلف ذمہ داریوں کا بوجھ اُٹھائیے اور پھر زندگی کا لطف اُٹھانے کا خواب لیے اس جہان سے اُٹھ جائیے! لیکن حقیقت تو یہ ہے کہ یہ اُٹھنے اُٹھانے کا سلسلہ سماج کے ہر طبقے کے ساتھ اور زندگی کے ہر مرحلے میں لگا ہی رہتا ہے۔

خود میری اب تک کی زندگی اُٹھنے اُٹھانے میں ہی گزری ہے۔ صبح اُٹھتے ہی سب سے پہلے اپنا شیونگ کیٹس اٹھا کر واش بیسن کے آئینے کے سامنے آ کھڑا ہوتا ہوں۔ لیکن ابھی ایک گال پر ہی ریزر چل پاتا ہے کہ بیگم کی آواز آتی ہے: ”سنیے، ذرا منے کو اٹھا کر باتھ روم میں لے آئیے۔ صفائی کرنی ہے۔“ اور جب میں اسے ”ٹائم بم بیلٹ“ کی ماند اٹھائے باتھ روم کی طرف بڑھتا ہوں تو وہ اپنی ”کارستانی“ سے یکسر غافل اس طرح آنکھیں نچا نچا کر میرے دونوں گالوں کو گھورتا ہے گویا ان کا تقابلی جائزہ لے رہا ہو۔ جہاں تک ضروریات سے فارغ ہونے کا معاملہ ہے خود میری حالت

قابلِ رحم ہوتی ہے۔ بیٹھے بیٹھے بور ہو کر جیسے ہی اٹھنے کی کوشش کرتا ہوں پھر سے بیٹھنے کی ضرورت محسوس ہونے لگتی ہے۔ لیکن بیٹھتے ہی احساس ہوتا ہے کہ کسی نے ٹرین آنے کی غلط اطلاع دے کر مجھے بے وقوف بنا دیا ہو۔ مجھے نہیں یاد پڑتا کبھی اسکول میں بھی ٹیچر نے مجھے اتنی بار اٹھنے بیٹھنے کی سزا دی ہو۔

کالج کی یونین کے انتخابات کے دوران میرے دوست نے خوب جھنڈے اٹھائے تھے۔ آج وہ شہر کی بڑی بڑی سرکاری عمارتیں اٹھا رہا ہے۔ میں نے بھی اس فاسٹ ٹریک کامیابی کے مدِ نظر جھنڈا اٹھانے کی کوشش کی اور... میرا کیرئیر ''بیٹھ'' گیا۔ کورس مکمل نہ کر پانے کے سبب گھر میں ''نکما'' اور باہر ''سیاسی چمچہ'' کے خطابات سے سرفراز ہوا۔ وہ تو بھلا ہو مقامی کاؤنسلر کا جنہوں نے میری ''خدمات'' کے عوض صلہ رحمی کا مظاہرہ کرتے ہوئے مجھے میونسپلٹی میں ایک چھوٹی سی ملازمت دلا دی جس کی بدولت آج میں شہر کے کوڑے دانوں سے کوڑے اٹھانے والوں کا انچارج ہوں۔ مجھ سے غلطی کہاں ہوئی؟ ہمیشہ سوچتا رہا لیکن بہت بعد میں پتہ چلا کہ میرے دوست نے جھنڈا اٹھانے اور اونچی اونچی عمارتیں اٹھانے کے درمیان بھی کچھ اٹھایا تھا... یعنی سیاسی لیڈروں کے جوتے۔ مجھے اپنی انا اور خود داری کا بوجھ اٹھانے سے ہی فرصت نہیں ملی کہ یہ سب اٹھا پاتا۔ حالانکہ ذاتی زندگی میں، کیا گھر کیا باہر، انہیں بالائے طاق رکھ کر دیگر زیادہ اہم چیزیں اٹھانی پڑتی ہیں۔ کنوارا پن محبوبہ کے نخرے اٹھاتے کٹا، ازدواجی زندگی بیگم کے ناز اٹھاتے کٹ رہی ہے۔ اُن 'خاص' مہینوں میں ناز نخرے اٹھانے کے علاوہ بستر اٹھانا، پانی کی بالٹی اٹھانا، اور بعض اوقات چولہے سے بھاری پتیلی بھی اٹھانی پڑتی تھی۔ بعد میں شاپنگ مال میں تھیلوں اور روزانہ صبح بچوں کے اسکول بیگ کے بوجھ بھی اٹھانے پڑے۔

یہ سب تو پھر بھی گھر کے بوجھ ہوئے۔ بعض حضرات تو باہر کا بوجھ اٹھاتے

ہوئے بھی اپنے ضمیر پر بوجھل پن کا احساس نہیں رکھتے۔ میرے ایک شناسا پروفیسر نے بڑی دیانت داری سے قبول کیا کہ کس طرح انہوں نے نہ صرف اپنے پی ایچ ڈی کے گائیڈ کے جوتے اٹھائے تھے بلکہ وہ ان کے گھر کے سبزی بازار کے تھیلوں کا بوجھ بھی ہمہ وقت اٹھانے کو تیار رہا کرتے تھے۔ نتیجہ ... آج ان کے جوتے اٹھانے والوں اور ان کے گھر کے سبزی بازار لانے والوں کی تعداد اتنی ہے کہ مارکس دیتے وقت اپنی یادواشت پر کافی زور دینا پڑتا ہے کہ کس نے زیادہ "خدمت" کی ہے۔ان کی زندگی کا سیدھا فلسفہ ہے : "اٹھاؤ اور اٹھواؤ"۔ جوتے اٹھا کر سماج یا سیاست میں اوپر اٹھنے کا فارمولہ اتنا آزمودہ ہے کہ کسی شک یا استثنائی صورت کی کوئی گنجائش ہی نہیں۔ بلکہ میں تو کہتا ہوں کہ صرف سماج یا سیاست کیا ، ادب میں بھی اس کی افادیت مسلم ہے۔ ضرورت ہے تو بس خود داری کا بوجھ اٹھا پھینکنے کی قوت، ضمیر کا قتل کرنے کی جرأت، اور گالیاں اور لعن طعن برداشت کرنے کی عادت کی۔ اور اگر جوتے وزیر اعظم کے ہوں تو پھر کیا کہنے، گالیوں کے تالیوں میں بدلتے دیر نہیں لگتی۔ اگر آپ نے کبھی بڑے یا عالمی مشاعروں کے انعقاد کی ذمہ داری اٹھائی ہے تو آپ کو تجربہ ہو گا کہ بڑے بڑے شاعر ایک خاص اونچائی تک اٹھنے کے بعد دعوت میں آنے کے لئے منتظمین سے نخرے اٹھواتے ہیں جب کہ اس اونچائی سے نیچے مقیم شعراء حضرات دعوت نامہ پانے کے لئے منتظمین کے نخرے اٹھاتے ہیں۔ صرف ایک ہی طبقہ ایسا ہے جس کے نخرے بڑے اور چھوٹے سبھی شعراء و ادباء بلواسطہ یا بلا واسطہ اٹھانے پر مجبور ہوتے ہیں، اور وہ ہیں ادیب پرور، ذرّہ نواز، عزت آب، عالی جاہ محترم و مکرم مدیر صاحبان جن کی مدیرانہ شان و شوکت کے آگے کیا تخلیق کار کیا ناقد سبھی سرنگوں ہوتے ہیں کیوں کہ اگر یہ "بچر" جائیں تو پھر آپ "بکھر" جائیں گے۔ یہ اگر آپ کو کھینچ تان کر لمبا کرنے کی صلاحیت رکھتے ہیں تو ٹھونک دبا کر چھوٹا بھی کر

سکتے ہیں۔ یہی سبب ہے کہ آپ نے غزلوں، افسانوں اور مضامین پر معرکتہ الآرا (آرے سے مار کر قتل کر دینے والی) تنقیدیں تو سینکڑوں پڑھی ہوں گی مگر ادبی رسائل کے اداریوں پر تنقید تو کجا ان میں ظاہر کئے گئے خیالات سے ناانفاقی کی گستاخی کی جرأت اچھے اچھوں کو نہیں ہوتی۔ یہی سبب ہے کہ ادبی رسائل میں تخلیقات بھیجتے وقت اداریوں سے مترشح مدیر کی دور بینی، تدبر، عالمانہ قیادت نیز ان کی اعلیٰ زبان، منفرد اسلوب اور ان کی ادارت میں رسالے کے معیار میں تیزی سے اضافہ وغیرہ کا ذکر بطور خاص کیا جاتا ہے۔

مزدور طبقے سے تعلق رکھنے والوں کی ساری زندگی مختلف قسم کے بوجھ اٹھانے میں گزرتی ہے۔ اس کے باوجود بوجھ اٹھانے والوں میں ہمارے سیاسی رہنما سرِ فہرست ہیں کیوں کہ ان کے کاندھے پر سب سے زیادہ بوجھ، ملک کی سلامتی اور ترقی کا بوجھ، ہوتا ہے۔ یہی وجہ ہے کہ اس بوجھ تلے دب کر یہ خود اس قدر پھیل جاتے ہیں کہ بہت کچھ اپنے اندر سمیٹ لیتے ہیں۔ آپ نے یہ بھی نوٹ کیا ہو گا کہ ان کے دورِ اقتدار میں جتنی پبلک ہاؤزنگ کمپلکس اور فلائی اوؤر گرتے ہیں اتنی ہی ان کی ذاتی فلیٹس اور عمارتیں اٹھتی ہیں۔

ادبی اٹھائی گیروں کا تذکرہ نہ کرنا بد دیانتی ہو گی جو دوستوں کا ذاتی مطالعہ گاہ ہو یا پبلک لائبریری، یا پھر کتابی میلے کے بک اسٹالس، موقع پا کر قیمتی کتابیں اس طرح اٹھاتے پھرتے ہیں گویا مستعار دی ہوئی "اپنی" کتابیں چپکے سے واپس لے رہے ہوں۔ لیکن اپنی ذاتی لائبریری کی کسی الماری کے قریب آپ کو پھٹکنے بھی نہیں دیں گے مبادا کہیں آپ اپنی کتابیں پہچان لیں۔

مظلوم جب تک ظلم کا بوجھ اٹھاتا ہے، مظلوم کہلاتا ہے۔ جیسے ہی تنگ آ کر بندوق اٹھاتا ہے، اس کی پیشانی سے مظلومیت کا لیبل اٹھا لیا جاتا ہے اور "دہشت

گرد'' کا لیبل چسپاں کر دیا جاتا ہے۔ فلسطینی جب تک اپنے عزیز و اقارب کی لاشیں اٹھاتے رہے، اقوام متحدہ میں پابندی سے ان کا مسئلہ اٹھایا جاتا رہا۔ جیسے ہی انہوں نے بندوقیں اٹھائیں، یہودیوں پر سے رہی سہی پابندی بھی اٹھالی گئی۔ جب مقبوضہ فلسطینی زمینوں پر یہودی مکانات اٹھائے جار ہے تھے تب بھی امن کا پرچم اٹھانے والے خواب سے نہیں اٹھے۔ انہیں فلسطینیوں کا پتھر اٹھانا تو منظور تھا، بندوق اٹھانا نہیں۔

ہم ہندوستانی ذمے داریاں اٹھانے میں اپنا جواب نہیں رکھتے۔ شدتِ احساسِ ذمے داری اتنی ہوتی ہے کہ اپنوں کی تکلیف کا ذرا بھی خیال نہ کرتے ہوئے پہلے معاشرے اور ملک کے تئیں اپنی ذمے داریوں کو نبھانے کی کوشش کرتے ہیں۔ ہم بھلے ہی اپنے ضعیف والدین کے تئیں اپنی ذمے داریاں نہ اٹھائیں مگر اپنے ملک کی تہذیب اور ماضی کی اعلیٰ قدروں کی پاسداری کے لئے پولیس اور انتظامیہ کی کئی ذمہ داریاں بڑے خلوص سے اپنے کندھے پر اٹھائے پھرتے ہیں۔ ہم نے نہ صرف ممبئی کے پارکوں میں نوجوان جوڑوں کو اخلاق سکھانے کی ذمے داری اٹھائی ہے بلکہ گایوں کے تحفظ کی ذمہ داری اٹھانے میں بھی کوئی کسر نہیں چھوڑی۔ برصغیر کے مسلمانوں پر دین سے دوری کا الزام بھی سراسر غلط ہے کیوں کہ اس کا ہر فرد بحیثیت مفتی ایک دوسرے کو خارج از اسلام قرار دینے کی ذمہ داری بخوبی اٹھا رہا ہے۔

طوطا چشمی کے اس دَور میں بھی بعض لوگ تاحیات بصد عقیدت احسان کا بوجھ اٹھاتے ہیں۔ اردو شاعری میں استاد اور شاگرد کا رشتہ کسی ازدواجی رشتے سے کم نہیں ہوتا۔ شاگرد فارغ الاصلاح ہونے کے بعد بھی (اگر استاد ہونے دے تو) استاد کا نام 'ی' کی اضافت کے ساتھ بطور تخلص عموماً ساری زندگی استعمال کرتے ہوئے اپنی نسبت کا علی الاعلان اقرار کرتا ہے۔ اس سے قبل ہم نے صرف مسلکی و ازدواجی

رشتوں میں مریدوں اور بیویوں کے ناموں میں یہ لیبل چسپاں دیکھا تھا۔ وہ تو اچھا ہے کہ نثری اصناف میں شاگردی کی روایت کبھی نہیں رہی ورنہ "منٹوی"، "انتظاری"، "ستاری"، "چغتاری"، "پیغامی" اور "نارنگی" جیسے تخلص والے افسانہ نگار اور ناقد پائے جاتے، اور اردو تنقید میں ادبی خانہ جنگی کی شدت میں مزید اضافہ ہو جاتا۔

بھوک

بھوک سے عموماً مُراد کھانے کی خواہش لی جاتی ہے۔ لیکن جس طرح جنیٹک انجینیرنگ میں فروغ کے نتیجے میں سبزیوں، پھلوں اور دیگر فصلوں کی کئی نئی اقسام کی پیدائش ہوئی ہے، ہماری معاشی اور معاشرتی ترقی نے بھی بھوک کی کئی قسموں کو جنم دیا ہے جنہیں ہم اپنے تجزیاتی مطالعے میں آسانی کی غرض سے دو بڑی جماعتوں میں تقسیم کرسکتے ہیں۔ ایک قدرتی دوسری کدورتی، یا پھر بالالفاظ دیگر ایک فطری دوسری فتوری، کیوں کہ قسم ثانی دلوں میں کدورت اور ذہنوں میں فتور بھرنے کا موجب ہوتی ہے۔ ہم انہیں God-made اور Man-made بھی کہہ سکتے ہیں کیوں کہ اوّل الذکر خدا کی عنایت کردہ ہے جسے جبلّت کہا جاتا ہے جب کہ موخّر الذکر ہماری خود ساختہ ہے۔ جبلّت کے زُمرے میں کھانے کی خواہش اور جنسی خواہش آتی ہیں جب کہ ہماری خود ساختہ بھوک کے تحت دولت و ثروت کا لالچ، اقتدار و حکومت کی ہوس اور شہرت و نام و نمود کی تمنّا آتے ہیں۔ جبلّت کی خاصیت یہ ہے کہ یہ پیدائشی اور موروثی ہوتی ہے یعنی اس کے لئے کسی تربیت کی

چنداں ضرورت نہیں پڑتی، جب کہ ہماری خود ساختہ بھوک وبائی ہوتی ہے لہٰذا کم و بیش سبھی اس میں مبتلا نظر آتے ہیں۔ قدرتی بھوک سے جسم متاثر ہوتا ہے جب کہ ہماری خود ساختہ بھوک دل و دماغ پر حملہ آور ہوتی ہے۔

قدرتی بھوک کئی اعتبار سے نسبتاً کمزور ہوتی ہے۔ مثلاً اس کی ایک کمزوری یہ ہے کہ خواہش پوری ہونے کے بعد یہ بھوک وقتی طور پر مٹ جاتی ہے جب کہ ہماری خود ساختہ بھوک لافانی ہوتی ہے اور ہر خواہش کی تکمیل کے بعد مٹنے کی بجائے اس کی شدّت میں مزید اضافہ ہوتا ہے جو متعدد جرائم کا سبب بھی بنتا ہے۔ قدرتی بھوک چوری چکاری اور زنا جیسے انفرادی جرائم کو جنم دیتی ہے جب کہ ہماری خود ساختہ بھوک کے نتیجے میں عوامی اور بین الاقوامی سطح کے اجتماعی جرائم جیسے قتل و غارت گری، لوٹ مار، خونریزی، نسل کشی وغیرہ پنپتے ہیں۔

جہاں تک کھانے کی بھوک کا تعلق ہے، اس کی شدت کا انحصار کھانے والے کی مشقت سے زیادہ پکانے والے کی مشقّت پر ہوتا ہے۔ ساتھ ہی وقفے سے زیادہ ڈائننگ ٹیبل پر پھیلے ''نقشے'' پر بھی ہوتا ہے۔ بریانی، مرغ مسلّم، کباب اور پراٹھوں کا منظر، اور اُن سے اُٹھتی خوشبو بغیر کسی ٹانک کے بھوک کئی گنا بڑھا دیتے ہیں کہ جب کہ کریلے کا نام سُنتے ہی اس کا تیکھا پن زبان تک پہنچنے سے پہلے چہرے پر ظاہر ہو جاتا ہے۔

''ماں، آج کھانے میں کیا بنا ہے؟'' اسکول بیگ پلنگ پر اُچھالتے ہوئے بچّہ پوچھتا ہے۔

''بینگن کا بھرتا...'' اس سے پہلے کہ ماں کا جواب سُن کر وہ 'بھوک نہیں ہے' کہتا ہوا باہر کھیلنے نکل جائے، ماں فوراً جملہ مکمل کر دیتی ہے: ''... لیکن ساتھ میں کل والی چکن کی دو بوٹیاں بھی ہیں جنہیں میں نے گرم کر دیا ہے۔'' اور اس

طرح باسی گوشت کی تازہ سبزیوں پر بالا دستی ہنوز قائم رہتی ہے۔

مشہور مقولہ ہے 'کم کھانا آپ کھاتے ہیں، زیادہ کھانا آپ کو کھاتا ہے'۔ لیکن اس پر عمل ہم میزبان کی حیثیت سے تو کرنے کے قائل ہوتے ہیں، مہمان کی حیثیت سے گوارا نہیں ہوتا۔ حفظانِ صحت کا بنیادی اصول ہے کہ کھانا کھاتے وقت پیٹ کے چار میں سے ایک حصّہ خالی چھوڑ دینا چاہئے۔ لیکن پسندیدہ ڈشیں ہوں تو ہم کلکتہ کے آٹور کشاؤں کی طرح اپنے معدے کے چار حصّوں میں چھ حصّوں کی گنجائش نکالتے ہوئے اتنا بادوڈالتے ہیں جتنا دار جلنگ یا شملہ کے ٹرپ پر جاتے وقت ہمارے سفری بیگوں میں ہوتا ہے۔ نتیجتاً جس طرح مکعب نما سفری بیگ تن کر سلنڈر نما ہو جاتا ہے، ہمارا شکم بھی "سلمان نما" سے "عدنان نما" ہو جاتا ہے۔ یہ حالت ان تمام لوگوں کی ہوتی ہے جو جینے کے لئے نہیں کھاتے بلکہ کھانے کے لئے جیتے ہیں۔ ان کی بے بسی کا عالم یہ ہوتا ہے کہ بسوں میں نہ صرف چڑھتے وقت انہیں پیچھے کھڑے مسافروں کی زور دار لات کھانی پڑتی ہے بلکہ اُترتے وقت بھی اُن کا احسان لینا پڑتا ہے۔

رمضان کے روزوں کی نہ صرف روحانی اہمیت ہوتی ہے بلکہ ان کی جسمانی افادیت بھی مسلم ہے۔

ایک مہینے کے روزوں کی مشق اس لئے بھی کی جاتی ہے کہ باقی کے گیارہ مہینے ڈائٹنگ یا بھوک برداشت کرنے کی عادت پڑ جائے جو صحت اور درازیٔ عمر کے لئے ضروری ہے۔ لیکن بعض لوگ عید کے دن سے ہی کھانے پر اس طرح ٹوٹ پڑتے ہیں گویا روزے میں چھوڑے گئے کھانوں کی قضا پوری کر رہے ہوں!

کچھ "اونٹ زادے" سحری کے وقت یہ سوچ کر اپنی ٹنکی فُل کر لیتے ہیں کہ شام تک "چل جائے گا" لیکن انجام کار دوپہر سے پہلے "ٹھنسے" پیٹ، اور دو پہر

کے بعد "دھنسے" پیٹ کی وجہ سے خود چلنے کے قابل نہیں رہتے۔ معدے میں حفظِ ماتقدم کے طور پر بھرا اسٹاک سارا دن دھیرے دھیرے مختلف شکلوں میں خرچ ہوتا رہتا ہے جس کے نتیجے میں دوپہر تک حلق سے بکثرت گرج اور دہاڑیں نشر ہوتی ہیں جو زوال کے بعد نیچے منتقل ہو جاتی ہیں، اور وضو کی یاد دہانی کرتی جاتی ہیں!

جہاں تک جنسی بھوک کا تعلق ہے، فلم ساز اور اشتہار ایجنسیوں کے مالکان، نوجوانوں میں یہ بھوک اتنی شدت سے بڑھا دیتے ہیں کہ جوان ہونے پر بھوک نہ لگنے کی شکایت عام ہو جاتی ہے اور ان کی نگاہیں ہالی وڈ اور بالی وڈ کے پوسٹروں سے زیادہ حکیموں اور کوئی راجوں کے اشتہاروں پر دوڑتی نظر آتی ہیں۔ انٹرنیٹ کے فروغ کے بعد اس بھوک نے وبائی شکل اختیار کر لی ہے۔ انجام کار ایک غریب باپ کی بیٹی بھی اتنی تیزی سے جوان ہوتی نظر نہیں آتی جتنی سُرعت سے ایک امیر باپ کا بیٹا جوان ہو جاتا ہے، اور وقت سے پہلے "بوڑھا" بھی ہو جاتا ہے۔ یہی وجہ ہے کہ اب ناجائز اولادیں کوکھ سے، اور جائز اولادیں ٹسٹ ٹیوب سے، زیادہ پیدا ہو رہی ہیں!

ہماری خود ساختہ بھوک مثلاً دولت کا لالچ اور اقتدار کی ہوس میں چولی دامن کا ساتھ ہے۔ اگر آپ کے پاس دولت ہے تو اقتدار کی باگ ڈور بغیر بھاگ دوڑ کے آپ کے ہاتھوں میں چلی آتی ہے، اور اگر آپ اقتدار میں ہیں تو دونوں ہاتھوں سے دولت بٹورنے کے بعد بھی ہاتھوں کی کمی کا احساس ہوتا ہے۔ ظاہر ہے جب "راجا" ہی لوٹ کھسوٹ پر اُتر آئے تو پرجا کی "بینڈ" (ٹوجی والی) بجے گی ہی۔ کل مانڈیوں کی وجہ سے مانڈیوں میں کال پڑنا بھی طے ہے۔ لیکن اقتدار تک رسائی سب کے لئے ممکن نہیں۔ لہٰذا دولت کی بھوک مٹانے کا ایک اور آسان طریقہ یہ ہے کہ کسی کا لڑکا اُٹھوا لیجئے اور دو چار لاکھ روپے کی ادائیگی پر رہا کرنے کی شرط رکھ دیجئے۔

اگر اس میں خطرہ زیادہ ہو تو پھر لڑکی کی اُٹھا لیجئے۔ لڑکی کو رہا بھی نہیں کرنا پڑے گا، اور وقفے وقفے سے ''مغوی'' کا باپ ''کیش اُور کائنڈ'' کی شکل میں کبھی رقم، کبھی سامان بطور تاوان دینے پر مجبور ہو گا۔ فون ٹیپنگ کا خطرہ بھی نہیں کہ مطالبہ ''مغوی'' کے توسط سے ہو گا! دولت کی بھوک مٹانے کا، معاف کیجئے گا، قابو میں رکھنے کا (کیوں کہ یہ بھوک کسی طور مٹنے والی نہیں) یہ طریقہ نہایت آسان، آزمودہ، مؤثر اور صدیوں پرانا ہے۔ زمانے کے ساتھ اس بھوک کی شدت میں جہاں اضافہ ہوا ہے وہیں اس کی نوعیت میں بھی بے پناہ تبدیلی آئی ہے۔ اپنی ارتقاء کے ابتدائی مراحل میں اس کی تسکین ریڈیو اور ٹی وی کے مدہوش کن گیتوں سے ہو جایا کرتی تھی۔ پھر تشنگی اتنی بڑھی کہ فرتج کا پانی واحد حل پایا گیا۔ اس کے بعد یہ بھوک موٹر سائیکل اور کار پر سفر کرتی ہوئی شہر کے پوش علاقوں میں واقع فلیٹوں میں قیام پذیر ہو گئی ہے۔ سماج میں عزت اور اعلیٰ مقام رکھنے والے، ان سامانوں پر زیورات کو ترجیح دیتے ہیں جو پبلک کی نگاہ سے اوجھل رہ کر پبلک کی نگاہ میں ان کا مقام اور بلند کر دیتے ہیں۔ زیادہ دوراندیش حضرات ان حرکتوں کو ''چھچھورا پن'' تصور کرتے ہوئے کسی بڑے عہدے کے لئے تشکیل شدہ انٹرویو بورڈ کے ایک اہم ممبر یا بعض اوقات چیئر مین سے ہی رجوع کر بیٹھتے ہیں۔ نتیجتاً ''دوہری تقرری'' سے سرفراز ہوتے ہیں۔ میرے ایک شناسا کو بھی اس اعزاز سے نوازا گیا تھا جس نے کالج کے کلاسز سے کہیں زیادہ پابندی سے برسرِ اقتدار پارٹی کی میٹنگیں اٹنڈ کی تھیں، اور دیر رات تک جاگ کر اہم نوٹس سے زیادہ ووٹرلسٹ کی نظرثانی کی تھی۔ یہی وجہ تھی کہ اس کی دوہری تقرری میں دوہری سفارشات یعنی پی ایس سی (پارٹی سروس کمیشن) اور ایس ایس سی (سسر سروس کمیشن) کا مشترکہ ہاتھ تھا۔ شاید ایسے ہی ''دور اندیش'' لوگوں کے لئے ظفؔر گورکھپوری نے کہا ہے

اب بھیک مانگنے کے طریقے بدل گئے

لازم نہیں کہ ہاتھ میں کاسہ دکھائی دے

نئی نسل بے حد پریکٹیکل ہو گئی ہے۔ اسے روایتوں کی قبروں پر تعمیر آسائشوں کی عمارات زیادہ عزیز ہیں۔ والدین بیٹی کے گھر کا پانی بھی پینا گناہ سمجھتے تھے۔ بیٹوں کو بیویوں کے گھر میں کھانے اور رہنے پر بھی اعتراض نہیں۔ ان "ریزیڈنٹ" دامادوں کو سماج چاہے جتنی بھی بُری نظر سے دیکھے، یہ سماج کی ایک بہت بڑی برائی اور ازدواجی رشتے کی سب سے بڑی اڑچن کو جڑ سے اُکھاڑ پھینکنے میں سب سے بڑا ہتھیار ثابت ہو سکتے ہیں!

دولت اور اقتدار کی بھوک کے باہمی تعلقات کا مظاہرہ اسکول کی مینیجنگ کمیٹیوں سے لے کر محلّے کے کلبوں اور علمی و ادبی اداروں تک میں ہوتا ہے جہاں صدر اور سکریٹری کے عہدے "ایسے ویسے" نہیں بلکہ "پیسے ویسے" والے لوگوں کے لئے مخصوص ہوتے ہیں جو سیاست کے بنیادی اصول پر عمل کرتے ہوئے اقتدار سے پہلے پیسے "بہاتے" ہیں اور اقتدار کے بعد پیسے "بناتے" ہیں۔

ہماری تیسری خود ساختہ بھوک، شہرت و نام و نمود کی تمنّا ہے جس میں مبتلا افراد میں فلم اسٹارس اور دیگر آرٹسٹوں کے علاوہ ادباء و شعراء شامل ہیں۔ لیکن ان دونوں میں ایک بہت بڑا فرق ہے۔ فلم اسٹارس شہرت کی بنیاد پر دولت حاصل کرتے ہیں جب کہ کئی ادباء و شعراء دولت کی بنیاد پر شہرت حاصل کرتے ہیں۔ یہ ان ہی کی کرم فرمائی ہے کہ رسالہ خریدے بغیر پڑھنے والے قارئین کی "ثابت قدمی اور استقلال" کے باوجود یہ رسالے اپنی بقا کے راستے میں ثابت قدم ہیں اور بکنے والے رسالوں سے بھی زیادہ پابندی سے شائع ہو رہے ہیں! اردو زبان ہمیشہ ان کی ممنون رہے گی جنہوں نے ادب کے ذخیرے میں بھلے ہی کوئی بیش بہا اضافہ نہ کیا ہو لیکن

اپنی دولت کے ذخیرے میں تھوڑی کمی کر کے مدیروں کی تعداد میں خاطر خواہ اضافہ کیا ہے! اگر یہ شعراء و ادباء یکے بعد دیگرے خصوصی گوشوں کی "ایڈوانس بکنگ" نہ کرتے رہیں تو یہ مدیران خود کتب کا "گوشہ نشین" ہو جائیں۔

"شہرت تشنہ" ادیبوں اور شاعروں میں سخت مقابلہ آرائی کی وجہ سے "گوشوں" اور "نمبروں" کا ریٹ اس قدر بڑھ گیا ہے کہ ہماری استطاعت سے باہر ہو گیا ہے۔ توصیفی مضامین لکھنے والوں کے بھی بڑے بھاؤ ہو گئے ہیں۔ گرچہ ریٹ انہوں نے وہی ایک پلیٹ بریانی فی مضمون رکھا ہوا ہے لیکن اب کیو میں کھڑے رہ کر اپنی باری آنے کا انتظار کرنا پڑتا ہے۔ لہذا ہم جیسے ادنیٰ قسم کے ادیبوں کے پاس اس کے سوا اور کوئی چارہ نہیں رہ گیا ہے کہ خود نوشت توصیفی مضمون فرضی یا کسی دوسرے کے نام سے اخباروں اور رسائل میں اشاعت کی غرض سے بھیج دیں! اس سے کم سے کم کیو کی کوفت سے تو نجات مل جائے گی، اور ساتھ ہی جیبوں پر بریانی کا بار بھی نہیں پڑے گا۔ میں اس "جعلسازی" کو "جال سازی" پر ترجیح دیتا ہوں جہاں اِس ہفتے چھپے توصیفی مضمون کے موضوعِ مضمون اور صاحبِ مضمون اگلی اشاعت میں اپنی جگہ ایک دوسرے سے بدل لیتے ہیں اور ایسے سبھی مضامین اپنے تیسرے قاری کو ترستے ہیں!!

گود گودیاں

جب مجھے پہلی بار علم ہوا کہ مشہور صنعت کار اور ٹاٹا کمپنی کے بانی جے۔ آر۔ ڈی۔ ٹاٹا لا ولد تھے اور انہوں نے رتن ٹاٹا کو گود لیا تھا تو رتن ٹاٹا کی قسمت پر بہت رشک آیا۔

’’کاش، مجھے بھی کوئی کروڑ پتی گود لے لیتا۔‘‘ میں نے ایک دن حسرت آمیز سانس کھینچتے ہوئے کہا۔

’’اپنے والدین کے سامنے اپنی اس حسرت کا اظہار مت کر بیٹھنا۔ باٹا کے اتنے جوتے سر پر پڑیں گے کہ ٹاٹا کا نام بھی بھول جاؤ گے۔‘‘ میرے دوست نے گویا مجھے محتاط کرتے ہوئے کہا۔

’’اب تو گود لئے جانے کے لئے یتیم ہونا کوئی ضروری ہے کیا؟‘‘ میرے دوست نے مجھے یوں گھورا گویا میرا دماغ چل گیا ہو۔

’’میں کمبھ کے میلے میں بھی تو کھو سکتا تھا، اور پھر وہاں سے یا تو براہِ راست یا پھر یتیم خانے کے راستے کسی ’’گولڈن گود‘‘ تک رسائی ہو سکتی تھی۔‘‘

"نہیں ہو سکتی تھی۔" میرے دوست نے پُریقین لہجے میں کہا: "کمبھ کے میلے میں کھونے کے لئے جڑواں بچوں کا ہونا ضروری ہے۔ . . . اور پھر تمہارے داہنے ہاتھ میں تو ٹیٹو بھی بنا ہوا ہے۔ کبھی نہ کبھی تو "رنگے ہاتھوں" پکڑے جاتے ہی۔ بیس پچیس سال بعد زندگی کے کسی نہ کسی موڑ پر اچانک یا تو تمہارا بھائی رقّت آمیز لہجے میں "بھیا" کہہ کر لپٹ جاتا یا پھر ماں اپنی بوڑھی آبدیدہ آنکھوں کے ساتھ گلوگیر آواز میں "بیٹا" کہہ کر اپنی نحیف باہوں میں بھینچنے کی کوشش کرتی۔"

"یار، تم تو بڑے پتے کی بات کہہ رہے ہو۔ اتنا تجربہ کہاں سے حاصل کیا تم نے؟" میں نے اسے توصیفی نگاہوں سے دیکھتے ہوئے حیرت سے پوچھا۔

"میں نے ستّر، اسّی کی دہائی کی شاید ہی کوئی فلم چھوڑی ہو۔" میرے دوست نے فخریہ انداز میں کہا۔

پھر جب مجھے معلوم ہوا کہ رتن ٹاٹا کی بھی کوئی اولاد نہیں تو ایک دبی دبی سی خواہش دل میں اُبھری: کاش، اس بار میری باری ہو۔ پھر اپنے اس احمقانہ خیال پر خود ہی ہنسی آ گئی۔ روایت تو بچّہ گود لینے کی ہے۔ اس عمر میں تو داماد گود لئے جاتے ہیں۔ ویسے گود لئے گئے داماد بھی گھاٹے میں نہیں رہتے۔ یہ الگ بات ہے کہ رتن ٹاٹا کی طرح ان کے دامن ہیروں سے نہیں بلکہ "موتی" سے بھرے ہوتے ہیں جنہیں وقت وقت سے نہلانا، کھلانا اور گھمانا بھی پڑتا ہے! یہی وجہ ہے کہ جب کوئی کسی گھر جمائی کو "نکما، کام چور، بے شرم" اور "مفت خور" جیسے القاب سے نوازتا ہے تو مجھے اس پر سخت اعتراض ہوتا ہے۔ "محنت مزدوری" کر کے کھانے والے ان لوگوں سے مجھ جیسے سرکاری نوکری کرنے والوں کو عبرت حاصل کرنی چاہئے۔

میرے آفس کے ایک چپراسی نے جب دوسری شادی کی تو میں اس کے کلیجے کی داد دیئے بغیر نہیں رہ سکا۔ جب پتہ چلا کہ دوسری والی اپنے ساتھ جہیز میں

ایک عدد ریڈی میڈ بچہ بھی لائی ہے تو کلیجے کے ساتھ اس کے دِل کی بھی داد دینے پر مجبور ہو گیا۔ اور جب چند مہینوں کے بعد بھی اس کے چہرے کی رونق اور بشاشت جوں کی توں قائم رہی تو میں اس "دل کلیجی" کو قوت بخشنے والے معجون کا راز جاننے کے لئے بے چین ہو گیا۔ بیوی کی روز روز کی مائیکے جانے کی دھمکیوں سے تنگ آگیا تھا۔ اسے سبق سکھانا ضروری تھا۔

"وہ برسرِ روزگار ہے اور اس نے شادی سے پہلے ہی کہہ دیا تھا کہ وہ کسی قسم کی مالی ذمہ داری کا بوجھ مجھ پر نہیں ڈالے گی۔" چچر اسی نے رازدارانہ انداز میں مسکراتے ہوئے کہا۔

"اوہ، تو یوں کہو تم نے اس سے شادی نہیں کی بلکہ اس نے شوہر گود لیا ہے۔" میں نے مایوسانہ انداز میں زبردستی مسکرانے کی کوشش کرتے ہوئے کہا۔

اب بھلا ایسی "لاخاوند اور باروز گار" بیگمات کتنی دستیاب ہیں؟

کچھ لوگ گود لینے کی بجائے گود دینے میں یقین رکھتے ہیں، اور یہ کوئی کم "دل کلیجی" کی بات نہیں ہے۔ بہت سے لوگ مرنے کے بعد بھی اپنی آنکھیں یا گردہ دان نہیں کرتے، دل تو بہت دور کی بات ہے (حالانکہ جوانی میں انہوں نے بیک وقت کئی افراد کو دل دینے، بلکہ بانٹنے یا یوں کہئے دونوں "آنکھوں سے" دل لُٹانے کی کوشش کی ہوگی)۔ گود دینے والے یہ لوگ اپنے "دل کے ٹکڑے" کسی کو دے کر جیتے جی ہارٹ ڈونیشن کا کارنامہ انجام دیتے ہیں۔ میرے ایک دوست نے بھی اپنی لاولد بہن کو اپنے دل کا ایک ٹکڑا دان کیا تھا کیوں کہ اوپر والے نے انہیں "ٹرائی وَن، گِٹ وَن فری" کے مصداق جڑواں بچوں کی شکل میں ایک فاضل اولاد بطور بونس عطا کیا تھا۔

جہاں تک گود لینے کا تعلق ہے، اولادوں کی طرح بڑی بڑی کمپنیاں اور

ادارے بھی گود لئے جاتے ہیں۔ گھاٹے میں چل رہی صنعتوں کی "فضول خرچی" سے تنگ آکر انہیں سرکار پرائیوٹ کمپنیوں کے حوالے کر دیتی ہے جب کہ پرائیوٹ کمپنیوں کی بیمار صنعتوں کو اچھی طرح دیکھ ریکھ کے لئے خود گود لے لیتی ہے۔

ابھی حال ہی میں کلکتے کے ایک اخبار کو دوسری بار کسی نے گود لیا۔ حالات اتنے ناساز گار ہیں کہ ایک دوسرے اخبار کو بھی مالکان کی کسمپرسی کی وجہ سے کسی اور کی گود میں پناہ لینی پڑی۔ اخبارات و رسائل گود لئے جانے کے سبب سب سے زیادہ فکر مند ملازمین ہوتے ہیں جنہیں اپنے گود میں پل رہے بچوں کے مستقبل کی فکر لاحق ہو جاتی ہے کیوں کہ نئے مالکان پتہ نہیں انہیں اپنا "ذاتی کام" آفس کے کمپیوٹر پر کرنے کی کھلی چھوٹ دیں گے بھی یا نہیں۔ اجازت اس لئے نہیں کہوں گا کہ وہ "جہاں چاہ وہاں راہ" کے مصداق کوئی نہ کوئی راستہ جلد یا بہ دیر نکال ہی لیں گے کیوں کہ اس "سائیڈ بزنس" کی آمدنی کے سامنے ان کی تنخواہ کی اہمیت "قرض کی قسط" سے زیادہ نہیں ہوتی!

گودیوں میں جنریشن گیپ (Generation Gap) بہت نمایاں ہوتا ہے۔ جو ہمیں گود میں لئے نہ جانے کتنی راتیں آنکھوں میں کاٹ چکے ہوتے ہیں، ہم چند لمحوں کے لئے بھی گود میں لے کر انہیں ان کے بستر سے اٹھا کر صبح سویرے دھوپ میں پڑی آرام کرسی میں بٹھانا گوارہ نہیں کرتے اور انہیں "اولڈ ایج ہوم" نام کے ماڈرن اجتماعی گود میں ڈال دیتے ہیں! ہم اپنے بچوں کی "خوشیوں" کے لئے رات بھر جاگ سکتے ہیں لیکن ان کی "کھانسیوں" کے لئے نیند میں ذرا بھی خلل برداشت کرنا پسند نہیں کرتے۔

ویسے بھی انسان کی پوری زندگی ایک گود سے نکل کر دوسری گود میں پہنچنے

تک کے وقفے سے زیادہ نہیں۔ دونوں گودوں میں فرق یہ ہے کہ پہلی گود میں ماں اس کے سوالوں کے جواب دیتی ہے جب کہ آخری گود میں اسے منکر نکیر کے سوالوں کے جواب دینے پڑتے ہیں۔ اس وقفے کے دوران اگر محتاط نہیں رہے تو ان دونوں گودوں کے درمیان ایک تیسری گود میں بھی "لینڈ" کرنا پڑ سکتا ہے: بیرون ملک میڈیکل ریسرچ کے دوران ایک نوجوان نے ایک ایسی دوا تیار کی جس کی ایک گولی کھانے سے آدمی کی عمر آدھی گھٹ جاتی۔ اس نے گولیوں کی ایک شیشی اپنے والدین کو بھجوائی۔ ریسرچ مکمل کرنے کے بعد جب وہ نوجوان اپنے وطن پہنچا تو دیکھا کہ گھر کے دروازے پر ایک خوبصورت نوجوان عورت ایک ننھے سے بچے کو لئے بیٹھی تھی۔ اس نے پوچھا:

"محترمہ، آپ کون؟

"ارے بیٹا، تو نے مجھے پہچانا نہیں؟ میں تیری ماں ہوں ماں، تیری دوا نے تو کمال کر دیا۔"

"اوہ۔" نوجوان ذہنی جھٹکے پر قابو پانے کی کوشش کرتے ہوئے بولا "لیکن ماں، یہ تمہاری گود میں بچہ کیسا ہے؟"

"ارے بیٹا، تو نے انہیں پہچانا نہیں؟ ہاں، تو انہیں پہچانے گا بھی کیسے... یہ تیرے باپ ہیں جنہوں نے مارے خوشی کے تین چار گولیاں کھالی تھیں!!!"

آ سانڈ، مجھے ...

یورپی اور دیگر مغربی ممالک کے باشندے بڑی تکبّرانہ شان کے ساتھ خود کو دوسروں سے زیادہ ترقی یافتہ اور مہذّب تصوّر کرتے ہیں، اور ہم بڑی خندہ پیشانی سے سرِ تسلیم خم کرتے ہوئے نہ صرف اپنی "پسماندگی" کا اعتراف کرتے ہیں بلکہ اپنے "غیر مہذب" ہونے کا اقرار کرتے ہوئے اپنے تمام تر "دقیانوسی" طور طریقوں اور "فرسودہ" اندازِ فکر سے چھٹکارا حاصل کرنے کے لئے اُن کے نِت نئے جدید فیشن کو اپنانے کی ہوڑ میں ایک دوسرے پر سبقت لے جاتے ہیں۔

یہ تقلیدی مقابلہ آرائی باطنی کم، ظاہری زیادہ ہوتی ہے۔ اب یہی دیکھئے، ہمارے نوجوانوں نے پوشاک تو مغربی اپنا لئے لیکن جسم کے ساتھ دل و دماغ مشرقی ہی رہے۔ ذرا تقابلی جائزہ لیجئے کہ ہند و پاک کے مقابلے میں یورپ و امریکہ میں کتنے زنا بالجبر کے معاملے سامنے آتے ہیں؟ زمین آسمان کا فرق نظر آئے گا۔ تو کیا وہاں کے مرد نامرد ہیں؟ یا پھر شریف النفسی کی دنیا میں عظیم ترین مثال ہیں؟ ایسا بھی

نہیں کہ وہاں کے مرد اپنی بیویوں کو چھوڑ کر باقی سبھی عورتوں کو اپنی "بہنیں" سمجھتے ہیں۔ تو پھر کیا وہاں کی میڈیا نکمّی ہے؟ جی نہیں، یہ مغربی لڑکیوں کی فراخ دلی ہے، کشادہ ذہنی ہے کہ ایسی حرکتوں کو عموماً کوئی اہمیت نہ دیتے ہوئے انہیں درگزر کر دیتی ہیں تا کہ ان سے زیادہ اہم سماجی قدروں جیسے اخوت و رواداری کو فروغ مل سکے۔ یہ الگ بات ہے کہ شوہروں کو اس سے مستثنیٰ قرار دیا گیا ہے۔ صرف مغربی ممالک کو یہ امتیاز حاصل ہے کہ جہاں مائیک ٹائسن ہو یا دوسرے معروف و مشہور شخصیات، بیویوں نے شوہروں پر زنا بالجبر کے مقدمے دائر کئے ہیں اور شوہروں کو اس کی پاداش میں سزائیں بھی ملی ہیں!

اب سوال یہ اُٹھتا ہے کہ ہماری قوم کے نوجوان لڑکے اور لڑکیاں جو مغرب کے ہر نئے فیشن پر، کسی نئی ریلیز ہونے والی فلم کے پہلے دن کے پہلے شو کے ٹکٹ کی طرح حق جماتے ہیں، اُس معاشرے کی اتنی "اعلیٰ قدروں" کو اپنانے سے معذور کیوں رہتے ہیں؟ اس کی وجہ یہ ہے کہ مغربی معاشرے نے وہاں کے نوجوانوں کو جو سہولیات فراہم کر رکھی ہیں، ہمارے نوجوانوں کو اس سے یکسر محروم رکھا گیا ہے۔ ظاہر ہے اس تعصّب اور عدم مساوات کی وجہ سے انہیں level playing field مہیّا نہیں ہو پا رہا ہے جس کے سبب ان کی تصویریں اخباروں میں چھپتی تو ہیں لیکن چہرہ تولیہ یا کمچھا سے ڈھکا ہوتا ہے۔ اب آپ ہی بتائیے بھلا یہ بھی کوئی انصاف ہوا کہ یورپین نوجوان تو کھلے عام کلبوں، پارکوں، ٹرینوں اور فٹ پاتھوں پر ایک دوسرے سے چمٹے بوس و کنار کرتے پھریں، یہاں تک کے PDA (Public Display of Affection) کے تحت صدرِ مملکت یا ملک کے شہزادے اور اُن کی اہلیہ بھی بھرے مجمع میں اور ٹی وی کیمروں کے سامنے اپنی عشق بازی live telecast کریں اور ہمارے نوجوان وکٹوریہ میموریل کے

احاطے کے کسی سنسان گوشے میں ایک دوسرے کا ہاتھ بھی تھام لیں تو خاکی وردی والے باراتی بغیر بینڈ باجے کے اُن کا بینڈ بجانے لگ جائیں! اب ظاہر ہے جب عشق پر عرصہ حیات تنگ ہو جائے تو عشّاق بے چارے چلتی کار میں ہی کیوں نہ عشق بازی کی تمام منزلیں بیک وقت طے کرنے کی کوشش کریں۔

ستم بالائے ستم یہ کہ ہر بار بے چارہ عاشق ہی موردِ الزام ٹھہرایا جاتا ہے جو چند ہفتوں یا مہینوں تک پولیس کو چکمہ دینے کے بعد جب بالآخر پکڑا جاتا ہے تو زیرِ لب یہ شعر گنگنانے کی بجائے زیرِ دندان یہ شعر کچکچاتا ہے،

سبھی کہتے ہیں کہ کر لیجئے نیچی نگاہ اپنی

کوئی اُن سے نہیں کہتا نہ نکلو یوں عیاں ہو کر

اب انہیں کون سمجھائے کہ یہاں وہاں جہاں تہاں عیاں ہونا اُن کا ذاتی معاملہ اور بنیادی حق ہے۔ جب دستورِ ہند نے انہیں مذہبی، تعلیمی اور لسانی آزادی دے رکھی ہے تو پھر "لباسی آزادی" بھلا کیسے چھین سکتی ہے۔ آزادی کے بعد لباس نے ترقی بھی تو بہت کی ہے۔ خصوصاً لڑکیوں کے لباس نے تو بہت سے "اُتار چڑھاؤ" دیکھے ہیں۔ آستین جتنی اوپر چڑھتی گئی گلہ اُتنا ہی نیچے اُترتا گیا۔ نوبت یہاں تک آ پہنچی کہ آستین اوپر چڑھتے چڑھتے نظروں سے اوجھل ہو گئی جب کہ نیچے اُترنے کی ہوڑ میں گلے کا ہار گلے سے ہار مان گیا کیوں کہ بَرا، بلاوَز اور ٹاپس آپسی اختلافات بھلا کر ایک ہو گئے تھے۔

شلوار، جمپر اور دوپٹہ کو نئی نسل نے طنزاً مگر حقیقت پسندی سے کام لیتے ہوئے بڑا دلچسپ نام دے رکھا ہے ____ "بہن جی والی ڈریس"۔ ماڈرن لڑکیاں یہ لباس اس لئے زیب تن نہیں کرتیں کہ کہیں کالج میں کوئی منچلا انہیں "بہن جی" نہ کہہ دے۔ لیکن یہی لڑکیاں جب زنا بالجبر کی شکار کسی لڑکی کی حمایت میں انصاف کی

مانگ کرتے ہوئے جلوس میں شامل ہوتی ہیں تو اُن کے ہاتھوں میں بڑے بڑے بینر چیختے ہوئے کہتے ہیں: 'راہ چلتی لڑکی کو اپنی بہن سمجھو'!

ظاہر ہے جب وہ خود ''سالی والی'' ڈریس میں ملبوس ہوں تو 'عقلمند کو اشارہ کافی ہوتا ہے' کے مصداق، کوئی اُن پر ''آدھی گھر والی'' کا حق جتاتے جتاتے اگر ''پوری گھر والی'' بنانے کی کوشش کر بیٹھے تو اس پر اُتنا ہی ترس آتا ہے جتنا اس زیرِ علاج نشہ خور پر جس کے بیڈ کے سرہانے سیلائن کی بوتل کے ساتھ براؤن شوگر کا ایک پیکٹ لٹکا دیا جائے اور اُسے للکارا جائے کہ 'ثابت کر دو کہ تمہاری بیماری کا علاج خود تمہارے ہاتھ میں ہے'۔

ہم نے اسکول میں پڑھا تھا کہ کسی بھی ملک کی جغرافیائی حالت کا اس ملک کی تاریخ پر گہرا اثر پڑتا ہے۔ اس بیان کی صداقت کا اظہار الٹرا ماڈرن لڑکیوں کے لباس سے بھی ہوتا ہے جسے وہ پہنتی کم، منڈھتی زیادہ ہیں۔ جسم کے واضح نشیب و فراز پورے جغرافیائی ماحول کا نقشہ کھینچ کر رکھ دیتے ہیں۔

جدید طرز کے لباس پر تبصرہ نامکمل ہو گا اگر فیشن شوز کا ذکر نہ کیا جائے۔ ان شوز میں لچکتی مٹکتی ماڈلس جن لباسوں کو فروغ دینے کے لئے مظاہرہ کرتی ہیں، عام لڑکیاں تو دور، خود یہ ماڈلس حقیقی زندگی میں ایسے لباس کبھی زیبِ تن نہیں کرتیں۔ ظاہر ہے یہ شو ایک ''قسم'' کا ''شو'' ہے جس کے پس جس کے پس پردہ جنسی بوالہوس اپنی آنکھیں سینکتے ہیں۔ تب ہی تو ان شوز کے انعقاد میں لاکھوں نہیں بلکہ کروڑوں روپے خرچ کئے جاتے ہیں۔

یہ فیشن شوز اور یہ حُسن کے عالمی مقابلے تو اپنے نام کے مطابق علی الاعلان اپنا کام کرتے ہیں۔ لیکن ہمارے یہاں کے اکثر مشنری اسکولوں کا ''مشن'' ہماری سمجھ سے بالاتر ہے۔ زیادہ تر انگلش میڈیم مشنری اسکولوں میں درجہ دوازدہم تک کی

طالبات کو اسکول یونیفارم کے نام پر جانگیہ اور اسکرٹ پہن کر آنے پر مجبور کیا جاتا ہے۔ بس کے عملے سے لے کر اسکول گیٹ کے دربان، راہ گیر اور کئی اساتذہ تک کی نگاہیں اُن کی ننگی پنڈلیوں سے پھسلتی ہوئی جانگھوں تک اُٹھنے کی کوشش میں لگی رہتی ہیں۔ جانگیہ اور اسکرٹ کی جگہ شلوار اور جمپر پہن کر اسکول آنے کے لئے پرنسپل اور انتظامیہ سے خصوصی اجازت لینی پڑتی ہے جو زیادہ تر معاملوں میں رَد کر دی جاتی ہے۔ اس کے برعکس، اگر کوئی طالب علم ہاف پینٹ میں اسکول آنے کی جرأت کرے تو اس کی اس حرکت کو "غیر مہذّب" قرار دیتے ہوئے اُسے سخت وارننگ کے ساتھ گارجین کال تک کا سامنا کرنا پڑتا ہے! یہ عجیب و غریب منطق ہمیشہ سے ہماری سمجھ سے بالاتر رہی ہے۔ جنسی استحصال کا اس سے زیادہ refined طریقہ ہم نے اور کہیں نہیں دیکھا!

ہمارے مغربی ممالک کے این جی اوز اور دیگر سرکاری اور غیر سرکاری تنظیمیں آئے دن بڑے دلچسپ اور عجیب و غریب سروے کرتی رہتی ہیں۔ مثلاً کس ملک میں کتنے فیصدی لوگ کنڈوم استعمال کرتے ہیں، یا پھر کتنی عورتوں کو لگتا ہے کہ ان کے شریکِ حیات یا بوائے فرینڈ کے گنجے ہو جانے پر اُن کے ساتھ جنسی کشش میں کمی کا احساس ہوتا ہے وغیرہ وغیرہ۔ آج تک اُن تنظیموں میں سے کسی کو بھی یہ اہم ترین سروے کرنے کی فکر نہیں ہوئی یا انہوں نے کبھی ضرورت محسوس نہیں کی کہ دنیا بھر میں جتنے بھی زنا بالجبر کی شکار عورتیں ہیں اُن میں سے کتنوں کا لباس، طرزِ حیات، اور روز مرہ کی زندگی کے طور طریقے کیا تھے! ظاہر ہے انہیں اچھی طرح معلوم ہے کہ اس قسم کے سروے کے نتیجے میں حاصل ہونے والے اعداد و شمار یا ڈیٹا سے اُن کی "تہذیبی برتری" کو سخت دھچکا پہنچے گا۔

آزادئ نسواں کے جھنڈے تلے عورتوں نے گھر کی چہار دیواری سے باہر

نکل کر مردوں کے شانہ بہ شانہ، اُن کے قدم سے قدم ملا کر زندگی کا سفر طے کیا ہے۔ اس حقیقت سے صرف وہی شخص انکار کر سکتا ہے جسے کسی نائٹ کلب کے ڈانس فلور پر جوڑوں کو ایک دوسرے سے بغل گیر ٹوئسٹ کرتے دیکھنے کا کبھی اتفاق نہیں ہوا۔ لیکن دلچسپ بات یہ ہے کہ یہ جوڑے نائٹ کلب کے اندر تو "شانہ سے شانہ" اور "قدم سے قدم" ملا کر زندگی کا بھر پور مزہ لیتے ہیں۔ لیکن نائٹ کلب کے باہر آتے ہی جوں ہی مرد اس "میل ملاپ" کو وسعت و فروغ دینے کی کوشش کرتا ہے تو اُسے سخت مزاحمت کا سامنا کرنا پڑتا ہے۔ حالانکہ مغربی ممالک میں نائٹ کلب سے نکلنے کے بعد اس میل جول کی تکمیل فلیٹ میں حتمی مرحلے کے بعد ہی ہوتی ہے جس کے بعد صبح کو دونوں اس طرح اپنے اپنے راستے لگ جاتے ہیں گویا وہ ایک دوسرے کو پہنچانتے ہی نہ ہوں۔ نہ ہی کبھی وہ ایک دوسرے کو "طوطا چشم" اور "موقع پرست" جیسے خطابات سے نوازتے ہیں۔ لیکن ہمارے یہاں کی لڑکیاں "تنگ پوش" ہونے کے ساتھ ساتھ تنگ ذہن بھی ہوتی ہیں۔ یا پھر یہ بھی ہو سکتا ہے کہ جدیدیت کا دلدادہ ہونے کے باوجود اُنہیں اپنے اسلاف کی تلقین کا پاس ہو۔

بڑھاؤ نہ آپس میں "مِلّت" زیادہ

مبادہ کہ ہو جائے "ذِلّت" زیادہ

وجہ چاہے جو بھی رہی ہو، مغرب کے تہذیبی معیار کے حساب سے "پسماندہ" کہلائے جانے کی "ذِلّت" تو برداشت کرنی ہی پڑے گی۔

مغرب کتنی تیزی سے ترقی کر رہا ہے، اس کا اندازہ اس بات سے لگائیے کہ وہاں کی خواتین شادی سے پہلے ہی بچّے پیدا کر لیتی ہیں۔ اور ہم، سدا کے لیٹ لطیف، آج بھی شادی کے بعد بچّے جننے کی صدیوں پرانی رسم پر عمل درآمد کیے جا رہے ہیں۔ اتنا ہی نہیں، وہاں کی اکثر خواتین بچّے پیدا کرنے کے برسوں بعد بھی بچوں کے باپ

سے شادی نہیں کرتیں، نہ ہی ان باپوں کو اپنے "پاپوں" کے نتیجے میں پیدا ہونے والے بچوں کی کوئی فکر ہوتی ہے، اور ایک ہم ہیں، طلاق ہونے کے بعد بھی بچوں کی چھینا جھپٹی میں برسوں عدالت میں ایک دوسرے سے پنجہ لڑاتے ہیں۔

معاشرے میں تیزی سے بڑھتے ہوئے زنا بالجبر کے واقعات کے لئے صرف صنفِ نازک کے لباس پر کیچڑ اُچھالنا مناسب نہیں ہے۔ ویسے بھی یہ کیچڑ اُن کے لباس پر کم، بدن پر زیادہ پڑے گا، لباس پر تو صرف کچھ چھینٹے آئیں گے! ہماری ہندی فلمیں اس رجحان کی کتنی ذمّہ دار ہیں، اس کا اندازہ آپ فلموں میں زنا بالجبر کی عکاسی میں بتدریج ہونے والی تبدیلی سے بخوبی لگا سکتے ہیں۔

ہمیں آج بھی یاد ہے ستّر اسّی کی دہائی میں بننے والی امیتابھ بچن کی فلم "عدالت" میں زنا بالجبر کے دوران پردے پر صرف ایک کھلی تجوری اور اس سے جھانکتی نوٹوں کی گڈیاں دِکھائی گئیں۔ زنا بالجبر کی شکار عورت کی صرف چیخیں سنا کر سب کچھ ناظرین کے تصوّر پر چھوڑ دیا گیا تھا۔ اس کے بعد کی دہائی میں بننے والی فلموں میں اس گھناؤنی حرکت کی منظر کشی میں "گراوٹ" آئی جس کے دوران اس جرم کی شکار لڑکی کے کپڑے بیڈ سے نیچے فرش پر "گرتے" دِکھائے گئے، اور اس طرح فلم بینوں کے تصوّر کو گدگدانے کی کوشش کی گئی۔ آزاد خیالی کی طرف گامزن، ترقی کی اس "سُست رفتاری" سے غیر مطمئن، ہمارے ہدایت کاروں نے رنگ بدلے اور پردۂ سیمیں پر یہ مخصوص سین رنگ بدل کر یعنی نیگیٹیو کلرس میں دِکھائے جانے لگے۔ تہذیب میں مزید فروغ نے "اصلی رنگ" دِکھانا شروع کر دیا اور عصمت کی حفاظت میں جدّوجہد کرتی عورت کے برہنہ جسم کے اوپری یا نچلے حصّے کو دِکھا کر سماجی برائیوں کو "اُجاگر" کرنے کی کوشش کی گئی، اور اس طرح "حقیقت پسندی" کا دعویٰ کرتے ہوئے ناظرین کے لذّت آمیز اشتیاق میں مزید اضافہ کیا گیا۔ اکیسویں

صدی کی فلموں نے تو پردے تمام پردے پر دے چاک کر ڈالے اور، لائٹ اور شیڈ کے جھماکوں کے درمیان وہ ”دھماکے“ دِکھانے لگے کہ ناظرین کی آنکھیں ”پھٹی کی پھٹی“ رہ گئیں اور وہ پلکیں جھپکانا بھول گئے! بوس و کنار کی تو بات ہی مت پوچھیے اُن کی اہمیت چوئنگم سے زیادہ نہیں رہ گئی۔

اب ذرا غور فرمائیے، ہمارے نوجوان ذہنی، نفسیاتی، اور ان سب سے بڑھ کر ”باصری“، اعتبار سے کتنے زیادہ اور کتنے قوی داخلی و خارجی عوامل سے نبرد آزما ہیں۔ پرانے وقتوں میں یہ صرف نگاہوں کے تیر سے زخمی ہوتے تھے۔ آج کا لباس سر تا پا AK-47 کی طرح بیک وقت کئی گولیوں کی بوچھاڑ کر کے صرف ان کا دل ہی نہیں بلکہ پورے جسم کو ”چھلنی“ کر دیتا ہے۔ تب ہی تو ضمانت ملنے سے پہلے تک ان کی زبان پر ایک ہی شعر ہوتا ہے

ہم ”واہ“ بھی ”کہتے“ ہیں تو ہو جاتے ہیں بدنام

وہ قتل بھی کرتے ہیں تو چرچا نہیں ہوتا

”ریپ راجدھانیوں“ دہلی اور کولکاتا کو آج کل جس طرح ”جنسی دہشت گردی“ نے اپنی لپیٹ میں لے رکھا ہے، اس سے اب یہ انتہائی ضروری ہو گیا ہے کہ ریپڈ ایکشن فورس کے طرز پر ایک اور ریف (Rapist Action Force) کی بھی تشکیل کی جائے۔ بلکہ ضرورت پڑے تو اے۔ ٹی۔ ایس کی طرح اے۔ ایم۔ ایس (Anti-Molestation Squad) بھی بنائے جائیں جو اس جرم کو ”دوسرے مرحلے“ پر پہنچنے ہی نہ دیں جہاں سے تیسرے سنگین مرحلے ”میڈیکل ٹسٹ“ تک پہنچنے کی نوبت آ جاتی ہے۔ لیکن جس طرح عام پولیس اپنی کامیابی کے لیے عوام کا تعاون چاہتی ہے، اُسی طرح اس خصوصی دستے کو بھی اپنی کامیابی کے لیے سماج کے ”خصوصی طبقے“ کے تعاون کی ضرورت پڑے گی۔ یہ طبقہ اگر گھر سے نکلنے

سے پہلے بذریعہ ایس ایم ایس اور ایم ایم ایس ان حفاظتی دستوں کو پیشگی یہ اطلاع فراہم کر دے کہ وہ کس ڈریس میں نکل رہا ہے اور اُس کا رُخ کس نائٹ کلب کی طرف ہے تو ہمیں یقین ہے یہ دستے ان کی عصمت کی حفاظت اتنی ہی مہارت اور کامیابی سے کر پائیں گے جس طرح ہماری حکومت سوئزر لینڈ کے بینکوں میں جمع ہمارے سیاسی رہنماؤں اور تاجروں کے کالے دھن کی کرتی ہے۔

گائے: ایک تجزیاتی مطالعہ

گائے جانوروں میں سب سے سیدھی سادی، یا سیدھے سادے لفظوں میں کہہ لیجئے، شریف ہوتی ہے۔ یہی وجہ ہے کہ ہر کوئی موقع بے موقع اسی بے چاری پر مشقِ سخن کرتا ہے۔ اب یہی دیکھئے، پرائمری درجات میں مضمون نویسی کی ابتدا بھی ہمیشہ گائے سے کی جاتی ہے کہ اس کی شرافت کی وجہ سے اس پر مضمون بھی سیدھا سادہ اور آسان ہوتا ہے۔ ہمارے اساتذہ کے مطابق، سب سے پہلے گائے کی شکل و صورت بیان کرنی چاہئے۔ اس کے بعد اس کی اقسام اور آخر میں اس سے حاصل ہونے والے فوائد۔ نقصانات کا ذکر اس لئے ممکن نہیں تھا کہ اس کے بول و براز تک کار آمد ہوتے ہیں۔

لیکن اب حالات یکسر بدل چکے ہیں۔ گائے سے متعلق روایتی جملوں میں چند تبدیلیوں کے علاوہ اس کے نقصانات کا بھی اضافہ ضروری ہو گیا ہے۔ مثلاً گائے ایک چوپایہ جانور ہے۔ اس کے پیر تو چار ہوتے ہیں لیکن ہاتھ ایک بھی نہیں۔ نتیجتاً یہ

اپنی دفاع سے معذور ہوتی ہے اور اپنی جان و مال کی حفاظت کے لئے گؤ رکشکوں پر انحصار کے لئے مجبور ہوتی ہے۔ لیکن اب اسے گؤسرکشا کمیٹیوں کی شکل میں ہر جگہ زیڈ پلس سیکیوریٹی مہیا ہے۔ اس کی حفاظت پر تعینات کمانڈوز کی دہشت کا یہ عالم ہے کہ ایک خاص فرقے کے لوگ اس کے قریب بھی پھٹکنے سے کانپتے ہیں۔ اگر راہ چلتے کوئی بھولی بھٹکی گائے ان کی لاعلمی میں ان کے پیچھے ہو لے تو ان کی موت یقینی ہے۔ کمانڈوز فوراً اسے گھیرے میں لے لیتے ہیں اور سوالات کی بوچھاڑ شروع ہو جاتی ہے ' کہاں سے لا رہے ہو؟ کہاں لے جا رہے ہو؟ اس کا کیا کرو گے؟' وغیرہ وغیرہ۔ پھر ارنب گوسوامی کی طرح اس کا جواب سننے سے قبل ہی اسے مجرم قرار دیتے ہوئے سزائے موت کا اعلان اور نفاذ بیک وقت کر دیا جاتا ہے۔ بعض اوقات دوسرے فرقے کے لوگوں کو بھی ان کمانڈوز کی چوکسی اور مستعدی کا شکار ہونا پڑتا ہے۔ لہذا جن گھروں میں گائیں ہوں ان کے مکینوں کو اپنے مکانوں کی حفاظت کے لئے اب کتوں کی قطعی ضرورت نہیں۔ بس گایوں کو گیٹ پر باندھ دینا کافی ہو گا۔ ان کی ڈکار میں جو باز گشت ہو گی وہ کتوں کے بھونکنے میں کہاں۔ دلت فرقے کے لوگ البتہ اپنے تحفظ کے لئے مردہ گائے کی کھال اتارنے یا جسم ٹھکانے لگانے سے قبل "ڈیتھ سرٹیفیکٹ" کا مطالبہ کرنے کے مجاز ہوں گے۔ بصورت دیگر، ضلع مجسٹریٹ یا جج کی موجودگی میں ہی ہاتھ لگانے پر اصرار کرنے کا اختیار ہو گا۔

گایوں کی کئی قسمیں ہوتی ہیں۔ آسٹریلیائی گائیں سب سے زیادہ دودھ دیتی ہیں جب کہ ہندوستانی گائیں سب سے زیادہ ووٹ۔ اگر کانگریسی رہنماؤں میں ذرا بھی دور اندیشی ہوتی تو اپنا انتخابی نشان گائے بچھڑا بدل کر پنجہ نہ کرتے۔

گائے کا دودھ ہو یا گوشت، دونوں ہی صحت بخش غذائیں ہیں۔ ایک سے جسمانی طاقت حاصل ہوتی ہے تو دوسرے سے سیاسی قوت۔ اگر دودھ سے بھگوان

کے چرن دھوئے جاتے ہیں تو گوشت سے بھی تجدیدِ ایمان و عقیدے کا کام لیا جاتا ہے۔ فطرہ، زکوٰۃ اور عبادات میں اگر کمی کا احساس ہو تو با قاعدگی سے ہفتے میں تین بار یعنی بدھ، جمعہ اور اتوار کو یہ "ایمانی بوسٹر" لیا جاتا ہے۔ بعض لوگ سائیڈ ایفکٹ سے بے فکر اسے ایک یا دو بار روزانہ لیتے ہیں۔ لیکن اس ایمان افزا غذا سے سیاسی قوت کا حصول مشروط ہوتا ہے۔ اس کا انحصار اس بات پر ہوتا ہے کہ آپ اکثریتی زون میں ہیں یا اقلیتی زون میں۔ اگر گائے کے گوشت نے کئی لوگوں کی جان لی ہے تو اس سے کئی لوگوں کو جان بھی لیا گیا ہے، یعنی انہوں نے اپنے فرقے یا پارٹی میں اپنی شناخت نمایاں کی ہے، جس کے نتیجے میں اگر ایک طرف گائے نے کئی افراد کو قبرستان یا شمشان پہنچایا ہے تو دوسری طرف دیگر کئی کو پارلیمان کے ایوان تک بھی پہنچایا ہے۔

اگر گائے کا دودھ ملاوٹ جیسی لعنت سے نہیں بچ سکا تو بھلا گائے کا گوشت کیسے بچ سکتا ہے۔ ہم نے عقل انسانی دنگ کر دینے والی خبریں بھی پڑھیں کہ کئی مقامات پر مٹن سے بیف نکل آیا بلکہ پورا کا پورا مٹن بیف میں تبدیل ہو گیا۔ یہی وجہ تھی کہ گزشتہ ہفتے ہم نے بازار سے چکن خریدتے وقت دکاندار سے این بی سی (NBC) کا مطالبہ کر ڈالا۔ اس نے مجھے اس طرح گھورا گویا میں نے گوشت بیچنے کا لائسنس طلب کر لیا ہو۔

"نو بیف سرٹیفکیٹ!" میں نے وضاحت کی۔

"اوہ۔" وہ ہنس پڑے: "اس کی کوئی ضرورت نہیں۔"

"ارے کیسے ضرورت نہیں؟ جب مٹن بیف بن سکتا ہے، دو کیلو گوشت تجربہ گاہ تک جاتے جاتے بڑھ کر پانچ کیلو ہو سکتا ہے تو چکن کو بیف بننے سے کون روک سکتا ہے؟"

اور پھر اس نے اسٹیٹ لِسٹ اور سنٹرل لِسٹ کا حوالہ دیتے ہوئے مجھے

قائل کرنے کی کوشش کی کہ تمہیں بنگال میں دیگر صوبوں کی طرح بیف پر قانونی پابندی نہیں۔ دستورِ ہند کے متعلق اس کے علم سے میں متحیر ہوا تو اس نے بتایا کہ ایک زمانے میں وہ سول سروسز کی تیاری کر رہا تھا۔ لیکن جب پتہ چلا کہ پولٹری فارمنگ کر کے یا چکن کی تجارت میں آئی اے ایس افسر سے زیادہ پیسے کمائے جاسکتے ہیں تو اس نے ارادہ بدل دیا۔

"بیف کھانے کی قانونی اجازت تو دیگر صوبوں کے لوگوں کو بھی ہے مگر گائے ذبح کرنے پر پابندی ہے۔ بہ لفظِ دیگر، وہ دوسرے صوبوں سے لائے گئے بیف کھا سکتے ہیں۔"

"یعنی وہ سینہ پھلا کر کہہ سکتے ہیں کہ وہ 'امپورٹڈ' بیف کھاتے ہیں۔"

ایک خبر کے مطابق، ہریانہ کے کسی قصبے میں پولیس نے بڑے پیمانے پر سڑک کے کنارے واقع ہوٹلوں پر چھاپے مارے۔ ان ہوٹلوں میں بیف بریانی فروخت کئے جانے کا شبہ تھا۔ لیکن بعد میں یہ خبر جھوٹی نکلی اور انتظامیہ کو شرمندگی اور تنقیدوں کا سامنا کرنا پڑا۔

ضلع انتظامیہ مستقبل میں ایسی سبکی سے بچنے کے لئے کئی اقدامات کر سکتی ہے۔ مثلاً شاپنگ مالس کے داخلہ گیٹس پر ہتھیاروں کا پتہ لگانے والے میٹل ڈی ٹیکٹرس کی طرح ہوٹلوں کے دروازوں پر بھی "بیف ڈی ٹیکٹرس" نصب کئے جاسکتے ہیں۔ مزید سختی کے لئے گیٹ پر پولیس اہلکاروں کو بھی تعینات کیا جاسکتا ہے جو ہوٹل سے باہر نکلنے والوں کی توند پر دستی "بیف ڈی ٹیکٹرس" پھیر کر شک کی تصدیق کر سکیں گے۔ چیکنگ کے دوران ڈکار یا ریاح سے بھی اپنی قوتِ شامہ کو بروئے کار لاتے ہوئے بیف نوشی کی تصدیق یا تردید کرنے کے قابل ہوں گے۔ ضرورت پڑنے پر دیگر "ذیلی بر آمدات" کو حتمی تصدیق کے لئے تجربہ گاہ میں بھی بھیجنے کا اختیار ہوگا۔

مختلف صوبوں میں بیف پر پابندی کے سبب وہاں کے ہوٹلوں میں ملنے والی چکن یا مٹن بریانی کے پیکٹس پر لکھا ہو گا: 'بیف نوشی فرقہ وارانہ ہم آہنگی کے لئے مضر ہے'، یا پھر 'بیف دنگوں کا سب سے بڑا سبب ہے'، وغیرہ۔

ٹرینوں میں چکن بریانی آرڈر کرتے وقت ہڈی والی بوٹیوں کا مطالبہ بڑھ جائے گا۔ کھانا کھانے کے بعد ہڈیاں احتیاط سے پیکٹ میں لپیٹ کر حفاظت سے رکھنی ہوں گی۔ پتہ نہیں کب جی آر پی ایف (گؤرکشا پولیس فورس) ڈبّے میں اُٹھ آئیں اور چکن خوری کا ثبوت مانگ بیٹھیں۔ شادی بیاہ کی تقریبات میں دعوت کھاتے وقت بھی یہ احتیاط ملحوظ رکھنی ہو گی۔ بصورت دیگر، پاس بیٹھے شخص کی رکابی میں فاضل ہڈی موجود ہونے پر ایک کی گزارش کر سکتے ہیں۔ اب اگر اس نے یہ ہڈیاں اپنے بیوی بچوں کے لئے بچا کر نہیں رکھی ہوں گے تو وہ یقیناً آپ کو شکریہ کا موقع دے گا۔ لیکن یاد رہے، مٹن کی ہڈیوں سے حتی المقدور احتراز کرنا چاہئے کیوں کہ اس صورت میں گلو خلاصی کے لئے لیباریٹری کے چکر تک لگانے پڑ سکتے ہیں۔

گزشتہ ہفتے ایک مسلمان تاجر کی بیٹی کی شادی میں شرکت کا اتفاق ہوا۔ ساری رسومات کی ادائیگی کے بعد طعام کے لئے جب زمین دوز ہال میں لے جایا جانے لگا تو چند مہمانوں نے استفسار کیا۔ بتایا گیا کہ ان کے لئے سرپرائز ہے جو وہیں جا کر پتہ چلے گا۔ لیکن سرپرائز دیکھ کر زبان لٹپٹانے کے ساتھ ہی رونگٹے بھی کھڑے ہو گئے۔ دستر خوان انواع و اقسام کے بیف کے آئٹمس سے بھرے پڑے تھے۔ دھڑکتے دل اور لپلپاتی زبان کے ساتھ کھانا شروع کیا۔ اکثر کی کیفیت ایسی ہو رہی تھی جیسے ہٹلر کی بیٹی سے اس کے گھر کے پچھواڑے بوس و کنار کر رہے ہوں۔ ان کی ایسی حالت دیکھ کر میزبان نے اعلان کیا: "حضرات، بالکل بے فکر ہو کر کھائیں۔ گھبرانے کی کوئی بات نہیں۔ جس طرح ہم نے آج آپ کی دیرینہ آرزو پوری کی ہے اسی طرح آپ

کی حفاظت کا بھی معقول انتظام کر رکھا ہے۔ اس ہال کے دروازے پر ہم نے ایک بڑا ساڈرم رکھوایا ہوا ہے جو چکن کی ہڈیوں سے بھرا ہوا ہے۔ آپ سب یہاں سے نکلتے وقت ایک ایک ہڈی اپنی جیب میں رکھتے جائیں۔ گیٹ کے باہر تعینات پولیس والوں کو اسے دکھا کر آپ با آسانی رخصت ہو سکیں گے ...‘‘

’’لیکن اگر پولیس والوں نے ہڈیاں دکھانے سے قبل ہی بیف ڈی ٹیکٹرس ہماری شکم سے لگا دیا تو؟‘‘ ایک صاحب نے جو کچھ زیادہ ہی ڈرے ہوئے تھے، میزبان کی بات کاٹ کر پوچھا۔

’’اس سے بچنے کی بھی ایک ترکیب ہے۔‘‘ میزبان نے ہاتھ اٹھا کر بیٹھنے کا اشارہ کرتے ہوئے کہا: ’’آپ نکلتے وقت قطار میں آگے سے ہی چکن کی ران یا سینے کی ہڈی جو بھی آپ کی جیب میں ہو اپنے داہنے ہاتھ میں بلند کر کے رکھیں۔ ان شاء اللہ بیف ڈی ٹیکٹرس کی نوبت نہیں آئے گی۔ ویسے بھی انہیں تمام حقیقت کا پیشگی علم ہے۔وہ صرف رسمی خانہ پُری کر رہے ہیں۔ آپ کے جانے کے بعد اس ہال میں ان کی ہی باری ہے۔‘‘

آخری جملے نے ہمیں بہت ڈھارس دی اور ہم نے شکم سیر ہو کر کھانا کھایا اور من ہی من میں دلہن سے زیادہ دلہن کے والد کو دعائیں دیں۔

طلاق: ریڈی، سیٹ، گو...

”آج کوئی خاص بات ہوئی ہے کیا؟“ مجھے صبح سے واٹس ایپ، فیس بک اور موبائل پر مصروف دیکھ کر آخر بیگم نے پوچھ ہی لیا۔

”ہاں، سپریم کورٹ نے طلاق ثلاثہ کو غیر قانونی قرار دیتے ہوئے اس پر پابندی عائد کر دی۔“ میں نے جواب دیا۔

”کیا واقعی؟“ مارے خوشی کے وہ ایسے چیخ پڑیں گویا طلاق دینے کا استحقاق شوہروں سے چھین کر بیویوں کو دے دیا گیا ہو۔

”اتنا خوش نہ ہوں۔ عدالت نے طلاق کو نہیں، طلاق ثلاثہ کو غیر قانونی قرار دیا ہے...“

”مطلب؟“

”مطلب... مطلب....“ میں نے کچھ سوچتے ہوئے کہا ”اب ایک جھٹکے کی بجائے تین مہینے تڑپا تڑپا کر طلاق دینی ہوگی۔ شوہر کے بھی صبر و تحمل کا امتحان

ہو گا۔"

"یعنی تین مہینوں میں تین طلاق والا طریقہ۔"

"ٹھیک سمجھیں... مرحلے وار 'ریڈی، سیٹ، گو...' کے طرز پر۔ اب شوہر پہلی طلاق دینے کے بعد اگلی لڑکی کی تلاش میں نکل کھڑا ہو گا۔ دوسری طلاق کے بعد والا مہینہ تاریخ طے کرنے اور تیاری مکمل کرنے میں گزرے گا۔ پھر تیسری طلاق دیتے ہی شیروانی آئرن کرنے اور چھوہاروں کے پیکٹس بنوانے میں مصروف ہو جائے گا...۔"

"بڑے خوش نظر آ رہے ہیں آپ۔ کہیں ایسا ہی کچھ منصوبہ تو نہیں بنا رکھا ہے آپ نے؟" بیگم نے بڑے تیکھے لہجے میں پوچھا۔

"ارے توبہ کریں بیگم صاحبہ، میری کیا مت ماری گئی ہے جو آپ کو طلاق دینے کی سوچوں۔ روز صبح بچوں کو اسکول کے لئے تیار کرنا، ٹفن بنا کر اسکول بیگ میں بھرنا، نہلانا دھلانا، کھانا بنانا، گھر کی صفائی کا خیال رکھنا... یہ سب میرے بس کی بات ہی نہیں...۔" میں نے کان پکڑے۔

"تو آپ کی نگاہ میں میری حیثیت نوکرانی یا گورنس سے زیادہ کچھ نہیں؟" بیگم کے لہجے میں ناراضگی، غصہ اور دکھ کا کاک ٹیل محسوس ہوا۔

"تو آپ نے مجھے کون سی 'اے ٹی ایم' سے زیادہ اہمیت دے رکھی ہے؟" میں نے بھی ترکی بہ ترکی جواب دیا۔ "تقریباً روز ہی صبح صبح سودا سلف کی اتنی لمبی لسٹ تھما دیتی ہیں کہ اسکول میں درجہ دہم کے بچوں کے ناموں کی لسٹ بھی اس سے چھوٹی پڑ جاتی ہے۔"

"تو پھر صبح سے اتنی فون کالس کیوں آ رہی ہیں؟ کیا آپ بھی اس عدالتی فیصلے کے خلاف ہیں؟"

”میں خلاف نہیں ہوں مگر بہت سی تنظیمیں اور ادارے اسے پرسنل لا میں مداخلت تصور کرتی ہیں اور کل عدالت کے اس فیصلے کے خلاف پر زور احتجاج کرنے کی تیاری چل رہی ہے...“

”اچھا آپ یہ بتائیں آپ کے خیال میں ایک بار میں تین طلاق درست ہے یا تین مہینے میں تین طلاق؟“

”میں چوں کہ ماہانہ تنخواہ دار ہوں اس لئے ماہانہ طلاق کا بھی حامی ہوں۔“

”تو پھر کل کے اس احتجاجی مظاہرے میں کیوں شریک ہو رہے ہیں؟“

”کیوں کہ یہ احتجاج کئی علمائے کرام اور دیگر ملّی تنظیموں کی جانب سے کی جا رہی ہے...“

”آپ تو متفق نہیں ہیں نا؟“

”میرے متفق نہ ہونے سے کیا ہوتا ہے؟ علماء مجھ سے زیادہ جانتے ہیں۔ جب وہ کہہ رہے ہیں کہ یہ فیصلہ غلط ہے تو غلط ہی ہو گا۔“

”لیکن میں نے تو سنا ہے کہ دیگر اسلامی ملکوں میں بھی تین ماہ میں تین طلاق والی رسم رائج ہے؟“

”ہمارے کچھ علماء ان ملکوں کے علماء سے زیادہ جانتے اور سمجھتے ہیں اسلامی شریعت کو۔“

”تو آپ اتفاق نہ کرتے ہوئے بھی ان کا ساتھ دیں گے؟“

”بھئی، یہ ملّی اتحاد کا معاملہ ہے۔ ہمیں ایک آواز میں بولنا ہے۔ لیکن گھبرائیں نہیں، میں صرف زبانی ساتھ دوں گا عملی طور پر تو قطعی نہیں۔“

”کیا مطلب؟“

”مطلب، گزشتہ مہینے جب حکومت نے بیف پر پابندی لگائی تھی تو پورے

ملک میں مختلف مقامات پر احتجاجاً کھلے عام بیف فیسٹول منعقد کئے گئے تھے۔ سوچ رہا ہوں اگر اس احتجاج نے بھی وہی رُخ لے لیا تو میں کیا کروں گا۔ آپ تو میری اکلوتی بیگم ہیں ...،،

،،تو کیا دیگر لوگوں کی ایک سے زیادہ بیویاں ہوں گی؟،،

،،ممکن ہے ایسا ہی ہو۔ دو والے تو کئی مل جائیں گے۔ البتہ چار والے اس لئے نہیں ملیں گے کہ بیک وقت چار بیویاں ہونے پر شوہر کا ہی وجود خطرے میں پڑ جانے کے امکانات زیادہ ہوتے ہیں۔ چو طرفہ حملے میں اچھے اچھے سورما جان سے ہاتھ دھو بیٹھتے ہیں۔ دو میں سے کسی ایک کی ،،قربانی،، دینے سے نہ تو ازداجی رشتے پر زیادہ اثر پڑے گا نہ ہی خانگی ذمہ داریاں خاطر خواہ متاثر ہوں گی۔ ان عورتوں کو بھی چاہئے کہ اسلام کی سربلندی کے لئے بخوشی ،،قربان،، ہو جائیں۔ بلکہ اگر اکلوتی بیگمات بھی چاہیں تو اس احتجاج میں حصہ لے سکتی ہیں کیوں کہ نکاحِ حلالہ کے راستے وہ پھر سے اپنے شوہروں کے پاس آ سکیں گی۔،،

،،نکاحِ حلالہ؟،،

جب میں نے نکاحِ حلالہ کی وضاحت کی تو وہ ایک دم سے اچھل پڑیں۔

،،تب تو میں بھی آپ کے ساتھ کل کے اس احتجاج میں حصہ لوں گی۔،،

،،آگے سے ہی نکاحِ حلالہ کے لئے کسی کو دیکھ رکھا ہے کیا؟،، میری آنکھیں اُبل پڑیں۔

،،ہاں، بالکل۔،،

،،کون؟،،

،،ہے ایک، میرے ساتھ ساتھ کالج میں تھا۔ تھرڈ ایئر تک اپنے تمام نوٹس سب سے پہلے مجھے دیا کرتا تھا...،،

میری سانس گویا اٹک کر رہ گئی۔

’’لیکن ایک بُری خبر ہے۔‘‘میں نے فوراً پُر تاسف لہجے میں کہا۔

’’کیا؟‘‘ بیگم کی پیشانی پر بل پڑ گئے۔

’’ابھی ابھی خبر ملی ہے کہ کل والا احتجاجی مظاہرہ ملتوی کر دیا گیا ہے۔‘‘

بیگم کے چہرے پر مردنی چھا گئی اور میں ایک طویل سانس لیتا ہوا اپنے کمرے میں چلا آیا۔

''پہلے استعمال کریں پھر وشو اس کریں''

گزشتہ دنوں ہمارے ایک مرکزی وزیر نے پیشاب کی اہمیت و افادیت پر روشنی ڈالتے ہوئے بڑے بیش قیمت مشورے دیئے جسے ہم وزیرِ اعظم کی ''میک اِن انڈیا'' تحریک کا توسیعی حصہ مانتے ہیں۔ ظاہر ہے مذکورہ تحریک کی کامیابی کا سارا دارومدار ہمارے قدرتی بلکہ ''جسمانی'' وسائل کے دانش مندانہ استعمال پر ہے۔ وزیر موصوف کے اس انقلابی و اجتہادی نظریئے پر کچھ لوگوں کی آنکھیں پھٹی کی پھٹی رہ گئیں تو کچھ کے منہ کھلے کے کھلے رہ گئے۔ کچھ زیرِ لب مسکرائے تو کچھ کھلکھلا اُٹھے۔ لیکن ہمیں یقین ہے ہمارے سابق وزیرِ اعظم مرارجی ڈیسائی کی روح ''بلبلا'' اُٹھی ہو گی۔ حیف، ان کے رشتے داروں سے اتنا نہ ہو سکا کہ کم از کم وزیرِ مذکور پر کاپی رائٹ کی خلاف ورزی کا مقدمہ ہی دائر کر دیتے۔

لیکن ہم بہر حال سارا کریڈٹ وزیر موصوف کو ہی دیں گے جنہوں نے اس دریافتِ نو (Re-discovery) سے قوم و معاشرے کو فیض پہنچانے کا بیڑہ اُٹھایا ورنہ سابق وزیرِ اعظم تو اپنی اس دریافت سے ساری زندگی چپکے چپکے خود ہی استفادہ

کرتے رہے۔ وزیرِ مذکور نے سائنس دانوں کی طرح مرحلے وار پہلے وار مفروضہ، پھر نظریہ اور تب کلّیہ پیش نہیں کیا بلکہ ایک ہی بار میں اپنے ''تجربا غیچہ گاہ'' میں اسے ثابت کر کے دنیا کے سامنے پیش کردیا۔ انہوں نے ''پیشاب پاشی'' کے ذریعہ ایسی سبزیاں اور پھل اُگائے کہ ریلائنس فریش والوں کے چہروں پر مُردنی چھا گئی۔ انہوں نے پیشاب کو مکمل اور بہترین کھاد بتایا جس میں پودوں کی صحیح نشوونما اور اچھی فصل کے لیے تمام ضروری اجزاء شامل ہیں۔ ہمیں بھی یقین ہے کہ اس ''پیشابیانہ'' اندازِ فکر کے نتیجے میں کسانوں کی حالت اچھی ہو نہ ہو مگر فصل اچھی ضرور ہو گی۔ البتہ اگر اسے تحریک کی شکل دے دی جائے تو شاید درختوں کی شاخوں پر اتنے پھل لٹکیں گے کہ غریب کسانوں کو ان سے لٹکنے کی ضرورت نہ رہے۔

لیکن اس تحریک کے شروع ہوتے ہی اپوزیشن بھی متحرک ہو جائے گی اور بدیس سے کالا دھن واپس لانے کا مطالبہ بھول کر ''سوَچھ بھارت'' کے نام پر پورے ملک میں ٹائیلیٹ کی تعمیر پر خرچ ہونے والے کروڑوں روپیوں کا حساب طلب کرنے کی تحریک شروع کر دے گی۔ یہ الگ بات ہے کہ وزیر موصوف کی ''پیشابرانہ'' قیادت اپوزیشن کی اس تحریک کی نہ صرف ہوا نکال دے گی بلکہ حکومت کو گھیرنے کی حزبِ اختلاف کی کوششوں پر ''پیشاب'' پھیر دے گی۔ وزیر موصوف کی ''نجی پیشاب بینک'' کے طرز پر تمام ٹائیلیٹس کو حوض کی شکل دے دی جائے گی جہاں شب و روز تمام افرادِ خانہ اپنا مثانہ خالی کریں گے۔ پھر بوقتِ ضرورت اس اسٹاک سے مطلوبہ لیٹر یا گیلن خرچ کئے جائیں گے۔ اگر فیملی میں ذیابطیس یا پروسٹیٹ کے مریض زیادہ ہوئے تو پڑوس کے غریب کسانوں کی بھی مدد ہو جائے گی۔

اس ''مادۂ زرخیزی'' کو مقبولِ عام بنانے اور اس کا زیاں روکنے کے لئے کئی

اقدامات کئے جاسکتے ہیں۔ مثلاً کارپوریشن کی عمارت کی دیواروں پر ”یہاں پیشاب کرنا منع ہے“ لکھا ہونے کی بجائے موٹے لفظوں میں یہ عبارت تحریر ہوگی: ”اس دیوار پر تجریدی آرٹ کا مظاہرہ کرنے سے بہتر ہے کسی قریبی سرکاری یا غیر سرکاری ’پیشاب بینک‘ میں اپنا اکاؤنٹ کھلوالیں ... یاد رکھیں، آپ کی طرف سے چند بوتلیں ایک کسان کو زہر کی شیشی سے دور رکھ سکتی ہیں۔“

چھوٹے کنبے والے کسانوں کو درپیش پیشاب پاشی کے مسئلے کے حل کے لئے ”پیشاب عطیہ کیمپ“ کا انعقاد بھی کیا جاسکتا ہے جہاں ذیابطیس اور پروسٹیٹ گلینڈ کے مریضوں کے ساتھ ساتھ شیر خوار بچوں کے لیٹنے کا الگ سے خصوصی انتظام ہوگا اور وہاں جلی حرفوں میں لکھا ہوگا ”No Diaper Zone“۔ ڈائپر بنانے والی کمپنیوں کو بھی مجبور کیا جائے گا کہ وہ اپنے ہر پروڈکٹ پر واضح لفظوں میں ”ضروری انتباہ: ڈائپر کا استعمال زراعت کے لیے مضر ہے“ لکھنا نہ بھولیں۔

اگر کسی خطّے میں خشک سالی کی صورتِ حال پیدا ہو جائے تو فلاحی تنظیمیں بڑی تعداد میں رضاکاروں کو بھی اکٹھا کر سکتی ہیں اور اجتماعی ”پیشاب پاشی“ کا پروگرام بھی منعقد کروا سکتی۔ بڑی بڑی شخصیات کے ہاتھوں اب سنگِ بنیاد رکھنے کے بدلے پودے لگائے جانے کا چلن عام ہو گیا ہے۔ آنے والے وقتوں میں ایسے موقعوں پر منتظمین آگے سے ہی پودا لگا کر رکھیں گے، اور مہمانِ خصوصی کے آتے ہی ان کی ضیافت چکن تکّہ، برگر اور پزّہ سے کرنے کی بجائے لسّی، شربت، لیموں پانی اور مختلف اقسام کے کولڈ ڈرنکس پلا پلا کر افتتاحی پروگرام کے لیے تیار کرنے میں مصروف ہو جائیں گے۔ پھر جیسے ہی مہمان خصوصی اپنے ہاتھ کی چھوٹی انگلی اٹھا کر منتظمین کی جانب ملتجی نظروں سے دیکھیں گے، ناظم جلسہ مائیک پر اعلان کرے گا: ”حضرات، مہورت کا وقت ہوا جاتا ہے۔ آپ سب تیار رہیں۔“

پھر مہمانِ خصوصی کے کھڑے ہوتے ہی ان کے گرد بھیڑ لگائے ہوئے لوگ تالیوں کی گڑگڑاہٹ کے ساتھ اپنا منہ دوسری طرف پھیر لیں گے اور "رسمِ سنگِ بنیاد" ادا ہو جائے گی۔

شادی کی بڑی بڑی تقریبات میں سوٹ بوٹ زیب تن کئے مہمان جب میزبان کو اپنی چھوٹی انگلی دکھائیں گے تو میزبان اپنی شہادت کی انگلی سے کمپاؤنڈ کے ایک دور والے گوشے کی طرف اشارہ کرے گا۔ لیکن تھوڑی دیر بعد جب یہ مہمان پنجوں کے بل کپکپاتے پیروں سے واپس آکر اطلاع دیں گے کہ انہیں جگہ ہی نہیں ملی تو میزبان حیران ہو کر کہے گا: "کیا بات کر رہے ہیں؟ آم، امرود، جامن اور کٹھل کے پیڑ تو یہیں سے نظر آ رہے ہیں۔ آپ کہیں بھی فارغ ہو لیں۔ البتہ دوسرے گوشے کی طرف ہر گز نہ جائیں کیوں کہ وہاں گلاب، چنبیلی اور رات کی رانی کے پودے ہیں۔"

اس قومی اثاثے کے تحفظ کے لئے کچھ نئے قوانین بھی بنائے جائیں گے۔ اگر کوئی کھلے عام سڑک کے کنارے اس "سنہری رقیق" کو ضائع کرتا ہوا نظر آئے گا تو پولیس اسے فوراً گرفتار کر لے گی۔ پھر متعلقہ دفعات کی بنیاد پر ایف آئی آر درج کی جائے گی۔ اب یہ ثابت کرنا اس کے وکیل کی ذمہ داری ہوگی کہ "جائے واردات" سے سب سے قریبی "پیشاب بینک" اتنی دوری پر تھا کہ اس کے مؤکل کے پاس اس کے سوا کوئی چارہ نہیں تھا کہ سرِعام اپنی عزت نیلام ہونے سے بچنے کے لئے قانون شکنی کو ترجیح دے۔ اگر عدالت میں یہ بات ثابت ہو جائے کہ ملزم نے اپنی عزت بچانے کی خاطر قانون توڑا تھا تو اسے باعزت بری کر دیا جائے گا۔ اس سلسلے میں وکلا ذیابطیس یا پروسٹیٹ کی بیماری کے نقلی میڈیکل سرٹیفیکٹس بھی بنوا کر پیش کر سکتے ہیں۔

کالجوں اور یونیورسٹیوں میں ”پیشابیات“ کے نئے شعبے کھولے جائیں گے۔ تحقیقی اداروں میں پیشاب کی مقدار و معیار میں بہتری لانے کے مختلف امکانات پر ریسرچ کئے جائیں گے۔ جنرل اسٹورس میں پیشاب کی کئی اقسام دستیاب ہوں گی۔ مسلم ممالک سے امپورٹ کی گئی پیشاب سب سے زیادہ مہنگی ہو گی کیوں کہ گوشت یا بیف زیادہ کھانے کی وجہ سے ان پیشابوں میں نائٹروجن کی فیصدی مقدار زیادہ ہو گی۔ بلکہ اس تناظر میں مسلم پرسنل لا میں چند اہم ترمیم و اضافہ بھی کئے جا سکتے ہیں۔ مثلاً مسلمان بھلے ہی PUC یعنی پولیوشن انڈر کنٹرول سرٹیفیکیٹ اپنے ساتھ نہ لئے پھریں مگر NUC یعنی نائٹروجن انڈر کنٹرول سرٹیفیکیٹ ہمہ وقت ساتھ ساتھ رکھنا لازمی قرار دیا جائے گا تا کہ ان کے فریج میں رکھے گوشت کی لیبارٹری ٹسٹ کرانے کی زحمت نہ اُٹھانی پڑے، جیب میں رکھے سرٹیفکیٹ سے ہی کام چل جائے۔

لَت دار

کہتے ہیں کسی بھی چیز کی لَت بہت بُری چیز ہوتی ہے کیوں کہ لت اور لات میں بہت زیادہ فاصلہ نہیں ہوتا۔ لَت کی بات سنتے ہی ذہن میں روایتی برّصغیری لت یعنی جوئے اور شراب کی لَت کے مختلف مظاہر و مناظر اُبھرتے ہیں۔ جوئے میں مقروض ہونے پر قرض دہندگان کی لات کھانی پڑتی ہے جب کہ شراب میں مخمور ہونے پر بیوی کی لات کھانی پڑتی ہے یا بیوی کو لات کھانی پڑتی ہے۔ اس کا انحصار اس بات پر ہوتا ہے کہ شوہر دَم دار ہے یا دُم دار۔ ان دو قدیم ترین "لتوت" میں سے مؤخر الذکر کے علاج کے لئے شہر کے اخباروں میں اور دیواروں پر "شراب چھڑائیں" کی سرخیاں جا بجا نظر آتی ہیں جن کی تفصیلات پر وہ لوگ خاک ڈالتے ہیں جنہیں ان کی قطعاً ضرورت نہیں ہوتی۔ خاک تو محاورۃً تاً ڈالتے ہیں، جب کہ حقیقتاً اخبارات کے وہ صفحات بچوں کے پوٹی صاف کرنے میں استعمال ہوتے ہیں اور اشتہار سے مزیّن دیواروں پر پیشاب پاشی کے ذریعہ ان کے واٹرپروف ہونے کی تصدیق کی جاتی ہے۔ البتہ وہ بیویاں جن کے شوہروں نے اپنی ساری زندگی اور کمائی شراب خانوں اور جوئے خانوں کی ترقی و ترویج نیز شراب نوشی کے فروغ کے لئے وقف کر رکھی ہیں، ایسے اشتہارات کی جانب یوں کِھنچی چلی جاتی ہیں جیسے آج کے کچھ نوجوان

شادی کی تاریخ طے ہوتے ہی "مایوسی کفر ہے" سرخی والے اشتہار کی طرف۔ قسمت کی پھوٹی ان عورتوں میں سے جن میں سے کئی کی تقدیریں چکناچور ہو چکی ہوتی ہیں بعض، حکیموں کی گلیوں اور شراب مخالف ریلیوں میں جانے کے علاوہ شہر کی نالیوں میں بھی جھانکتی پھرتی ہیں ... جہاں جہاں "ان" کے تشریف فرما ہونے کے امکانات ہو سکتے ہیں ! یہ الگ بات ہے کہ ہمارے یہاں "شرابی" تحقیر آمیز لقب ہے۔ مغرب نے شراب نوشی کو مہمان نوازی کے زمرے میں ڈال دیا ہے جب کہ ہماری تنزلی اور پسماندگی کا یہ عالم ہے کہ ہم ابھی تک چائے کافی کی پیالی سے باہر نہیں نکل سکے ہیں ... یعنی ہم آج بھی "پیالی کے مینڈک" ہیں۔

یہ تو ہوئی بری لتوں کی بات۔ اب آئیے کچھ اچھی بلکہ "مقدس" لتوں کا ذکر ہو جائے۔ ان بہترین لتوں میں سب سے افضل، حج و عمرہ کی لت ہے جس کا شکار ایسے پیسے والے ہوتے ہیں جنہیں جیسے تیسے خرچ کرنے کی لت لگی ہوتی ہے۔ اگر ان کا بس چلے تو یہ لوکل ٹرین کی ٹکٹوں کی طرح ہوائی جہاز کی بھی ماہانہ یا سہ ماہی ٹکٹیں بنوا لیں۔ سیٹیں دستیاب نہ ہونے پر یہ "تتکال کوٹا" کے تحت ہوائی جہاز میں گھر کی کرسی یا چٹائی پر بھی بیٹھ کر حج کو جانے میں کوئی حرج محسوس نہیں کریں گے۔ آخر مسجد نبوی کے صحن میں لی گئی فیملی گروپ فوٹو اور خانہ کعبہ کے پس منظر میں لی گئی سیلفی کا کوئی متبادل بھی تو نہیں۔ میرے ایک پڑوسی اتنی بار حج کو جا چکے ہیں کہ اب ان کی روانگی سے پہلے پڑوسی ان سے ملنے نہیں آتے بلکہ وہ خود ان سے فرداً فرداً ملنے جاتے ہیں۔ ساتھ ہی دعا کی گزارش کے بدلے دعا کرنے کا وعدہ کرتے ہیں۔ اس بار حج پر روانہ ہونے سے قبل انہوں نے حمیدہ بیگم کے اکلوتے بیٹے رحیم کی کامیابی کے لئے بھی دعا کرنے کا وعدہ کیا جس کی میڈیکل کی پڑھائی کے لئے حمیدہ بیگم نے اپنے تمام زیورات فروخت کرنے کے ساتھ اپنی بڑی بیٹی کی شادی کے لئے انداز کی پس

گئی رقم بھی خرچ کر دی تھی۔

میرے ایک غیر مخلص دوست نے ربع صدی قبل اپنی ادبی زندگی کا آغاز مراسلہ نگاری سے کیا تھا۔ دو دہائیوں کی کوشش بسیار کے باوجود نہ تو افسانہ یا نگاری یا ڈرامہ نگاری سیکھ سکے، نہ ہی مضمون نگاری یا تنقید نگاری کی شد بد حاصل ہوئی۔ کسی تجربہ کار ادبی شخصیت نے مشورہ دیا کہ ان کا مزاج تحقیق نگاری کے لئے موزوں ترین ہے۔ وہ خواہ مخواہ بیس سالوں سے اپنی صلاحیتوں کو غلط جگہ استعمال کرنے کی کوشش کر رہے تھے۔ بس پھر کیا تھا، کود پڑے میدانِ تحقیق میں۔ اور تب پتہ چلا کہ واقعی تحقیق کے مروّجہ طریقے تو ان کے ڈی این اے میں ہیں۔ دیکھتے ہی دیکھتے "کاپی پیسٹ" کی کمپاؤنڈری حرکات کی بدولت ڈاکٹری تک پہنچ گئے۔ پھر کالج، اکیڈمی اور دیگر علمی و ادبی تنظیموں تک رسائی کیا مشکل تھی۔ لیکن اب مشکل یہ آن پڑی ہے کہ ہر تقریب میں اسٹیج پر بیٹھنے کی لت لگ چکی ہے۔ کبھی مہمانِ خصوصی تو کبھی نقابت یا پھر نظامت۔ سامعین کی صفِ اوّل میں بھی بیٹھنا انہیں "اہانت" لگتا ہے۔ بہت اصرار کیا تو ایک طرف یوں کھڑے ہو گئے گویا "اجابت" کے انتظار میں ہوں۔ بعض لوگوں میں یہ بیماری سنگین صورت حال اختیار کر جاتی ہے اور انہیں مائیک سے چپکنے کی لت لگ جاتی ہے۔ پھر سامعین جمائیاں لیتے رہیں یا انگڑائیاں، یہ ثابت قدمی سے ڈٹے رہتے ہیں۔ ناظم جلسہ کے ذریعہ بڑھائے گئے "رقعے" بھی انہیں روکنے میں ناکام رہتے ہیں کیوں کہ وہ تمام پرزے یوں سامنے جمع کئے جاتے ہیں گویا تقریر کے اختتام پر ایک ساتھ ان پر اپنا آٹو گراف دیں گے۔ یہاں تک کہ ناظم جلسہ کی سرگوشیوں کو بھی وہ یوں نظر انداز کرتے ہیں گویا بیگم نے کان میں کسی سیل یا ڈسکاؤنٹ آفر کی اطلاع دی ہو۔ جب بلا وجہ اور بار بار تالیوں جیسے شریفانہ طریقے بھی انہیں مائیک سے الگ کرنے میں ناکام رہتے ہیں تو بالآخر ہوٹنگ جیسے غیر

مہذب طریقے اپنانے پڑتے ہیں۔ مجھے ایسے شاعروں اور مقررین سے بڑی ہمدردی ہوتی ہے کیوں کہ ان کی بیگمات کا خوفناک چہرہ اور کرخت لہجہ میرے پردۂ تصور پر گھومنے لگتا ہے۔ گھٹن کے بعد کھلی ہوا میں سانس لینے کا موقع ملتا ہے تو سانسیں خود بخود لمبی کھنچتی ہیں۔

سوشل میڈیا خصوصاً فیس بک پر لائکس بٹورنے کی لت اتنی شدت اختیار کر چکی ہے کہ اسے بلا جھجک "ابو اللت" کا درجہ دے دینا چاہئے۔ زکر برگ بار بار کہتا ہے اپنی خوشی کے پل دوستوں اور رشتے داروں سے شیئر کیجئے۔ لیکن کچھ لوگ اتنے "پلپلے" ہوتے ہیں کہ اپنا ہر "پل" شیئر کرکے دوسروں کو زبردستی اپنی خوشی میں شریک ہونے کا "اعزاز" بخشتے ہیں۔ ان کی شیئر کی گئی تصاویر کے کیپ شنز کچھ یوں ہوتے ہیں:

میں اپنے دفتر میں ... میں اپنی مطالعہ گاہ میں .... میں اپنی کار کے بونٹ پر ... میں بازار میں ناریل پانی پیتے ہوئے ... "میمیانے" کا ایک لامحدود سلسلہ۔ شکر ہے، میں "سوئے بیت الخلاء" ، "دورانِ خروج" ، "مابعد خروج" کیپشن والی تصاویر نہیں شیئر کی جاتیں جن میں چہرے کے تنے یا ڈھیلے خطوط سے دِلی "ذیلی" کیفیات کا بخوبی اندازہ لگایا جا سکتا ہے !

داد وصول لینے کی لت کے وبائی شکل اختیار کر جانے کی پیچھے داد دینے والوں کے بھی لائکس بٹن دبانے کی لت کار فرما ہوتی ہے۔ کچھ لوگ انتہائے محبت میں اپنے دوستوں کی ہر پوسٹ پڑھنے سے قبل، اور بعض اوقات بنا دیکھے، لائک بٹن دبا دیتے ہیں، اور یوں تعزیتی پوسٹ پر تہنیتی کمنٹ کا ارتکاب کر بیٹھتے ہیں۔ عموماً کسی کے انتقال کی خبر پر بھی یہ لائک بٹن دبا کر گویا کہتے ہیں: "خس کم جہاں پاک، اللہ رب العزت انہیں غریقِ رحمت کرے اور تمام قرض دہندگان کو صبر جمیل عطا

فرمائے ...“۔ شعری گروپوں میں ان کی حیثیت ”ماہرینِ واہیات“ کی ہوتی ہے جو اپنے دوستوں کی ہر پوسٹ پر ”واہ، واہ“ کہنے کے ماہر سمجھے جاتے ہیں۔

سرکاری اسکول کے بیشتر ٹیچروں کی گھنٹی بجنے کے کافی دیر بعد کلاس میں داخل ہونے کی بہت پرانی لت ہوتی ہے۔ لیکن معزز پیشے سے تعلق رکھنے کے سبب یہ اپنی اس کوتاہی کی بھرپور بھرپائی کرتے ہیں اور کفارے کے طور پر پیریڈ کی اختتامی گھنٹی بجنے پر پابندئ وقت کا خاص خیال رکھتے ہیں۔

شراب اور جوئے کے علاوہ ایک اور لت جو بہت ہی عام ہے، وہ ہے جھوٹ بولنے کی لت جس میں کیا بچے کیا جوان، سبھی لتڑے ہوتے ہیں۔ ہر جھوٹ کا محرّک خوف ہوتا ہے۔ ذہن و دل سے خوف نکال کر اس لت سے نجات دلائی جاسکتی ہے۔ پرائمری درجات کے طلبا دو تین روز اسکول ناغہ کرنے کا سبب عموماً درج فہرست وجوہات مثلاً پیٹ درد، بخار، سر درد، کھانسی، زکام وغیرہ بتاتے ہیں۔ لیکن اگر استاد پیار سے یہ یقین دلائے کہ سچ بولنے پر اسے کوئی سزا نہیں ملے گی تو وہ جھکی نگاہوں اور دبی آواز کے ساتھ پکنک یا کسی رشتے دار کی شادی میں شرکت کی بات قبول کرلیتے ہیں۔ سیاست دانوں کو اس لئے جھوٹے وعدے کرنے کی لت لگی ہوتی ہے کہ سچ بولنے کی صورت میں جھٹ پارٹی سے نکال دیئے جائیں گے۔ کہتے ہیں فتنہ کھڑا کرنے والے سچ سے امن و سکون قائم کرنے والی جھوٹ بہتر ہوتی ہے۔ یہی وجہ ہے کہ جب بیوی میک اَپ کے بعد شوہر سے پوچھتی ہے: ”میں کیسی لگ رہی ہوں؟“ تو شوہر کا جھوٹ شرعی، اخلاقی، تہذیبی، معاشرتی اور ازدواجی ہر اعتبار سے درست اور بہتر قرار دیا جاتا ہے!!

غیر تدریسی اساتذہ: ایک جائزہ

بہت ممکن ہے یہ نامانوس اور غیر روایتی اصطلاح ہی آپ کی توجہ مبذول کرنے کا سبب بنی ہو جس کے نتیجے میں آپ یہ مضمون پڑھنے پر مجبور ہوئے ہیں۔ لیکن آپ خود سوچئے جب تعلیمی اداروں میں تدریسی اور غیر تدریسی عملے ہو سکتے ہیں تو "عمل" کی بنیاد پر اساتذہ میں بھی "تدریسی" اور "غیر تدریسی" کی تخصیص کیوں نہیں ہو سکتی؟ حقیقت تو یہ ہے کہ ان کا وجود ہر دَور میں رہا ہے۔ اب یہ ان کی بدقسمتی ہے کہ کسی نے سنجیدگی سے ان کی خدمات پر خامہ فرسائی کی بات کبھی نہیں سوچی۔ تدریسی اساتذہ پر تو بہت کچھ لکھا گیا ہے۔ ان کا ذکر نہ صرف قرآن و احادیث میں ہے بلکہ ان کی خدمات دنیا کے عظیم مفکروں کے اقوال کا حصہ بھی ہیں۔ تعلیم و تعلّم سے متعلق مضامین و کتب ان کے کارناموں سے بھرے پڑے ہیں۔ لیکن غیر تدریسی اساتذہ جو تدریسی اساتذہ کے شانہ بشانہ کام کرتے ہیں اور ان کی جتنی تنخواہ بھی پاتے ہیں، ہمیشہ سے تعصب کا شکار رہے ہیں۔ ان پر نہ تو کتابیں لکھی گئیں، نہ ہی مضامین۔ بس کچھ گار جین حضرات نے روزنامہ اخبارات میں ان کے کارنامے اُجاگر

کیئے لیکن وہ بھی مر اسیلے کی شکل میں۔ حالانکہ ان سے زندگی گزارنے، اور کامیاب زندگی گزارنے کے، بہت سے گُر سیکھے جاسکتے ہیں۔ آیئے، ہم ان کے کچھ "اوصافِ حمیدہ" پر روشنی ڈالتے ہیں جن سے تحریک پا کر ان کے جانشین ان کی روایت کو زندہ و پائندہ رکھے ہوئے ہیں۔

اس قبیلے کا وجود صرف سرکاری اور نیم سرکاری درس گاہوں میں باقی بچا ہے۔ پرائیویٹ درسگاہوں میں یہ endangered species ہوتے ہیں۔ نتیجتاً بہت جلد ناپید ہو جاتے ہیں۔ سرکاری اسکولوں میں انہیں اپنے وجود کی بقا کے لئے سیاسی سرپرستی کے تحت مکمل تحفظ (یعنی زید پلس سیکیورٹی) حاصل ہوتی ہے۔ یہ عموماً کلاس روم میں توانائی محفوظ رکھتے ہیں تا کہ اسٹاف روم میں ڈی اے اور پے کمیشن کی سفارشات پر زور دار بحث پر اسے خرچ کر سکیں۔ جسمانی توانائی کے تحفظ اور اس کے درست استعمال کے سبب یہ نہ صرف حکومت کی تعلیمی پالیسیوں پر عقابی نگاہیں رکھنے کے قابل ہوتے ہیں بلکہ اپنے رفقائے کار کے حقوق کے لئے لڑنے اور احتجاج میں بھی پیش پیش رہتے ہیں جو ایک بیدار ذہن اور ذمہ دار شہری کی پہچان ہے۔ یہ اسٹاف روم سے زیادہ اسکول کے کینٹن میں پائے جاتے ہیں جہاں چائے پہ چرچا کے دوران اپنے استغراق کے سبب گھنٹی بجنے پر کلاس روم میں داخل نہیں ہو پاتے لیکن پیریڈ کی اختتامی گھنٹی بجتے ہی کلاس روم سے نکل کر اپنی اول کوتاہی کی بھرپائی کرنے کی بھرپور کوشش کرتے ہیں۔ ان میں سے کچھ تو وقت پر کلاس روم میں داخل ہونا "گناہِ کبیرہ" تصور کرتے ہیں۔

حکومت نے "تعلیم سب کے لئے" پالیسی کے تحت اسکولوں میں نہ صرف مفت تعلیم کا انتظام کیا ہے بلکہ اسکول کے دروازے ہر کسی کے لئے ہمیشہ کھلے رکھنے کی تاکید کر دی ہے۔ لہذا زیادہ تر سرکاری اور نیم سرکاری اسکولوں کے مین گیٹ دس

بجے سے چار بجے تک کھلے رہتے ہیں۔ نتیجتاً بچے جب چاہیں گھر چلے جاتے ہیں، اور یہ اساتذہ بھی کبھی بازار اور کبھی بینک کا ایک چکر لگا لیا کرتے ہیں۔

ان میں سے کچھ اساتذہ عموماً ہیڈ ماسٹر کے پیچھے پیچھے گھومتے دکھائی دیتے ہیں تا کہ کوئی ان کے پیچھے نہ لگ سکے۔ ہمارے اکثر اسکولوں میں سیاسی ریموٹ کنٹرول کے سبب ''ایگزیکیوٹیو پاور'' ہیڈ ماسٹر کی بجائے کلرک یا چپراسی کے ہاتھوں میں ہوتا ہے جن کی خوشنودی حاصل کرنا اساتذہ کا نصب العین ہوتا ہے تا کہ ''سیّاں بھئے کوتوال اب ڈر کاہے کا'' کے مصداق، یہ تمام آسائش و سہولیات سے فیض یاب ہو سکیں نیز ''اپنی خوشی سے آنا، اپنی خوشی سے جانا'' پر عمل درآمد کر سکیں۔

کہتے ہیں ایک اچھے ٹیچر کا رویّہ ایسا ہونا چاہئے کہ طلبہ اس سے ڈرنے کی بجائے قربت محسوس کریں اور بلا جھجھک سوالات پوچھ سکیں۔ اس معاملے میں غیر تدریسی اساتذہ، تدریسی اساتذہ پر سبقت لے جاتے ہیں۔ یہ اپنے طلبا سے سگریٹ، پان اور گٹکھا منگوا کر اپنی پُر خلوص دوستی کا یقین دلاتے ہیں۔ بعض تو ہنسی مذاق کی حدوں کو پار کر بے تکلفی کونئی اونچائیوں تک پہنچا کر طلبہ سے ''ٹیچر آف دی ایئر'' کا خطاب پانے کا حق بھی محفوظ کر لیتے ہیں۔ لیکن پڑھانے کے معاملے میں یہ روایت سے قطعی انحراف نہیں کرتے۔ ان کے آبا و اجداد کرسی پر بیٹھے اونگھتے تھے اور ایک طالب علم اپنی جگہ کھڑا اونچی آواز میں کتاب کے کسی باب کی ''تلاوت'' کرتا، دوسرا حصولِ ثواب کے لئے پاس کھڑا استاد کو پنکھا جھل رہا ہوتا، باقی تمام طلبہ کے صوابدید پر منحصر ہوتا کہ وہ جمائیاں لیں، اونگھیں یا پھر دھینگا مشتی کریں۔ بس اتنا خیال رکھنا ہوتا تھا کہ استاد کے قیلولہ میں کوئی خلل نہ پڑے۔ ان کے جانشین موبائل یا اخبار میں غرق ہوتے ہیں اور کئی طلبا اونگھتے ہوئے پائے جاتے ہیں۔ ''سونے'' سے ''سلانے'' تک کا یہ سفر ان کی ارتقائی تاریخ کا ایک اہم حصہ ہے۔

بیشتر غیر تدریسی اساتذہ نمبر دینے کے معاملے میں بڑے فراخ دل واقع ہوتے ہیں۔ بعض اوقات فراخدلی کے نشے میں فل مارکس سے بھی زیادہ نمبر دے دیا کرتے ہیں۔ یہی وجہ ہے کہ تدریسی اساتذہ کے مقابلے میں غیر تدریسی اساتذہ بہت پہلے جوابی کاپیاں جانچ کر حکام کی نگاہ میں سرخ رو ہو جاتے ہیں اور تدریسی اساتذہ کی ”تساہلی“ اور ”سست روی“ کا مذاق اڑاتے پھرتے ہیں۔

نصاب مکمل کرانے کے معاملے میں بھی یہ تدریسی اساتذہ کے مقابلے کافی تیز رفتار ہوتے ہیں۔ ریاضی کے ہر باب سے ایک سوال حل کرکے باقی تمام سوالات کی ذمہ داری ٹیوٹروں کو سونپ دیتے ہیں جب کہ تدریسی اساتذہ اپنی کمائی حلال کرنے کے چکر میں اپنا آرام حرام کر لیتے ہیں۔ غیر تدریسی اساتذہ کا سب سے اہم حربہ ”تصویر کی تدبیر“ ہے۔ یعنی کتاب کی کسی بھی تصویر کی نقل کاپی پر بنانے کا حکم دے کر اس طرح بے فکر ہو جاتے ہیں جیسے فرض سے کوتاہی کی پیشگی ضمانت مل گئی ہو۔ بعض ”استاد الاساتذہ“ کلاس میں بیٹھ کر امتحان کی جوابی کاپیاں جانچتے ہیں تا کہ طلبہ کو اس مغالطے میں رکھا جاسکے کہ وہ ”ان کا ہی کام“ کر رہے ہیں اور مدرس اعلیٰ سے بھی حجت کر سکیں کہ وہ ”تدریسی امور“ میں ہی مصروف تھے۔ وہ اس عمر میں ”ہوم ورک“ کرنے کے قائل نہیں ہوتے! حالاں کہ اپنے کئی ذاتی ”ہوم ورک“ وہ ”کلاس ورک“ کی طرح پیریڈ کے دوران کرتے پائے جاتے ہیں۔

چھٹیوں کے معاملے میں یہ طلبہ سے زیادہ قریب ہوتے ہیں۔ انہیں بھی سرخ تاریخ والے کلینڈر بہت بھاتے ہیں۔ آسمان پر گھنے بادل چھاتے ہی مور ناچنا شروع کر دیتا ہے اور ان کے من میں بھی لڈو پھوٹنے لگتے ہیں اور دل بلیّوں اچھلنے لگتا ہے کہ حفظِ ماتقدم کے طور پر حکام بچوں کو قبل از وقت گھر جانے کے لئے چھٹی کر دینے پر غور کرنے لگتے ہیں۔ یہ جدید تعلیمی تکنالوجی سے لیس اسمارٹ کلاسز اور اسمارٹ طلبہ

دونوں سے خوف کھاتے ہیں کیوں کہ دونوں ہی ان کی پول کھولنے میں کسر نہیں چھوڑتے۔

ویسے ان کی شخصیت کے کچھ مثبت پہلو بھی ہیں۔ مثلاً بیشتر غیر تدریسی اساتذہ اسپورٹس اور ثقافتی تقاریب میں بطور خاص دلچسپی لیتے ہیں۔ تعلیمی سیر و سیاحت پر نکلنا ہو یا کسی مقابلے میں اسکول کی نمائندگی کرنے طلبہ کے ساتھ جانا ہو، یہ اپنی خدمات پیش کرنے کے لئے ہمیشہ تیار رہتے ہیں بلکہ سفارشیں تک کرواتے ہیں جب کہ تدریسی اساتذہ ان معاملات میں مدرس اعلیٰ کی ہدایات و احکامات کے منتظر ہوتے ہیں۔

ان کا دوسرا مثبت پہلو یہ ہے کہ ان میں سے بعض بڑے اچھے لطیفہ گو یا داستان گو ہوتے ہیں اور نصاب کے علاوہ ہر موضوع پر بے تکان گفتگو کرنے کے قابل ہوتے ہیں، اور طلبہ مجبور ہو کر نہیں بلکہ "مسحور" ہو کر انہیں سنتے ہیں۔ اور جن میں یہ صلاحیت بھی نہیں ہوتی ان کا اندازِ تدریس ہی وہ کام کر جاتا ہے جو ماں کی لوریاں بھی نہ کر سکیں!

ضرورت ہے

آج کل زیادہ تر اخبارات اور رسائل میں سر کولیشن بڑھانے کی غرض سے ہر عمر اور ہر پیشہ سے تعلق رکھنے والے لوگوں کی دلچسپی کا سامان موجود ہوتا ہے۔ ہم میں سے اکثر اپنی زندگی کے مختلف مراحل میں ان مختلف کالموں سے محظوظ ہوتے رہتے ہیں کیونکہ ہر عمر کے طبقے کی دلچسپی کے لئے کوئی نہ کوئی کالم موجود ہوتا ہے۔ مثلاً بچّے صرف کامکس، رنگ بھرواور نمبر ملاؤ جیسے کالموں میں بہت دلچسپی لیتے ہیں۔ انہیں اخبار کے پہلے صفے پر چھپی کسی جلوس یا ہنگامے کی تصویر سے کوئی دلچسپی نہیں ہوتی۔ اس کی وجہ بھی نہایت معقول ہے۔ کامکس وہ اس لئے دلچسپی سے پڑھتے ہیں کہ اس میں ایسے پُر اسرار واقعے ملتے ہیں جنہیں وہ حقیقی زندگی میں نہیں دیکھ پاتے۔ مثلاً ہی مین، سُپر مین، اسپائڈر مین، بیٹ مین اور ہاتھی سے بھی پچاس گنا بڑے بڑے عجیب الخلقت جانور اور ان کی پُر اسرار دنیا وغیرہ۔ جلسے جلوس کی تصویروں سے بھلا ان کو کیا دلچسپی ہو سکتی ہے جنہیں وہ حقیقی زندگی میں تقریباً روز ہی اسکول جاتے وقت دیکھتے ہیں۔

جب بچپن سے لڑکپن میں قدم رکھتے ہیں تو "رنگ بھرو" کا کالم رنگ بھرنے کے باوجود بے رنگ اور پھیکا لگنے لگتا ہے، اور ان کی دلچسپی اسپورٹس کے ساتھ ساتھ فلموں کے رنگین کالم کی طرف بھی مبذول ہونے لگتی ہے جس میں چھپی تصویروں کا رنگ ان کے بھرے ہوئے رنگوں سے بھی زیادہ بھڑک دار اور پُر کشش لگتا ہے۔

تیسرا مرحلہ جوانی کا ہوتا ہے جس کی دو قسمیں ہوتی ہیں: برسر روز گار اور سرے سے بے روز گار۔ اگر آپ قسم اوّل سے تعلق رکھتے ہیں تو اخبار کے سیاسی خبروں والے صفحات آپ کے لئے بہترین غذا مہیّا کرتے ہیں جسے چاٹنے کے بعد آپ کو اس قدر بھرپور توانائی حاصل ہوتی ہے کہ آفس میں سارا دن اپنے ہم پیشہ ساتھیوں کے ساتھ بیٹھ کر اسے خرچ کرنے کے باوجود آپ تھکان محسوس نہیں کرتے۔ اگر آپ ایسا نہ کریں تو آپ کے جسم بلکہ دماغ میں موجود توانائی کی اتنی بڑی مقدار کے ری ایکشن کر جانے کا احتمال ہو جاتا ہے۔

اگر آپ قسم ثانی سے تعلق رکھتے ہیں (جس میں یقیناً آپ اور ہم میں سے زیادہ تر نوجوان شامل ہیں) تو صبح اخبار ہاتھ میں آتے ہی سے پہلے "ضرورت ہے" اور "جگہ خالی ہے" کے کالم پر جھپٹتے ہیں۔ یہ الگ بات ہے کہ اس پر ایک سرسری نظر ڈالنے کے بعد فوراً ہی درخواست لکھنے کی جھنجھٹوں سے یکسر آزاد ہو کر پوری توجہ اور دلچسپی سے سیاسی خبروں کا مطالعہ کرنے میں مگن ہو جاتے ہیں اور اگلی صبح کا اخبار آنے تک ذہن روز گار کی فکر سے بالکل آزاد رہتا ہے۔ بے روز گاری کا شدید احساس تو صرف اخبار ہاتھ میں آنے سے لے کر "ضرورت ہے" کے کالم پر نظر دوڑانے تک ہی ہوتا ہے۔ اس کے بعد بے فکری اور خود فراموشی کا ایک طویل وقفہ۔ میرا تعلق اسی قسم سے ہے۔

اب تک میں "جگہ خالی ہے" کے سینکڑوں اشتہار پڑھ چکا ہوں لیکن آج تک

ان میں سے ایک بھی "خالی" جگہ کو پُر کرنے کا شرف مجھے حاصل نہیں ہو سکا۔ اس کی وجہ یا تو یہ ہوتی ہے کہ میری قابلیت، صلاحیت اور شخصیت اس عہدے کے شایانِ شان نہیں ہوتی یا پھر وہ جگہ کسی نچلے طبقے کے امیدوار کے انتظار میں برسوں سے خالی پڑی رہتی ہے لیکن کسی باوفا محبوبہ کی طرح کسی غیر کو اپنے دل میں سمانے نہیں دیتی، چاہے اس کے دوسرے عاشق اس کی محبت میں پاگل ہو کر اپنی جان ہی کیوں نہ دے دیں (اپنے جسم کو آگ لگا کر!)۔ میں آج تک اپنے آپ کو قائل نہیں کر پایا ہوں کہ بے روز گار طبقے سے بھی زیادہ نیچا کوئی طبقہ ہو سکتا ہے۔

گذشتہ سال مجھے روز گار کی کچھ امید نظر آئی تھی جب ایک مقامی اسکول میں ایک ٹیچر کی جگہ خالی ہوئی۔ امید اس لئے نظر آئی کہ یہ جگہ نئے زمانے کی ترقی پسند حسینہ کی طرح تھی جسے اپنی خالی مانگوں میں سیندور بھرنے کے لئے صرف ایک قابل محبوب کی تلاش تھی چاہے وہ کسی بھی ذات پات، مذہب یا فرقے سے تعلق رکھتا ہو۔ لیکن جب کئی ماہ کے صبر آزما انتظار کے بعد بھی اس پوسٹ کے لئے اخبار میں ویکنسی کا اشتہار نہیں نکلا تو میں نے اس کی وجہ معلوم کرنے کی کوشش کی۔ پتہ چلا کہ اسکول کے حکام کو ابھی تک کوئی "مناسب امیدوار" نہیں مل پایا تھا اس لئے "جگہ خالی ہے" کا اشتہار دینے میں تاخیر ہو رہی تھی! اور تب مجھے معلوم ہوا کہ سینکڑوں جگہ درخواست دینے کے باوجود ملازمت نہ ملنے کی وجہ یہ تھی کہ جنرل نالج مضبوط کرنے کے بہانے میں اب تک جھک مار تا رہا تھا۔ خلیجی جنگ کے پھوٹنے سے لے کر سویت یونین کے ٹوٹنے تک اور امریکی انتخابات سے لے کر افریقی مذاکرات تک تمام واقعات کے متعلق ضروری جانکاری تو میں نے اپنے حافظے میں محفوظ کر لی تھی لیکن اس ایک ذرا سی کامن سنس کی بات کا قطعی علم نہیں تھا کہ "خالی" جگہوں کو پُر کرنے کا شرف اشتہار نکلنے سے پہلے حاصل کیا جاتا ہے۔ اشتہار نکلنے کے بعد تو ایک شاندار

ڈرامے سے محظوظ ہونے کی سعادت نصیب ہوتی ہے۔ بہر حال اپنے جنرل نالج میں اس نئے اضافے کے بعد میں نے ”مناسب امیدوار“ بننے کا طریقہ جاننے کی کوشش کی تو پتہ چلا کہ سرسوتی کے چرنوں میں ڈالنے کے لئے نوٹوں کی چند گڈّیاں درکار ہوں گی۔ اب بھلا جیب میں بے روزگاری کے دنوں میں کچھ ریز گاری کے سوا اور کیا ہوتا ہے۔ لہذا نہ دیوی سرسوتی خوش ہوئی اور نہ ہی میں اس کے آثر واد سے با روز گار ہوا۔

بے روز گاری کے میدان میں اترنے والے ہر نئے کھلاڑی کے لئے مجھ ویٹرن (Veteran) کا (جس نے اب تک درخواستوں اور انٹرویوز کی کئی سینچریاں مکمل کی ہیں!) مفید مشورہ یہی ہے کہ ”ضرورت ہے“ کے اشتہار پر دھیان دینے کی کوئی ”ضرورت نہیں ہے“ اور ”جگہ خالی ہے“ کا اشتہار پڑھ کر یقین کر لیں کہ کسی خوش قسمت نے ”جگہ پالی ہے“ اور اشتہار بالکل ”جعلی ہے“ !!

کوّا

کوّا ایک بہت ہی چالاک اور عقل مند پرندہ ہے۔ چالاک اس معنوں میں کہ یہ بچّے کے ہاتھ کی ڈبل روٹی تو جھپٹ لے جاتا ہے مگر خود کبھی ہاتھ نہیں آتا۔ پھر تیلا اتنا کہ 16-F بھی مات کھا جائے۔ امریکی لڑاکا طیارہ سرعت کے ساتھ دشمن کے ٹارگٹس پر بم گراتا ہوا گزر جاتا ہے جب کہ کوّا اسی سُرعت سے حلوائی یا قصاب کی دکان سے جلیبی یا گوشت کے ٹکڑے اُڑاتا ہوا گزر جاتا ہے اور حلوائی اس کی ماں بہنوں کی شان میں قصیدے پڑھنے کے سوا کچھ نہیں کر پاتا۔ یہ ایف۔16 کی طرح کبھی کریش بھی نہیں کرتا۔

لیکن ان تمام چالاکیوں کے باوجود کوئل اسے اُلّو بنا ڈالتی ہے۔ آئے دن دھوکے سے اس سے مڈ وائف کا کام لیتی ہے۔ اور کوّا بے چارہ ''ممتا'' کے ہاتھوں مجبور، اپنے انڈے ٹوٹنے کا بدلہ اپنے surrogate بچوں سے نہیں لیتا۔ وہ تو جھوٹی اور فریبی کوئل کو بھی نہیں کاٹتا گرچہ ''جھوٹ بولے کوّا کاٹے'' کے مصداق وہ خواہ مخواہ بدنام ہے۔

صرف کوئل پر ہی کیوں موقوف، اسے تو لومڑی بھی آسانی سے اُلّو بنا دیتی ہے۔ لیکن اس میں لومڑی کی عیّاری کا کوئی دخل نہیں کہ کوّا اپنی نسوانی فطرت سے مجبور ہے۔ ایک ذرا تعریف سنی نہیں کہ ڈورے مون کے جیان کی طرح گانا شروع کر دیتا ہے اور یوں اپنے منہ میں دبے نوالے سے ہاتھ دھو بیٹھتا ہے۔

دراصل زمانے اور وقت کے ساتھ نہ چلنے والوں کا یہی حشر ہوتا ہے۔ای میل اور واٹس ایپ آنے کے بعد کبوتر بے روز گاری کے سنگین مسئلے سے دوچار ہیں۔ اگر وقت رہتے اپنے لئے کوئی دوسرا جاب ڈھونڈ لیتے تو آج مندروں اور مسجدوں کے محرابوں میں گوشہ نشین ہونے کی نوبت نہ آتی کیوں کہ اب کبوتر نہیں، کتے اور داماد پالنے کا چلن عام ہو گیا ہے۔یہی وجہ ہے کہ جب کوّے کے منہ میں پنیر کا ٹکڑا دیکھ کر لومڑی نے اس کی آواز کی تعریف کی تو وہ صرف مسکرا کر رہ گیا کیوں کہ اس نے اپنے آبا واجداد کی غلطیوں سے سبق سیکھ لیا تھا۔

’’تمہیں پتہ ہے میری نانی تمہارے دادا کی سریلی آواز کی بہت بڑی فین تھی؟‘‘لومڑی نے پوچھا۔

’’وہ زمانہ اور تھا...‘‘کوّے نے بے ساختہ کہا لیکن اپنا جملہ مکمل نہیں کر پایا کیوں کہ اس کے منہ میں دبا پنیر کا ٹکڑا براہِ راست لومڑی کے کھلے منہ میں گرا تھا۔

’’تم جیسوں کے لئے زمانہ کبھی نہیں بدلتا۔‘‘ کہتے ہوئے لومڑی کوّے کو ہکا بکا چھوڑ کر وہاں سے چل پڑی۔

جھنجھلاہٹ میں کوّے نے قسم کھائی کہ وہ اپنی نسل پر لگے اس بدنامی کے دھبے کو مٹا کر رہے گا۔اس نے سن رکھا تھا کہ تاریخ سے سبق نہ لینے والوں کو تاریخ دہرانے کی سزا ملتی ہے۔لہذا احسبِ نسلی روایت، جب اس نے خود کو بیاباں میں پیاسا پایا تو اپنے باپ کی طرح دادا کی ترکیب کو نقل چسپاں (Copy-Paste) نہیں کیا، بلکہ گھڑے کے قریب پڑی ان کنکریوں کی طرف دیکھا تک نہیں جنہوں نے اس کے باپ کی جان لی تھی...دراصل اس کے باپ کی موت کی ذمہ دار یہ کنکریاں نہیں، خود اس کی حالاتِ حاضرہ سے لاعلمی تھی۔گلوبل وارمنگ کے سبب یہ کنکریاں اس قدر خشک ہو چکی تھیں کہ گھڑے میں گرنے کے بعد پانی کی سطح اوپر اُٹھانے کی

بجائے انہوں نے پانی اپنے اندر جذب کر لیا تھا، اور اس کا باپ پانی پانی تڑپ تڑپ کر مَر گیا تھا... اس نے دانا بزرگ ابن انشا کے مشورے پر عمل کرنے کا فیصلہ کیا اور نلکی کی تلاش میں نکل پڑا۔ کافی تگ و دو کے بعد تھکن سے چور وہ ہمت ہارنے ہی والا ہی تھا کہ اسے تھوڑی دوری پر ایک بچہ نظر آیا جو اپنے باپ کے ساتھ ایک چھوٹی سی چٹان پر بیٹھا فروٹی پی رہا تھا۔ پھر جیسے ہی اس نے فروٹی کی چھوٹی سی نلکی سامنے تالاب میں پھینکی، اس نے ایک جھپٹے میں پانی کی سطح پر تیرتی ہوئی نلکی اپنی چونچ میں دبائی اور واپس گھڑے کی جانب چل پڑا۔ لیکن افسوس، وہ نلکی کی تلاش میں اتنی دور آ چکا تھا کہ گھڑے تک لوٹتے لوٹتے راستے میں ہی پیاس سے بے دم ہو کر گر پڑا۔

کوؤں کی ایک خوبی یہ بھی ہے کہ یہ رنگ و نسل کے امتیازات سے مبرّا ہوتے ہیں۔ یہ ہر دور میں اور زمین کے ہر خطے میں ایکتا، یکسانیت اور بھائی چارگی، بلکہ ہم شکلی کا عدیم المثال نمونہ پیش کرتے ہیں۔ اپنے کسی ہم نسل کے مرنے پر یہ اتنی ہی بڑی تعداد میں اکٹھا ہو کر ہنگامہ برپا کرتے ہیں جتنی بڑی تعداد میں انسان اپنے کسی ہم نسل کو مارنے کے لیے اکٹھا ہوتے ہیں۔

ان اعلیٰ قدروں کی نمائندگی کے سبب ہی ناپید ہوتے جانوروں کی فہرست میں شاید ان کا نام سب سے آخر میں ہو کیوں کہ یہ دنیا کے ہر حصے میں پائے جاتے ہیں، اور یہ امتیازی خصوصیت دوسرے کسی جانور کو حاصل نہیں۔ لہٰذا یہ بالکل حق بجانب ہوں گے اگر انہیں گنگناتے ہوئے سنا جائے: "ہم کالے ہیں تو کیا ہوا، 'بَل' والے ہیں...۔"

تم سا نہیں دیکھا

پاکستان کے حالیہ انتخابات کے بعد میڈیا میں صرف میاں نواز شریف کے بیانات آ رہے ہیں کیوں کہ انتخابات سے پہلے عدلیہ نے جنرل پرویز مشرف کو بیان دینے سے باز رکھا تھا، اور انتخابات کے بعد خوفِ انتقام سے ان کی بولتی بند ہو گئی ہے۔ رہی بات عمران خان کی، تو وہ دو دو بار گرنے کے بعد (ووٹنگ سے پہلے لفٹر سے اور ووٹنگ کے بعد اُمیدوں کے شیش محل سے) کوئی بیان دینے کے قابل ہی نہیں رہے۔

اِدھر نواز شریف سیاسی شرافت کا مظاہرہ کرتے ہوئے اپنے حریفوں کو بھی توصیفی کلمات سے نواز رہے ہیں۔ لیکن ان کے جس بیان نے میری نظروں میں ان کی عزت بدرجہا بڑھا دی ہے اس میں انہوں نے شریعت کی بات کی ہے جس کا حوالہ دیتے ہوئے انہوں نے عمران خان کو تین دن سے زیادہ ناراض نہ رہنے کی تلقین کی ہے، ساتھ ہی اسپورٹس مین شپ کا مظاہرہ کرنے کو بھی کہا ہے۔ پاکستان میں شریعت کا نفاذ بھلے ہی نہ ہوتا ہو، اعلان ببانگِ دہل ہوتا ہے۔

دوسرے لفظوں میں، وہاں شرعی سیاست کی بجائے سیاسی شریعت عام ہے۔ اور ظاہر ہے سیاست میں اعلان زیادہ ہوتے ہیں نفاذ کم۔ موسیقی اور پردہ، دو ایسے موضوعات ہیں جن پر سب سے زیادہ شریعت سے شرارت ہوتی آئی ہے۔ مباحثوں کے دوران ہزاروں ضعیف اور تندرست احادیث کے حوالے دے دے کر ایک دوسرے کو "کٹھ ملّا" اور "کافر" گردانا جاتا ہے، بلکہ گردنیں گردنیں تک ناپ دی جاتی ہیں۔ مسلکی علم بردار ایک دوسرے پر کیچڑ اُچھالتے اُچھالتے ایک دوسرے کی مسجدوں پر بم بھی اُچھالنے لگتے ہیں۔ یہ الگ بات ہے کہ پڑوسی ملک میں کسی مسجد کا انہدام ہو تو ان کا جوشِ جہاد اور جذبۂ اتحاد قابلِ دید ہوتا ہے۔ احتجاجی ریلیوں کا ایسا ریلا دیکھنے میں آتا ہے گویا واگاہ بارڈر کا گیٹ توڑ سید ھے اجو دھیا پہنچ کر ہی دم لیں گے۔

میرا ماننا ہے کہ اگر وہ ایک دوسرے کی مساجد پر بم اچھالنے کی بجائے گیندیں اچھالنے کی مشق کریں تو شاید کرکٹ ورلڈ کپ میں ہندوستان کو شکست دینے کا دیرینہ خواب بھی پورا ہو جائے۔

وہ تو بھلا ہو حکمراں جماعتوں کا جنہوں نے شریعت کا بیڑہ اُٹھار کھا ہے ورنہ پاکستان بھی ترکی کی طرح مسلم اکثریتی ملک ہونے کے باوجود اسلامی مملکت کی شناخت سے محروم ہوتا۔ عوام تو شریعت کی پاسداری کرنے سے رہی۔ حدیثِ نبوی ہے کہ آپسی تفرقہ میں نہ پڑو اور اللہ کی رسّی کو مضبوطی سے پکڑ لو۔ پاکستانی عوام کے "ایمان انگیز" طبقے نے تو اس کے پہلے حصّے کی دھجّیاں اُڑا کر رکھ دی ہیں جب کہ ارباب اختیار نے اللہ سے مراد دنیا کی سب سے بڑی طاقت لے لیا اور امریکی رسّی پکڑ کر بیٹھ گئے۔ آنے والی ہر نئی حکمراں جماعت اس رسّی کو اسی طرح تھامتی ہے جیسے جنازے کے دوران کاندھا بدلتے ہیں۔

اللہ اور اس کے رسولؐ نے ہر مومن کو ایک دوسرے کے عیوب کی پردہ

پوشی کی ہدایت دی ہے۔ بدلے میں حشر کے دن اس کے عیوب کی پردہ پوشی کا وعدہ کیا ہے۔ پاکستانی حکمران جماعتوں نے اس شرعی حکم پر جتنی پابندی سے عمل کیا ہے اس کی مثال ملنی مشکل ہے۔ چاہے وہ اجمل قصاب ہو یا ہندوستان میں ہوئے کسی بھی دہشت گردی کے واقعے میں ملوّث کوئی دوسرا پاکستانی، حکومتِ پاکستان نے اس مخصوص شریعت کا پاس رکھتے ہوئے ہمیشہ اپنے شہریوں کی شمولیت سے صاف انکار کیا ہے۔ اس کے برعکس، ہندوستان سی سی ٹی وی کیمروں کی فوٹج اور فورنسک ثبوتوں کی بنیاد پر کرید کرید کر پاکستان کے عیوب کو اُجاگر کرنے کی کوشش کرتا آیا ہے۔ اتنا ہی نہیں، جب کبھی کوئی پاکستانی وزیر ہندوستان کے دَورے پر آتا ہے تو کھانے کے مینو سے زیادہ طویل ہندوستان میں مطلوب پاکستانی دہشت گردوں کی لِسٹ تھما دی جاتی ہے۔ لیکن کیا مجال کہ پاکستانی مہمان کے پائے ثبات میں کوئی لغزش واقع ہو! کہتے ہیں فتنہ کھڑا کرنے والے سچ سے امن قائم کرنے والا جھوٹ بہتر ہے۔ آپ خود بتایئے اگر امریکہ برِّصغیر میں قیامِ امن کے سلسلے میں پاکستان کو کلیدی حیثیت دیتا ہے تو کیا یہ ناجائز ہے؟ کیا ہندوستان کی ”فتنہ انگیزی“ قابلِ مذّمت نہیں؟ کیا ایک اچھے پڑوسی کا فرض نبھاتے ہوئے اپنے پڑوسی ملک کی غلط حرکتوں کی پردہ پوشی اس پر واجب نہیں؟ لیکن اس کا اب کیا کیا جائے کہ بی جے پی اور دوسری فاشسٹ پارٹیوں کو اسلامی شریعت سے خدا واسطے کا بیر ہے!

ہندو پاک کے مابین کرکٹ سیریز پر جمود طاری ہونے کے باوجود دونوں ممالک دوسرے میدان میں اسکور برابر کرنے پر تُلے ہوئے ہیں۔ ہندوستان نے ایک پاکستانی اور ایک پاکستانی نواز کو پھانسی دے کر ان کی گردن توڑی تو پاکستانی جیل میں ایک ہندوستانی قیدی کا سر توڑ دیا گیا۔ ایک پوائنٹ سے لیڈ رکھنے کے باوجود ہندوستان نے ایک اور پاکستانی قیدی کا سر توڑ دیا، گویا ایک انگ سے شکست دینے کی

ٹھان لی ہو۔ پاکستان بے چارہ سُر جیت کا کیچ ''ڈراپ'' کر کے یقیناً پچھتا رہا ہو گا! پاکستانیوں میں ایک دوسرے پر عدم اعتماد اس انتہا کو پہنچ چکا ہے کہ اب ان کے فوجیوں کو بھی بہادری ایوارڈ حاصل کرنے کے لئے درخواست کے ساتھ ہندوستانی فوجی کا کٹا سر منسلک کر کے اپلائی کرنا پڑتا ہے۔

ایک دو دہائی پہلے جب ہندوستان نے نیوکلیائی دھماکے کئے تو پاکستان نے بھی ''ہم کسی سے کم نہیں'' کے مصداق پے درپے کئی نیوکلیائی دھماکے کر ڈالے۔

''اس سے کیا ہوتا ہے۔ ہمارے پاس تم لوگوں سے زیادہ تعداد میں نیوکلیائی بم ہیں۔'' میں نے ایک پاکستانی سے کہا۔

''لیکن یہ تو سوچو کہ تمہارے بم گھریلو ٹکنالوجی سے بنے ہیں جب کہ ہمارے بم یورپین ٹکنالوجی کا نتیجہ ہیں اور زیادہ خطرناک ہیں۔'' اس نے فخریہ انداز میں کہا۔

''لیکن وہ تو چوری کے ہیں۔ اس سلسلے میں تمہارے ایک سائنس داں کو یورپ سے نکال باہر بھی کیا گیا ہے؟'' میں نے چوٹ کی۔

''چھوڑو نا یہ سب ۔ محبت اور جنگ میں سب جائز ہے۔'' اس نے کاندھے اُچکائے۔

''تو تم لوگ یہ سب محبت میں کر رہے ہو یا جنگ میں؟''

''ہم لوگ جنگ سے محبت کرتے ہیں!'' اس کا جواب تھا۔

لاک ڈاؤن کا مریض

تقریباً گیارہ بجے بازار سے لوٹا تو پسینے سے شرابور ہو چکا تھا۔ بیگم کچن میں مصروف تھیں۔ نوکرانی کو مکمل کورونائی چھٹی دے دینے کے بعد بیگم نصف "کام والی بائی" لگ رہی تھیں۔ لاک ڈاؤن فری روٹین کے تحت بچے ٹی وی اور پڑھائی میں مگن تھے۔ میں نے تھیلا کچن کے پاس ہی رکھا اور تولیہ وغیرہ لئے سیدھے حمام میں گھس گیا۔ مجھ سے گرمی، اور اس پر سے پسینہ، مشکل سے برداشت ہوتی ہے۔ چھت پر موجود اوور ہیڈ واٹر ٹینک کے گرم پانی نے پہلے جسم جلایا، پھر مزاج۔ صابن لگانے کے بعد جب دوبارہ شاور کے نیچے آیا تو پانی قابل برداشت ہو چکا تھا۔

اچانک ہلکی سی گڑگڑاہٹ کی آواز بہت ہی قریب سے سنائی دینے لگی۔ میں سمجھ گیا ضرور کوئی ہیلی کاپٹر قریب سے گزر رہا ہے۔ میرے لئے اب یہ کوئی غیر معمولی بات نہیں تھی۔ میر اسرکاری فلیٹ ایسٹرن کمانڈ ہیڈ کوارٹر، فورٹ ولیم، سے بہت ہی قریب واقع ہے، اور آئے دن ملٹری افسران کے ہیلی کاپٹر ہمارے سروں

پر سے گزرتے رہتے ہیں۔ بعض اوقات اتنی نیچی پرواز کرتے ہیں کہ بالکنی سے سر نکال کر انہیں دیکھتے ہوئے خواہ مخواہ ان کے فلیٹ پر گر جانے کا ڈر لگنے لگتا ہے۔ اس بار بھی آواز اتنی قریبی تھی گویا چھت پر لینڈ کرنے والا ہو۔ میں نے سوچا بچے یقیناً بالکنی یا کھڑکی کی جانب لپکے ہوں گے۔ لیکن آواز جب دور ہونے کی بجائے مسلسل اسی تیزی کے ساتھ سنائی دیتی رہی تو میں چونک پڑا۔

یقیناً ہیلی کاپٹر نہیں، بلکہ ڈرون ہو گا ... بجلی کی طرح ذہن میں خیال کوندا کیوں کہ آواز میں گڑ گڑاہٹ سے زیادہ گھنگھناہٹ واضح تھی۔

ابھی دو تین روز قبل ہی واٹس ایپ پر کچھ دوستوں نے ویڈیو شیئر کیا تھا جس میں کلکتے کے کچھ علاقوں میں پولیس انتظامیہ کی طرف سے ڈرون میں نصب کیمرے کی مدد سے لاک ڈاؤن کے نفاذ کا جائزہ لیا جا رہا تھا۔ جس کی چھت یا بالکنی کے قریب سے ڈرون گزرتا، وہ فوراً اپنا موبائل نکال کر ویڈیو ریکارڈنگ شروع کر دیتا تا کہ فیس بک اور واٹس ایپ پر شیئر کر سکے۔ لیکن مجھے بے حد تعجب ہوا جب مجھے بچوں کی جو شیلی اور تحیر آمیز چیخوں کی بجائے صرف ٹی وی کی آواز سنائی دیتی رہی۔

کیا وہ اپنے اپنے مشاغل میں اتنے مگن تھے کہ ڈرون کی آواز ان کے کانوں تک نہیں پہنچ رہی تھی؟ دونوں بیٹیوں کے اپنے موبائل تھے۔ بیٹا بے دھڑک میرا موبائل استعمال کیا کرتا تھا۔ منظر تو یہ ہونا چاہئے تھا کہ بالکنی میں تین ویڈیو شوٹنگ بیک وقت چل رہی ہوتیں۔ گھنگھناہٹ کی آواز اتنے قریب سے آ رہی تھی گویا ڈرون ہماری بالکنی یا کھڑکی کے بالکل قریب معلق ہاوزنگ کمپلکس کے اندر کا منظر شوٹ کر رہا تھا۔

میری بے چینی اور بے چارگی دونوں قابلِ دید تھیں۔ میرے باہر نکلنے تک ڈرون یقیناً کہیں کا کہیں چلا جاتا۔

اور پھر مجھ پر ایک دم سے سکتہ طاری ہو گیا۔ میرے حمام سے نکلتے ہی آواز ایک دم سے بند ہو گئی۔

بیگم حمام کی دیوار سے متصل پرانے واشنگ مشین سے اسپن کئے ہوئے کپڑے باہر نکال کر بڑی سی باسکٹ میں رکھتی جا رہی تھیں ... اور میں اپنی خجالت اپنے آپ تک رکھتے ہوئے اپنے کمرے کی جانب بڑھتا چلا گیا۔

ایک دل جلے کی دعا

گھر پہ آتی تھی جو بن ٹھن کے تمنّا میری
جیسے جاں حُسن کی مورت ہو خدایا میری

وہ نہیں ہو تو گھٹا ٹوپ اندھیرا ہو جائے
ہر جگہ اس کے پہنچنے سے اُجالا ہو جائے

جو بھی مانگا تھا دیا، دیکھی نہیں تھی قیمت
اُڑ گیا لے کے کوئی دے کے بڑی سی قیمت

زندگی ہو گئی مر جانے کی صورت یا رب
عشق کے نام سے اب مجھ کو ہے نفرت یا رب

ہو مرا کام جوانوں کو نصیحت کرنا
عشق و اُلفت کی ہمہ وقت فضیحت کرنا

میرے اللہ! محبت سے بچانا سب کو
فیک لیلاؤں کے چنگل سے چھڑانا سب کو

جاویدیات

(حصّۂ اوّل)

1)   دو ملکوں کے مابین سفارتی تعلقات گولٹ شادی کے اصولوں پر مبنی ہوتے ہیں جہاں ایک کو باقصور مائیکے بھیجتے ہی دوسری کو بے قصور سسرال بدر کر دیا جاتا ہے۔

2)   اکثر سنتے ہیں قانون کے ہاتھ بہت لمبے ہوتے ہیں۔ مگر اسے لمبا ہونے میں بعض اوقات اتنا لمبا عرصہ لگتا ہے کہ کئی مجرم ایک لمبی زندگی گزارنے کے بعد خود ہی لمبا لیٹ ہو جاتے ہیں۔

3)   حالیہ انتخابات میں کچھ لوگ گیم چینجر (Game Changer) بن کر اُبھرے ہیں تو کچھ نے نیم چینجر (Name Changer) کی شناخت حاصل کی ہے۔

4)   غریب کی بیٹی کا چہرہ پیلا پڑ جاتا ہے مگر ہاتھ پیلے ہوتے نظر نہیں آتے۔

5)   مشاطہ یا تو خوبصورت لڑکیوں کے رشتے لا سکتی ہے یا پھر موڈرن لڑکیوں کے، دونوں خوبیوں والی لڑکیاں عموماً "ایڈوانس بکنگ" کے سبب اس کی دسترس سے باہر ہوتی ہیں۔

6)   فربہ لوگوں سے معانقہ کی بجائے مصافحہ پر اکتفا کرنا چاہئے کہ

پہلی مڈ بھیڑ توند سے ہوتی ہے اور ایڑی چوٹی کا زور لگانے پر بھی گلے تک رسائی ممکن نہیں ہوتی۔

7) جہیز کے لالچی جہاز کے مطالبے سے بھی نہیں چوکتے اگر ان کے مکان کی چھت بطور رَن وے استعمال ہو پاتی۔

8) راسخ العقیدہ مسلمان بسم اللہ پڑھ کر مرغ کو حلال کرتے ہیں جب کہ "مسخ العقیدہ" مسلمان غیر ذبیحہ چکن کو بھی بسم اللہ پڑھ کر "حلال" کر لیتے ہیں۔

9) غلط فہمی دل میں کدورت پیدا کرتی ہے جب کہ خوش فہمی دماغ میں رعونت۔

10) سعودی عرب تیل دینے والی گائے ہے اور امریکہ ایک پرانا گوؤ رکشک۔

11) سوشل میڈیا سے قبل خبروں کا سنسر عوام کے لئے مسئلہ تھا، سوشل میڈیا کے دَور میں یہ حکومت کے لئے مسئلہ ہو گیا ہے۔

12) آیئے، دعا کریں کہ ہند و پاک سرحد پر لڑاکا طیاروں کا "کبڈی کبڈی" نیوکلیائی بموں کے "والی بال" میں نہ تبدیل ہو جائے۔

13) پاکستان کے تئیں ہندوستان کی نئی خارجہ پالیسی کے تحت "آم کھاؤ، پیڑ نہ گنو" محاورے کو تبدیل کر کے "سیب کھاؤ، باغ نہ مانگو" کر دینا چاہئے۔

14) اپنے جان و مال کی فکر کسے نہیں ہوتی۔ دوسروں کو سچ بولنے میں جان جانے کا خطرہ لاحق ہوتا ہے جب کہ اردو والوں کو "مال نہ آنے" کا۔

15) ”خادمِ اُردو“ ہونے کا دعویٰ کرنے والے بیشتر افراد دراصل ”کھادمِ اردو“ ہوتے ہیں جو اردو کی کھاتے ہیں مگر اردو کو کھا جاتے ہیں۔

16) ہمارے مہجری ادب کا، گھر دامادوں کے ذکر سے یکسر خالی ہونا ایک نہایت افسوسناک امر ہے۔

17) تقریب استقبالیہ میں منتظمین سامعین کا انتظار کرتے ہیں، سامعین مسند نشین کا، اور مسند نشین کیمرہ مین کا۔

18) تقریبِ استقبالیہ کے اسٹیج پر صاحبِ اعزاز کو میمنٹو پیش کرنے والا شخص اس وقت تک میمنٹو پر اپنی گرفت ڈھیلی نہیں کرتا جب تک کہ فوٹو گرافر اجازت نہ دے۔

جاویدیات

(حصّۂ دوم)

سی بی ایس ای یعنی سائبر بورڈ آف سوشل میڈیا ایجوکیشن (Cyber Board of Social-media Education) نے حال ہی میں اپنا نصاب اپ ڈیٹ کیا ہے اور NCERT (Non-Certified Educationists, Researchers and Trainers) کی رہنمائی میں اساتذہ کی سہولت کے لئے کچھ ماڈل سوالات تیار کئے ہیں:

ریاضی (جدید نصاب) کے کچھ ماڈل سوالات:

1. اگر آپ اپنے انڈرائڈ موبائل میں ایک منٹ میں 25 الفاظ ٹائپ کر سکتے ہیں اور ایک اسمائیلی استعمال کرنے میں دو سیکنڈ لگتے ہیں تو 150 الفاظ پر مشتمل ایک ایسے پیراگراف کو ٹائپ کرنے میں جس میں گیارہ اسمائیلیز استعمال ہوئے ہوں ہوں کتنا وقت لگے گا؟

2. ایک نوجوان کسی واٹس ایپ میسج کو پانچ سیکنڈ میں آٹھ لوگوں کو شیئر کرتا ہے۔ اگر وہ اسے صرف گروپ میں شیئر کرے اور ہر گروپ میں ممبران کی تعداد اوسطاً 40 ہو تو دس سیکنڈ میں وہ کتنے لوگوں تک اپنا میسج پہنچا پائے گا؟

3. فرض کریں آپ کی فرینڈز لسٹ میں 35 لڑکیاں ہیں۔ تین کو آپ نے اَن فرینڈ کر دیا، بارہ نے آپ کو بلاک کر دیا اور پانچ لڑکے نکلے تو بتائیں اب آپ کی فرینڈز لسٹ میں کتنی لڑکیاں ہیں؟

4. کسی لڑکی نے فیس بک پر اپنا اسٹیٹس اپ ڈیٹ کیا: "آج میں نے پہلی بار چلی چکن بنائی"۔ اپ ڈیٹ ہوتے ہی پہلے منٹ میں 17 لائکس، دوسرے منٹ میں 20 لائکس، تیسرے منٹ میں 26 لائکس اور چوتھے منٹ میں 38 لائکس ملے تو بتائیں پانچویں منٹ میں کتنے لائکس ملیں گے؟

5. ایک باپ کو روزانہ اوسطاً چار گھنٹے فیس بک پر بیٹھنے سے اس کا بیٹا 40 فیصد نمبروں سے اپنا امتحان پاس کرتا ہے۔ اگر بیٹے کو 70 فیصد نمبروں سے پاس کرانا ہو تو باپ کو فیس بک پر اپنا وقت کتنا کم کرنا ہو گا؟

6. ایک لڑکی نے فیس بک پر اپنا پروفائل پکچر اپ ڈیٹ کیا۔ ایک گھنٹے میں 700 لوگوں نے جواب دیا۔ اگر اس میں سے 75 فیصد لائکس ہیں اور 60 فیصد کمنٹس ہیں تو لائکس اور کمنٹ دونوں کرنے والوں کی تعداد بتائیں۔

7. اگر ایک باپ اپنے ہاتھوں میں موبائل لئے اپنے بیٹے کو ایک گھنٹے میں ریاضی کے چار سوال حل کروا سکتا ہے تو بغیر موبائل لئے وہ اتنے ہی وقت میں کتنے سوالات حل کروا سکتا ہے؟

سوشل اسٹڈیز (جدید نصاب)
کے کچھ ماڈل سوالات:

1. خواتین کے نام کی فیک فیس بک آئی ڈیز کی اہمیت و افادیت پر روشنی ڈالیے۔

2. ہندوستان کی خارجہ پالیسی کی تشکیل میں ٹی وی چینلوں اور ان کے پینلوں کے اثرات پر مدلل بحث کیجئے۔

3. دنگوں اور جنگوں کے فروغ میں میڈیا کی خدمات کا جائزہ لیجئے۔

4. ''نیوز اینکرس بہترین کمانڈر ان چیف ثابت ہو سکتے ہیں'' اس قول کی روشنی میں کسی دو نیوز اینکرس کے کردار کا تنقیدی جائزہ پیش کیجئے۔

5. سرکاری رپورٹوں کے مطابق درون ملک نیز سرحد پر مرنے والے، اور فیس بک پر مارے جانے والے دہشت گردوں نیز فوجیوں کی تعداد کا موازنہ کرتے ہوئے حقیقت تک پہنچنے کی کوشش کریں۔

6. فیس بک ٹرولنگ پر قابو پانے میں دستر خوان و پکوان کی تصاویر

پوسٹ کرنے والی خواتین اہم رول نبھا سکتی ہیں... دلائل سے ثابت کریں۔

7. فیس بک پر فرینڈس ریکویسٹ قبول کرنے میں ڈی پی کی اہمیت پر اپنے خیالات کا اظہار کریں۔ مَردوں کو کون سی ڈی پی زیادہ گدگداتی ہے: خوبصورت چہرہ، آنکھوں کی تصویر یا مہندی لگے ہاتھ؟

8. شاعروں کی اعلیٰ اور بہترین غزلیں بھی اتنی لائکس اور کمنٹس اور حاصل نہیں کر پاتیں جتنی داد و تحسین شاعرات کے پھسپھسے، بے وزن اور بے بحر اشعار بٹور لیتے ہیں۔ اس حقیقت کے مدّ نظر فیس بک پر مَردوں کی فطرت و نیت کا نفسیاتی جائزہ پیش کریں۔

9. سوشل میڈیا کے امڈتے سیلاب میں سنسر بورڈ کی بے چارگی پر تفصیلی ہمدردی کا اظہار کریں اور ایک مختصر Obituary تحریر کریں۔

سائنس (جدید نصاب) کے کچھ ماڈل سوالات:

1. مغربی ہندوستان کے ایک صوبے کے ہائی کورٹ کے جج چندر کے مطابق، مورنی، مور کے آنسو پی کر حاملہ ہوتی ہے۔ مورنی کے نظامِ ہاضمہ و نظامِ تولید کا نقشہ بنا کر اس کے مختلف حصّوں کی نشان دہی کریں، اور اس خصوصی ”راستے“ کی وضاحت کریں جہاں

سے مور کے آنسو کے قطرے مورنی کے معدے سے بچہ دانی میں داخل ہو کر حمل ٹھہرنے کا سبب بنتے ہیں۔ اس ”خفیہ گیٹ وے آف انڈیا“ کی ارتقائی اہمیت پر روشنی ڈالیں۔

2. پیکاک فیملی پلاننگ کو کامیاب کرنے کے لئے مور کو درج ذیل میں سے کس احتیاطی تدبیر پر عمل کرنا چاہئے؟ (الف) مور کو چاہئے کہ وہ ایسے گوشہ تنہائی میں گریہ و زاری کرے کہ مورنی کوشش بسیار کے باوجود اس کے آنسوؤں کے قطروں کو ڈھونڈ نہ سکے۔ (ب) انتہائے ضبطِ کا مظاہرہ کرتے ہوئے اس طرح روئے کہ اس کے آنسو نیچے گرنے کی بجائے آنکھوں میں ہی خشک ہو جائیں۔

3. فاضل جج کے مطابق، مور کو اسی سبب ملک کا قومی پرندہ قرار دیا گیا ہے کہ وہ زندگی میں کبھی سیکس نہیں کرتا۔ کیا پاکدامنی ثابت کرنے کے لئے ملک کی عدالتوں میں مریم کی بجائے ”مور کی قسم“ کو قابلِ قبول نیز قابلِ اعتبار قرار دیا جا سکتا ہے؟ تقابلی جائزے اور سائنسی دلائل کی بنیاد پر جواب دیں۔

4. مغربی ہند کے ایک صوبے کے وزیرِ تعلیم کے مطابق، مغربی صوبے کی گائیں سانس کے عمل کے دوران آکسیجن خارج کرتی ہیں۔ فضائی آلودگی پر قابو پانے میں OPEC (Oxygen Producing and Exhaling Cows) کی اہمیت و

افادیت نیز مستقبل کے امکانات پر روشنی ڈالیں۔

5. کیا اتر پردیش کے اسپتال میں آکسیجن سیلنڈروں کی کمی کے باعث مرنے والے بچوں کو OWOC یعنی One-Ward-One-Cow اسکیم کے تحت بچایا جا سکتا تھا؟ OPEC کے بروقت عدم استعمال سے ہونے والی تباہ کاریوں کا جائزہ لیں نیز انتظامیہ کی نااہلی اور پالیسی سازوں کی بے عقلی کی نقاب کشائی کریں۔

زیرِ لب

(۱)   چین ہماری فوجوں کو حقیقی کنٹرول لائن پر گشت کرنے نہیں
دے رہا ہے—راج ناتھ سنگھ، مرکزی وزیرِ دفاع
(تو چین سے ہفتوار گفت و شنید میں چینیوں کی نگرانی میں ہی
گشت کی اجازت حاصل کرنے کی کوشش کریں)

❋ ❋ ❋ ❋ ❋ ❋ ❋ ❋ ❋ ❋ ❋ ❋ ❋ ❋

(۲)   بابری مسجد کی شہادت کے تمام ملزمین کو بری کر دینا چاہئے—
اقبال انصاری
(ظاہر ہے ملک کی موجودہ صورتِ حال مذاق سے محظوظ ہونے
کے لئے موافق نہیں ہے)

❋ ❋ ❋ ❋ ❋ ❋ ❋ ❋ ❋ ❋ ❋ ❋ ❋ ❋

(۳)   حکومت کا طرزِ عمل نہیں بدلا تو نوجوان حکومت کو بدل دیں
گے—پرینکا گاندھی
(محترمہ، پہلے کانگریس پارٹی اپنا طرزِ عمل تو بدلے)

❋ ❋ ❋ ❋ ❋ ❋ ❋ ❋ ❋ ❋ ❋ ❋ ❋ ❋

(۴)   کرپشن ختم کر کے تعلیم پر سرمایہ کاری کرنا چاہتے ہیں: عمران خان (روزنامہ سیاست کی ایک خبر)

(سیدھے سیدھے کیوں نہیں کہتے کہ تعلیم پر سرمایہ کاری کرنا ہی نہیں ہے)

٭ ٭ ٭ ٭ ٭ ٭ ٭ ٭ ٭ ٭ ٭ ٭ ٭ ٭ ٭

(۵)   شمالی کوریا میں بچے روزانہ 90 منٹ تک صدر کِم جونگ کے بارے میں مطالعہ کر رہے ہیں — روزنامہ سیاست کی ایک خبر

(یہ بھی تو پتہ لگائیں کہ ہندوستان میں بچے مودی کے بارے میں مطالعہ کرنے میں روزانہ کتنا وقت دیتے ہیں)

٭ ٭ ٭ ٭ ٭ ٭ ٭ ٭ ٭ ٭ ٭ ٭ ٭ ٭ ٭

(۶)   لاک ڈاؤن کے دوران گھریلو تشدد میں اضافہ – ایک خبر

(اب سمجھ میں آیا دفتر سے دیر گھر لوٹنے یا دیر رات گھر سے باہر رہنے والے شوہر اپنی بیویوں کے آرام و سکون کا کتنا خیال رکھتے ہیں؟)

٭ ٭ ٭ ٭ ٭ ٭ ٭ ٭ ٭ ٭ ٭ ٭ ٭ ٭ ٭

(۷)   کورونا سے متاثرین کی تعداد کے معاملے میں ہندوستان دنیا میں تیسرے مقام پر — ایک خبر

(ماسک کے استعمال اور سماجی دوری کے معاملے میں ہماری ثابت قدمی اور مستقبل مزاجی ان شاء اللہ ہمیں بہت جلد اول مقام بھی دلا دے گی)

٭ ٭ ٭ ٭ ٭ ٭ ٭ ٭ ٭ ٭ ٭ ٭ ٭ ٭ ٭

(۸)   سپریم کورٹ پہلے ڈیجیٹل میڈیا کے لیے رہنما اصول طے
کرے۔ مرکزی حکومت کا عدالت عظمیٰ کو مشورہ

(سچ کہا، پرنٹ اور الیکٹرانک میڈیا تو حکومت کی رہنمائی میں
اسکے طے شدہ اصولوں پر پہلے سے ہی عمل درآمد کر رہی ہیں)

* * * * * * * * * * * * *

(۹)   کٹھا تیار کرنے والے مکان پر پولیس کا دھاوا، چار افراد گرفتار
۔ ایک خبر
(کمیشن وقت پر نہ پہنچانے کا خمیازہ)

* * * * * * * * * * * * *

(۱۰)   سعودی عرب لڑاکا اور جنگی طیاروں کے پُرزے بنانے لگا۔
ایک خبر
(کسی خوش فہمی میں مبتلا نہ ہوں۔ یہ تیاریاں اسرائیل نہیں
ایران کے خلاف ہیں)

* * * * * * * * * * * * *

(۱۱)   ریاست میں جمہوریت کو خطرے میں نہیں دیکھ سکتا۔ مغربی
بنگال گورنر جگدیپ دھنکر
(ملک میں جمہوریت کو خطرے میں دیکھ سکتے ہیں، تعجب ہے۔
بنگالی آپ کی اس خصوصی محبت کیلئے ہمیشہ ممنون رہیں گے)

* * * * * * * * * * * * *

(۱۲)   سرکار کورونا سے لڑنے میں ناکام : کانگریس

(اور کانگریس، بی جے پی سے لڑنے میں ناکام)

٭ ٭ ٭ ٭ ٭ ٭ ٭ ٭ ٭ ٭ ٭ ٭ ٭ ٭

(۱۳)   اکیلے گاڑی چلانے پر بھی ماسک لازمی : دہلی ہائی کورٹ

(صرف سیاسی جلسوں کی بھیڑ میں چھوٹ)

٭ ٭ ٭ ٭ ٭ ٭ ٭ ٭ ٭ ٭ ٭ ٭ ٭ ٭

(۱۴)   عوامی مقامات پر تھوکنا پڑے گا مہنگا : ایک خبر

(کورونا قہر کے دوران سیاسی ریلیاں کرنے والے لیڈروں کے

منہ پر تھوکنے والے کو انعام کا اعلان کیسار ہے گا؟)

٭ ٭ ٭ ٭ ٭ ٭ ٭ ٭ ٭ ٭ ٭ ٭ ٭ ٭

(۱۵)   ملک گیر لاک ڈاؤن کی فی الحال ضرورت نہیں : مودی

(اسے الیکشن بعد دیکھ لیں گے۔)

٭ ٭ ٭ ٭ ٭ ٭ ٭ ٭ ٭ ٭ ٭ ٭ ٭ ٭

(۱۶)   کورونا کے بڑھتے خطرے کے مد نظر کئی مقامات پر نائٹ لاک

ڈاؤن : ایک خبر

(کورونا وائرس کو اُلّو سمجھ رکھا ہے؟)

٭ ٭ ٭ ٭ ٭ ٭ ٭ ٭ ٭ ٭ ٭ ٭ ٭ ٭

(۱۷)   یوگی سرکار دے رہی ہے کورونا اموات کے غلط اعداد و شمار:

پرینکا گاندھی

(بی جے پی لیڈروں کی سائنس اور تاریخ کی نالج اتنی ناقص ہے تو

ریاضی بھلا کیسے اچھی ہوگی؟)

٭ ٭ ٭ ٭ ٭ ٭ ٭ ٭ ٭ ٭ ٭ ٭ ٭ ٭ ٭

(۱۸)   متھن چکرورتی کو روڈ شو کی اجازت نہیں ملی: ایک خبر

(ظاہر ہے کوبرا سانپ کو کھلے عام سڑک پر نہیں چھوڑا جا سکتا۔)

٭ ٭ ٭ ٭ ٭ ٭ ٭ ٭ ٭ ٭ ٭ ٭ ٭ ٭ ٭

(۱۹)   کورونا کے خلاف پورا ملک متحد ہو: مودی

(اور فرقہ پرستی کے خلاف؟)

٭ ٭ ٭ ٭ ٭ ٭ ٭ ٭ ٭ ٭ ٭ ٭ ٭ ٭ ٭

(۲۰)   بنگال کے حصہ کا آکسیجن اتر پردیش پر بھیجا گیا: ممتا بنرجی کا الزام

(لیکن بدلے میں اتر پردیش کی فرقہ پرستی بنگال میں بھی تو بھیجی

جا رہی ہے)

٭ ٭ ٭ ٭ ٭ ٭ ٭ ٭ ٭ ٭ ٭ ٭ ٭ ٭ ٭

(۲۱) دہشت اور افواہ میں نہ پڑیں، سب کو ویکسین ملے گا: محکمہ صحت

(اس درمیان آکسیجن کا انتظام خود کر لیں یا پھر سانسیں روک کر

رکھیں / دم سادھے انتظار کریں۔)

٭ ٭ ٭ ٭ ٭ ٭ ٭ ٭ ٭ ٭ ٭ ٭ ٭ ٭ ٭

(۲۲)	سعودی عرب نے ہندوستان کے لئے بھیجی 80 میٹرک ٹن آکسیجن: ایک خبر

(سلنڈروں پر ”سعودی امپورٹیڈ“ لکھوا دیا جائے۔ مسلم سبزی فروشوں سے سبزی نہ خریدنے والوں کے تحفظات ہو سکتے ہیں)

٭ ٭ ٭ ٭ ٭ ٭ ٭ ٭ ٭ ٭ ٭ ٭ ٭ ٭ ٭

(۲۳)	ماہرین اور سائنس دانوں کے مشوروں کو ترجیح دیں: مودی کی لوگوں سے اپیل

(”جب دیا رنج بتوں نے تو خدا یاد آیا“)

٭ ٭ ٭ ٭ ٭ ٭ ٭ ٭ ٭ ٭ ٭ ٭ ٭ ٭ ٭

(۲۴)	مثبت سوچ سے کورونا کو شکست دیں گے: مودی (اور منفی سوچ سے اپوزیشن کو)

٭ ٭ ٭ ٭ ٭ ٭ ٭ ٭ ٭ ٭ ٭ ٭ ٭ ٭ ٭

(۲۵)	جموں کشمیر میں کووڈ کرفیو، ہر سو سنّاٹا: ایک خبر (اس سے قبل چہل پہل تھی کیا؟)

٭ ٭ ٭ ٭ ٭ ٭ ٭ ٭ ٭ ٭ ٭ ٭ ٭ ٭ ٭

(۲۶) کووڈ19 کی مفت جانچ، مفت ٹیکہ اور مفت علاج ہو: اکھلیش یادو (اتنے سارے لوگ مفت میں مارے جا رہے ہیں۔ اور کیا کیا مفت چاہئے؟)

٭ ٭ ٭ ٭ ٭ ٭ ٭ ٭ ٭ ٭ ٭ ٭ ٭ ٭ ٭

(۲۷) کورونا کی دوسری لہر سے گھبرانے کی ضرورت نہیں : ایک سرخی

(لکڑیوں کا انتظام کیا جا رہا ہے۔)

٭ ٭ ٭ ٭ ٭ ٭ ٭ ٭ ٭ ٭ ٭ ٭ ٭ ٭

(۲۸) اوپن مارکیٹ میں نہیں فروخت ہو سکے گی ریمڈیسیور : محکمہ صحت کا جاری کردہ ہدایت نامہ

(بلیک مارکیٹ والوں کو آگے سے ہی پتہ تھا۔)

٭ ٭ ٭ ٭ ٭ ٭ ٭ ٭ ٭ ٭ ٭ ٭ ٭ ٭

(۲۹) آکسیجن نہ ملنے سے اسپتال میں مریضہ کی موت : ایک خبر

(ناشکری نہ کریں، بیڈ تو مل گیا تھا نا۔)

٭ ٭ ٭ ٭ ٭ ٭ ٭ ٭ ٭ ٭ ٭ ٭ ٭ ٭

(۳۰) ہندوستانی کورونا وائرس برطانوی اور برازیلوی وائرس سے زیادہ خطرناک : ایران

(ہندوستان کے موجودہ حکمرانوں کو بھی اس کا احساس ہے۔ کمبخت ہندو مسلم میں تفریق ہی نہیں کر پا رہا۔)

٭ ٭ ٭ ٭ ٭ ٭ ٭ ٭ ٭ ٭ ٭ ٭ ٭ ٭

پیاز چہ

(جب مہنگائی کی کڑھائی پر پیاز بھن کر خوب لال ہو جائیں تب نوش فرمائیں!)

احتیاط

"پیاز دینا۔"

"کتنا دوں صاحب؟ تین کیلو تول دوں؟"

"ابے آہستہ بول۔ انکم ٹیکس والوں کو میرے پیچھے لگائے گا کیا!"

آسان نسخہ

"اس وقت رات کو بچہ کان درد سے رو رہا ہے۔ کیا کروں؟"

"ایک پیچھے میں تھوڑا پیاز کا رس..."

"کوئی سستا والا نسخہ بتائیں۔"

ذخیرہ اندوزی

"بہن، گزشتہ مہینے تم نے ہم سے دو پیاز ادھار لئے تھے۔ کیا میں آج واپس مانگ سکتی ہوں؟"

"میں سب سمجھتی ہوں۔"

آفر

'ہر پانچ سو روپے کی خریداری پر ایک پیاز مفت ... جلدی کریں آفر اسٹاک رہنے تک'

ماب لنچنگ

پیاز چوری کے الزام میں ہجوم کے ہاتھوں نوجوان کا قتل ... ایک خبر

دیوانے

"دیدے پیاز دے، پیاز دے، پیاز دیدے، ہمیں پیاز دے؛
"دنیا چاہے کچھ بھی سمجھے ہم ہیں پیاز دیوانے، ہمیں پیاز دے"

مطالبہ

"چلیئے بارات کی تاریخ اور باراتیوں کی تعداد تو طے ہو گئی۔ اب لگے ہاتھوں کوئی ڈیمانڈ ہو تو وہ بھی بتا دیں۔"

"توبہ توبہ، ہم اور جہیز۔ اللہ کا دیا ہو اسب کچھ ہے۔ بس پیاز کی پانچ بوریاں بھیجوا دیں تاکہ ولیمہ اور آپ سب کی خاطر و مدارات میں کوئی کمی نہ رہ جائے۔"

پیاز پتی

امیتابھ بچن: خوب سنبھل کر کھیلئے گا۔ کوئی لائف لائن نہیں بچی ہے۔ صحیح جواب آپ کو تین ٹرک بیس بوریاں پیاز دے گا اور غلط جواب دس پیاز تک لا دے گا۔

نوٹس

ہمارے یہاں کیش، چیک اور کریڈٹ کارڈ کے علاوہ پیاز سے بھی ادائیگی کی جا سکتی ہے۔

ناکہ بندی

رات دو بجے نیم فوجی دستوں نے ہتھیاروں سے بھرے تین ٹرک پکڑ لئے۔ لیکن فوراً ہی حفاظتی دستوں نے پورے علاقے کو چاروں طرف سے گھیر لیا کیوں کہ ہتھیاروں کے نیچے سے پیازوں سے بھری کئی بوریاں بر آمد ہوئیں۔

سہولت

یک مشت بیس کیلو سے زیادہ پیاز خریدنے پر ہم اپنے گاہکوں کو ماہانہ قسطوار ادائیگی (EMI) کی سہولت بھی فراہم کرتے ہیں۔